KB168588

우리의
남극
탐험기

우리의 남극 탐험기

김근우
장편소설

:: 차례

1

요즘 세상에도 탐험을 떠나는 인간이 있다.

이것은 내가 어니스트 섀클턴과 함께 남극을 탐험한 이야기다.

2

나는 중학교 때까지 야구 선수였다. 중학교 3학년 때 치렀던 한 경기가 아직도 기억이 난다. 옆 동네 중학교와 벌인 경기였는데 우리 팀은 1회에 한 점, 2회에 두 점, 3회에 석 점을 주었다. 누가 보면 짜고 치는 고스톱인 줄 알았을 게다.

투수들은 그렇게 열심히 점수를 내주었고 타자들은 열심히 헛방망이질을 해댔다. 6회까지 스코어는 7 대 0. 중학교 야구는 7회까지만 하기 때문에 우리의 패배는 거의 결정 난 상태였다. 나를 비롯한 선수들은 이미 승부욕이고 뭐고 몽땅 상실한 상태였다. 설상가상으로 상대 팀은 7회에 아끼던 에이스를 투입했다. 중학생인데도 벌써 프로 구단들이 눈독을 들이고 있다는 소문이 자자한 선수였다. 그의 묵직한 강속구와 날카로운 슬라이더는 고등학생도 치기 어려웠다.

뭐 어쩌라고. 우리가 졌어.

7회말, 마지막 공격 기회가 왔을 때도 난 멍하니 앉아 있기만 했다. 나는 3번 타자였는데 나한테까지 타순이 돌아올 가능성은 거의 없었다. 아니나 다를까, 앞선 두 타자는 연속으로 삼구 삼진을 당하고는 고개를 푹 숙인 채 더그아웃으로 돌아왔다. 이제 7회말 투 아웃. 프로야구로 치면 9회말 투 아웃. 경기는 끝난 것이었다. 정말 그런 것이었다

끝날 때까지 끝난 게 아니라니까.

미국의 야구 선수 요기 베라가 남긴 명언이 떠올랐지만 별 감흥은 없었다. 아니에요, 아저씨. 다 끝났다고요. 끝까지 가보지 않아도 알 수 있다고요. 이건 끝났어요.

내가 속으로 중얼중얼하고 있을 때 딱, 하는 경쾌한 소리가 들려왔다. 우리 팀 1번 타자가 안타를 친 것이었다.

3

어니스트 섀클턴이라는 사람이 있다. 19세기 영국의 군인이자 탐험가인데 남극점을 찾으려고 분투했지만 결국 실패했다. 실패했으니 별 볼일 없는 사람으로 치부해버리지 말기를. 그는 위대한 실패자다. 실패자가 어떻게 위대할 수 있을까? 자세한 이야기는 후술하겠다. 지금은 다른 섀클턴 이야기를 할 때다.

나와 함께 탐험을 떠난 어니스트 섀클턴은 앞에서 말한 그 탐험가가 아니다. 동명이인인데 공교롭게도 미들네임까지 같다. 탐험

가 어니스트 섀클턴의 풀네임은 어니스트 헨리 섀클턴인데 내가 말하려는 사람도 이름이 똑같다. 둘 다 영국인이라는 것도 같다. 심지어 기사 작위를 받았다는 것도 같다. 그러니까 둘 다 어니스트 헨리 섀클턴 경인 것이다. 공교로워도 이렇게 공교로울 수 있을까.

내가 이제부터 이야기하려는 섀클턴 경은 19세기가 아니라 20세기에 태어났고 남극 근처에도 가본 적이 없었으며 밖에 나가는 걸 싫어하지는 않지만 탐험은 돈 줘가며 하라고 해도 못 할 사람이었다. 과거형이라는 데 유의해주기 바란다.

그를 편의상 섀클턴 박사라고 부르자. 그는 1947년 8월 30일에 태어났다. 뚱뚱한 산부인과 의사가 섀클턴의 어머니 에이미 섀클턴(뒤에 자세히 말하겠지만, 미국인이다)에게 '당신 임신했소!'라고 선언하고서 불과 다섯 달 뒤에 일어난 사건이었다. 사건이라 할 만한 것이, 당시에는 미숙아를 관리하고 치료하는 의료 기술이 수준 이하였다. 인큐베이터도 발명되기 한참 전이었다. 당시 의사들이 미숙아를 앞에 두고 할 수 있는 일은, 좀 심하게 말하자면, 넌 왜 그렇게 성질이 급해서 다 자라기도 전에 태어난 거냐고 한탄하는 것밖에 없었다. 아버지 토니 섀클턴은 아이가 곧 죽을 거라고 생각하고는 장례식 준비까지 했다.

다행히도 섀클턴은 살아남았다. 무사히 살아남았다면 좋았겠지만 안타깝게도 그건 아니었다. 그는 태어난 지 두 달도 안 되어서 '미숙아 망막병증'이라는 병에 걸렸다. 미성숙한 망막이 산소에 노출되면 망막의 혈관이 빠르게 성장해서 시력을 잃게 된다는 무서운 병이다. 산소에 노출된다고 왜 혈관이 빠르게 성장하는지, 혈관이 성장하면 시력은 또 왜 잃게 되는지 나는 의사가 아니라 잘 모르겠다. 아무튼 당시에는 그런 병을 미리 진단하고 치료할 기술이 없어서 새클턴 박사는 시력을 잃고 말았다. 그가 세상을 본 시간은 두 달도 채 되지 않는다. 그나마 본 것이라고는 중환자실의 으스스한 풍경뿐이었다.

야구 얘기 하다가 왜 엉뚱한 데로 이야기가 샜는지 불만인 사람들이 있을 것 같다. 이 이야기에 독자들을 위한 배려가 필요할까 싶지만 지금은 일단 배려를 해주도록 하겠다. 야구 이야기로 돌아가자.

세월은 흘러흘러 새클턴 박사는 딱 51세가 되었다. 그러니까 1998년 8월 30일의 일이다. 일 때문에 한국에 와 있던 그는 생일에도 너무 바빠서 케이크 한 조각 먹을 시간이 없었다. 새벽 다섯시에 일어나 일을 하다가 오후에야 겨우 짬이 생겨서 산책이나 할까 하고 숙소에서 나왔을 때였다.

어디선가 딱, 하는 소리가 들려왔다.

4

상대 팀 투수의 이름은 선동현이었다. 이름부터가 어쩐지 공을 잘 던질 것 같은 느낌이 든다. 이름에 걸맞게 그는 공을 잘 던졌지만, 정말 지나치다 싶을 정도로 잘 던졌지만, 그날 우리 팀 1번 타자가 운이 너무 좋았던 게 문제였다. 선동현의 중학생 같지 않게 힘이 넘치는 공에 질려버린 그는 에라 모르겠다, 아무렇게나 방망이를 휘둘렀는데 희한하게도 공이 배트 끝에 맞고 붕 떠오르더니 내야수와 외야수들 사이의 텅 빈 지점에 절묘하게 떨어졌다. 이른바 텍사스 안타였다.

1번 타자(미안하게도 이름을 잊어버렸다)는 1루에 진출하면서도 의기양양한 게 아니라 쑥스러운 표정이었다. 하긴 운이 좋아서 친 안타였으니까. 선동현도 재수 없다 생각하고 그냥 넘어갔으면 좋았을 텐데 그러기에는 자존심이 너무 강했다. 10년에 한 번 나올까 말까 한 유망주라느니 천재 중의 천재라느니 하는 소리를 지겹도록 들어온 사람은 아무래도 나 같은 평범한 사람과는 감성이 다른 모양이다. 그는 속이 뒤집혀서 죽을 지경이라는 표정으로 다음 타자를 노려보았다.

2번 타자(역시 이름을 잊어버렸다)는 선동현의 공도 무섭고 표정도 무섭고 모든 게 무서워서 얼어붙고 말았다. 스윙도 한 번 못 해보고 가만히 서 있기만 했는데 결과는 어처구니없게도 볼넷. 선동현이 너 한번 죽어봐라 하는 식으로 온 힘을 다해 던지다가 그만 제구가 흔들린 것이었다.

투 아웃에 주자는 1, 2루. 다음 타자는 나.

우리 주자들은 방금 무슨 일이 있었는지 도통 이해가 안 된다는 표정들이었고 상대 투수는 어찌나 열 받았는지 얼굴이 시뻘겠다.

반면 나는 그들을 찬찬히 살펴볼 여유가 있었는데, 배짱이 넘쳐 나서 그런 건 아니었고 내가 삼진 당하고 그대로 경기가 끝날 게 틀림없다고 확신했기 때문이었다.

주자가 두 명 나갔고, 상대 투수가 흔들리는 조짐을 보이고 있다지만 점수 차이는 일곱 점. 아웃 카운트는 겨우 하나 남았다. 드라마틱한 역전승을 기대하기에는 너무 절망적인 상황이었다. 내 실력도 절망적이기는 마찬가지였다. 3번 타자였다고 하니까 야구 좀 한 것 같지만 실상은 우리 학교 야구부가 대한민국 아마야구의 수준을 떨어뜨리는 암적 존재였기 때문에 나 같은 놈도 3번을 칠 수 있었던 것에 불과하다. 실제로 그날 나는 앞선 두 타석에서 내리 삼진을 당했다.

일단 타석에 들어서서 방망이를 곧추세웠지만 스윙을 할 생각은 없었다. 2번 타자처럼 나도 가만히 있으면 운 좋게 볼넷을 얻을 수 있지 않을까 하는 일말의 기대감을 품은 거였다. 물론 삼구 삼진을 당할 가능성이 훨씬 높다는 것도 잘 알고 있었고 그래도 어쩔 수 없다고 체념하고 있었지만.

선동현이 이글거리는 눈으로 나를 노려보자 나는 무섭다기보다도 어이가 없었다. 지금까지 잘 던지다가 운이 나빠서 주자를 두 명 내보냈을 뿐이다. 화낼 상황인가? 설령 기적이 일어나서 우리가 역전승을 거둔다고 해도 한 경기 이긴 것에 불과하다. 나 같은 평범한 선수와 달리 선동현에게는 반짝반짝 빛나는 미래가 있었다. 그가 프로에 진출할 건 그때도 이미 확정된 사실이나 다름없었고, 실제로도 나중에 그렇게 되었다.

그깟 주자 두 명, 그깟 한 경기. 뭘 그렇게 화를 내고 지랄인가. 까짓거 점수 좀 줄 수도 있는 거 아닌가. 그놈 참 더럽게 쩨쩨하네. 속으로 욕을 할 때였다.

어니스트 헨리 섀클턴 박사가 내 눈에 들어왔다.

5

앞에서도 말했지만 섀클턴 박사는 영국인이다. 영국에 가서 '축구 좋아하는 사람 손 들어!' 하고 소리를 지르면 지나가던 사람 중 열에 아홉은 손을 든다. 하지만 '야구 좋아하는 사람 손 들어!' 하면 열에 아홉은 별 미친놈 다 보겠네 하는 표정으로 흘겨본다. 나머지 하나는 무시하고 조용히 지나간다. 농담하는 게 아니다. 내가 직접 영국에 가서 실험해본 일이다.

섀클턴 박사도 영국인이지만 야구를 좋아했다. 미국 출신인 어머니가 로스앤젤레스 다저스의 열렬한 팬이었기 때문이다. 박찬호와 류현진 덕분에 다저스는 우리 국민들에게도 매우 친숙한 팀이다. 여담이지만, 박사의 어머니 에이미 섀클턴 여사는 류현진을 아주 귀엽게 뚱뚱한 선수라며 무척 좋아한다. 귀엽게 뚱뚱하다는 게 뭔 소리인지 모르겠지만 대충 넘어가자. 세상에는 감성이 특이한 사람이 있게 마련이다.

어쨌든 새클턴 박사는 딱, 하는 소리에 이끌려서 경기장 안으로 들어왔다. 뒷날 내게 말하기로는 어머니와 함께 라디오 중계를 듣던 어린 시절이 생각났다고 한다. 맹인이라 경기를 볼 수는 없어도 소리를 듣는 것만으로도 충분히 즐겁다고도 했다. 나는 그를 통해서 시각장애인도 스포츠를 좋아할 수 있고 즐길 수도 있다는 걸 처음 알았다.

내가 그 넓은 경기장에서 섀클턴 박사를 발견하고 유심히 바라본 것은 지극히 당연한 일이었다. 고교야구는 팬이 꽤 있지만 중학교 야구는 팬이고 뭐고 없다. 야구 관계자들과 선수 가족들만 관심을 가질 뿐이다. 당연히 그날 관중석은 텅텅 비다시피 했고, 섀클턴 박사는 한 줌이나 될까 말까 한 관중들 사이에서 유일한 외국인이었다. 더구나 그는 외야석 한가운데에 서 있었다. 마치 나 좀 봐달라는 것처럼. 눈에 안 띄면 그게 더 이상한 일이었을 게다.

내가 외야를 멍하니 보고 있으니까 선동현도 뒤를 돌아봤다. 그도 섀클턴 박사를 보았지만 별로 깊은 인상을 받지는 못한 듯했다. 하긴 외국인 관중보다는 상대 타자를 삼진으로 잡아버리고 경기를 끝내는 게 더 중요했으리라.

나도 물론 외국인 관중 한 사람보다는 눈앞의 투수에 집중해야 했지만 앞에서도 말했듯이 나는 이미 경기를 포기한 상태였다. 에헤라 젠장. 너는 던져라. 나는 저 아저씨나 보고 있으련다. 근데 저 아저씨는 어디서 갑자기 나타난 거지? 뭐 하는 아저씨일까? 선글라스 끼고 있으니까 괜히 멋있어 보이네.

맹인이라 선글라스를 끼고 다니는 거였는데 그때는 액세서리인 줄 알았다. 지팡이를 짚고 있는 모습도 보았지만 그것까지는 신경 쓰지 않았다. 백인 남자가 선글라스를 끼고 우뚝 서 있는 모습이라니. 어쩐지 영화배우 앤서니 홉킨스가 생각났다. 섀클턴 박사와 홉킨스는 별로 닮지도 않았는데.

내가 넋을 놓고 있는 동안 심판은 연달아 스트라이크를 외쳤다. 어느새 투 스트라이크. 이제 하나 남았다.

"힘내라!"

"안타 하나만 쳐!"

우리 팀 감독과 동료들이 외쳤지만 나는 들은 척도 하지 않았다. 애시당초 외쳐대는 그들도 도무지 열의가 없었다. 편의상 외쳤다고 표현했지만 실상은 목소리를 조금 높인 것에 불과했다. 그들도 이딴 경기는 빨리 끝내고 집에 가서 텔레비전이나 보고 싶어 하는 게 분명했다. 심지어 2루에 나가 있는 1번 타자란 놈은 하품까지 했다.

선동현은 그렇게 갈망하던 삼진까지 스트라이크 하나 남았는데 공은 안 던지고 갑자기 발을 굴렀다. 마운드를 다지는 줄 알았는데 가만 보니 그게 아니었다. 나를 눈이 찢어져라 째려보는 품새가 아무래도 '내가 던지는 공과 네가 쓰고 있는 헬멧 중 어느 게 더 단단한지 한번 시험해보지 않을래?'라고 묻는 것 같았다. 나는 훗날 영국에 가서 해괴한 실험을 할 정도로 정신 상태가 요상한 놈이었지만 그따위 실험을 할 생각은 없었다.

아하, 그렇구나. 내가 무성의해서 심기가 불편하시다 이거구나. 나도 눈치는 있었다. 타자라는 놈이 공을 칠 생각은 않고 엉뚱한 데 정신 팔고 있으니 투수 입장에서는 심기가 불편한 것도 당연한 일이었다. 선동현은 나만 아니라 새클턴 박사도 마음에 안 들었는지 뒤돌아서서 박사를 노려보았다.

그때,

참으로 이상하게도,

새클턴 박사의 목소리가 들려왔다.

"한가운데 직구야. 쳐."

'딱!' 하는 소리에 박사가 이끌렸던 것처럼 나는 박사의 목소리에 이끌려서 방망이를 고쳐 쥐었다. 선동현이 다시 돌아서서 투구 자세를 취했다. 이름이 비슷한 누군가를 생각나게 하는 부드럽고 역동적인 폼. 그리고 쌕 하는 소리를 울리며 날아오는 공.

한가운데 직구.

나는 받아쳤다.

퍽! 공이 폭발하는 것 같은 소리가 울려 퍼졌다. 내가 1루 베이스를 밟았을 때 공은 이미 펜스 한가운데를 넘어가는 중이었다. 공교롭게도, 심히 공교롭게도 공은 새클턴 박사를 향해 정면으로 날아갔다. 어, 저 아저씨 저러다 맞는 거 아니야? 내가 그렇게 생각했을 때 새클턴 박사가 두 손을 가슴 위로 들어 올렸다. 두 손이 공을 정확하게 캐치했다.

"홈런!"

박사가 환하게 웃었다.

6

경기는 7 대 3으로 졌다. 나는 야구를 그만뒀다.

7

왜 야구를 그만뒀을까?

별로 중요한 일도 아니지만 설명하지 않고 넘어가려니 찜찜해서 적어본다. 내가 초등학교 4학년 때부터 햇수로 6년간 죽어라고 했던 야구를 어느 날 갑자기 때려치운 건, 재능이 없어서였다. 실은 어느 날 갑자기 때려치운 것도 아니었고, 내가 주체가 되어서 그만둔 것도 아니었다. 내가 야구를 때려치운 게 아니라, 야구가 나를 때려치웠고, 그것도 이미 몇 년 전부터 계속 때려치우고 있었고, 실패자의 냉엄한 운명을 수긍하기에는 아직 철이 없어서 저리 꺼지라고 하는 야구를 붙잡고 늘어지며 온갖 억지를 부리던 나는 고등학교 올라갈 때가 되어서야 내 실력으로는 죽었다 깨도 프로 선수가 될 수 없다는 사실을 깨달았다. 아니, 인정했다. 그러니까 행위의 주체는 야구였다. 다시 한 번 말하지만, 야구가 나를 때려치운 것이었다.

뭐, 그런 이야기다.

상심해서 눈물을 질질 짜기도 했고, 부모님 몰래 친구들과 술을 마시며 난 왜 메이저리거들 같은 재능이 없는 거냐고 별 같잖은 한탄을 늘어놓기도 했지만, 돌이켜보면 그래도 쉬운 실패였고 쉽게 납득할 수 있었다.

재능이 없다. 그러니까 안 된다.

이보다 더 쉽고 단순하고 명백하고 온당하고 누구나 고개를 끄덕일 수 있을 만큼 보편타당한 이유가 또 있을까. 세상에 실패도 많고 패배도 많지만 그렇게 쉽게 납득할 수 있는 이유로 인한 실패는 흔치 않다. 적어도 그 이유는 순전히 나 자신의 문제였고 온전히 내가 책임질 수 있는 것이었다. 누군가는 잔인하다고 하겠지만 세상에는 그보다 더 잔인하고 도저히 납득할 수 없는 이유도 있는 것이다.

어떤 일이 일어났을 때 그 이유를 납득할 수 있다는 건 행복한 일이다.

각설하고, 이야기를 진행하도록 하자. 이 책을 펼쳐 든 당신들은 아마도 남극을 탐험하는 신나고 재미있는 이야기를 기대하고 있을 테니 중간 과정은 되도록 짧게 줄이고 신나고 재미있는 부분으로 넘어가도록 하겠다.

그런데.

과연 신나고 재미날까?

8

고등학교를 졸업하고 나는 대학생이 되었다.

모교는 지방의 이름 없는 사립대였다. 이름이 없다고 했지만 정말 없는 건 물론 아니고 '무광'이라는 멀쩡하고도 심오한 이름이 있었다. 무광대학교. 한글로만 표기했지만 나는 어쩐지 그 이름이 無光, 즉 빛이 없다는 뜻인 것 같았고 그게 마음에 들어서 지원서를 넣었다.

때는 이미 인터넷 시대였다. 그 넓은 사이버 세상을 다 뒤져봐도 무광대학에 대한 정보는 거의 없었다. 그 흔한 홈페이지도 없었다. 그토록 철저한 무명 대학이라니. 무광이라는 교명이 잘 어울리는 학교였다. 재단 이사장이 무척 겸손하고 주제 파악을 잘 하는 사람임이 틀림없었다.

그렇다고 교명 하나만 보고 지원했다고 하면 거짓말이고, 실은 내 성적이 이름 없는 삼류 대학에 갈 정도밖에 안 되었다. 중학교 때까지 줄곧 야구만 하다가 고등학교 들어가서 난생처음 공부라는 걸 해보고서 매우 충격적인 사실을 알았는데, 내가 사실은 문맹이었다는 것이다. 교과서를 읽어봐도 이게 뭔 소리인지 알 수가 없었다.

국어 교과서에 실린 글들은 일단 읽을 수는 있는데 해석이 되지 않았다. 내 딴에는 머나먼 옛날 위대하신 조상님께서 처음으로 직립보행을 시작하시어서 다른 동물들과 다른 길을 가겠다고 선언

한 이래 인류가 공들여 갈고 닦은 그 지성이라는 힘을 총동원해서 해석했는데 그 내용이 선생님들 보시기에는 수준 이하였던 모양이다. 아직도 기억나는 문제가 있다. 2학년 중간고사 때 출제된 문제인데, 어느 교포 시인의 시가 한국문학인지 외국문학인지 밝히고 이유를 적으라는 것이었다. 나의 남다르게 날카로운 지성은 한국문학인지 외국문학인지 하는 문제는 부차적인 것이고, 그놈의 시가 뭔 소리인지 도무지 알 수 없다는 것이야말로 진정한 문제라는 사실을 포착하고 남들과 소통할 생각이 없는 언어는 일기장에나 쓰는 게 좋다고 답을 적었다가 국어 선생님에게 내 지성을 부정당하고 덤으로 꿀밤까지 맞았다. 나는 국어를 일찌감치 포기했다. 내가 국어 공부를 해서 얻은 소득은 윤오영 선생님을 알게 되었다는 것뿐이었다.

영어도 알파벳은 읽을 수 있는데 그걸 조합해서 단어나 문장을 만들면 해독 불가능한 외계 문자가 되었다. 영어 수업 시간에 'Could'를 '코울드'라고 읽었다가 선생님과 반 친구들이 데굴데굴 구르며 웃어댄 사건은 아직도 후배들에게 회자되는 전설로 남아 있다. 영어도 국어처럼 단호하게 포기했다면 참 좋았겠지만 IMF 사태 이후 우리나라는 세계를 향해 개방되어 있었고, 혹은 개방 당해 있었고, 그러니 나도 영어를 포기할 수는 없었고, 혹은 포기하면 재미없을 줄 알라는 식으로 협박 당하고 있었고, 결국 코피를 쏟아가며 공부한 끝에 시험에서 평균에 조금 못 미치는 점수를 받는 선에서 타협했다.

수학은 죽어라고 공부한 끝에 놀라운 사실을 알았다. 직접 푸는 것보다 눈 감고 찍는 게 낫다는 것이었다. 주관식은 덮어놓고 0 아니면 1이라고 답을 썼다. 내 수학 점수는 24점에서 72점으로 수직 상승했지만 좋은 시절도 불과 1년뿐이었다. 2학년이 되자 수학 선생님이 '주관식 답을 무조건 0이나 1로 적는 놈들은 걸리면 죽는다. 앞으로는 풀이 과정을 반드시 적어라'라고 엄명을 내리는 바람에 점수가 다시 추락하고 말았다. 그래도 난 수학만은 포기하지 않으려고 학원까지 다니며 애를 써봤지만 수학이 나를 걷어찼다. 고교 시절 마지막 시험에서의 내 수학 점수는 전성기의 딱 절반인 36점이었다.

국어는 포기했고, 영어는 적당히 타협, 수학은 그쪽에서 나를 버렸다. 이런 내가 어떻게 감히 서울에 있는 대학에 갈 수 있겠나. 지방대 문턱도 타워팰리스 꼭대기보다 높았다. 수험생들도 그런 대학이 있다는 사실조차 모르는 삼류 중의 삼류 대학만이 문을 열어주었다. 실은 그나마도 재수해서 간신히 들어간 거였다.

그리고.

나는 그 빛이 없는 어두컴컴한 대학에서 새클턴 박사의 목소리를 다시 듣게 되었다.

9

어니스트 헨리 새클턴은 겨우 23세에 박사가 되었다.

23세면 내가 의경으로 복무하던 나이다. 내가 시위대의 죽창을 날렵하게 피한 다음 나를 맹인으로 만들려고 했던 놈을 곤봉으로 작살내던 시절에 진짜 맹인인 새클턴은 박사가 된 것이다. 전공은 경제학. 그것도 난해하다 못해 아예 언어도단일 지경이라는 거시 경제학이었다.

23세밖에 안 된 젊은이가, 그것도 맹인이 박사가 된 건 물론 머리가 좋아서였지만 노력도 대단했다. 노력하면 뭐든지 할 수 있으니까 무조건 노력해라, 그런 소리를 할 생각은 없다. 세상에는 노력할 수밖에 없는 팔자로 태어나는 사람이 있다는 것뿐이다. 태어난 지 두 달도 안 되어서 시력을 잃은 새클턴 박사도 그런 사람이었다.

이런 상황을 생각해보자. 당신 앞에 선글라스를 끼고 지팡이를 짚은 소년이 나타났다. 소년은 활짝 웃으며 이렇게 말한다.

안녕하세요. 저는 어니스트 새클턴이라고 합니다. 어니라고 불러주세요. 저는 앞이 안 보이지만 공부는 꽤 잘한답니다. 장래 희망은 대학 교수가 되는 거예요. 저랑 친구하실래요?

당신이 '병신 주제에 까불고 있네'라는 생각을 하지 않았다면, 정말이지 그런 생각이 단 0.1초도 뇌리를 스치지 않았다면 고매한 인격자라고 자부해도 좋을 것이다. 유감스럽게도 세상에는 인격자가 그리 많지 않다. 1950년대 영국도 그랬다. 선진국이라지만 거기도 사람 사는 세상일 뿐이다. 더구나 60여 년 전의 이야기 아닌가. 한때 해가 지지 않는 제국이라고 불렸던 위대한 나라도 앞 못 보는 중증장애인에게는 가혹했다.

유치원 다닐 때는 그래도 괜찮았다. 유치원은 가장 기본적인 교육기관이라 그런지 시각장애인에게도 관대했다. 시련은 섀클턴 박사가 7세가 되어 주니어 스쿨에 들어가야 했을 때부터 시작되었다. 그의 부모는 아들이 눈은 보이지 않아도 머리가 비상하다는 걸 알고 있었지만 학교 관계자들은 그런 사실을 알지 못했고 알려고도 하지 않았다. 어느 학교를 가도 특수학교에 보내야 될 아이를 왜 우리 학교에 데려온 거냐고 핀잔을 주었다. 그런 일이 다섯 번이나 되풀이되자 아버지 토니 섀클턴은 격분해서 그 다섯 번째 학교의 교장실을 박차고 들어가서(문이 거의 박살났다고 한다) 고함을 질렀다.

"왜 내 아들에게 기회를 주지 않는 겁니까!"

교장은 몹시 억울하다는 투로 항변했다.

"어쩔 수 없다고요. 우리 학교에는 점자책도 없단 말입니다."

섀클턴 박사는 결국 맹인들을 위한 특수학교에 들어갔다. 여느 학교와 달리 점자책이 있는 그곳에서 그는 날마다 책을 읽었고 불과 몇 달 안 되어서 학교 도서관의 점자책을 다 읽어버리고 말았다. 지금도 점자책 한 권 만들려면 일반 도서보다 훨씬 더 많은 비용과 시간이 필요하다. 점자인쇄기도 없던 당시에는 말할 것도 없었다. 선진국인 영국에도 점자책은 그리 많지 않았다.

점자책만으로는 만족할 수 없게 되자 박사는 주위 사람들에게 책을 읽어달라고 청했다. 다행히도 섀클턴 가문은 영국에서도 알아주는 상류층이었고 돈이라면 얼마든지 있었다. 토니 부부는 아들에게 책을 읽어주는 사람을 고용해서 아들이 원하면 언제 어느 때나 무슨 책이든 읽어주도록 했다. 고용된 사람들은 하나같이 책만 읽어주는 일이 그렇게 힘든 줄 몰랐다며 넌더리를 냈다. 그도 그럴 것이 섀클턴 박사는 먹고 자고 싸는 시간만 제외하면 거의 하루 종일 책을 원했기 때문이었다. 실제로 책을 소리 내어 읽어보라. 한 시간만 읽어도 입안이 마르고 목이 갈라지는 듯한 느낌이 들 것이다. 수시로 물을 마셔도 한계가 있다. 박사가 피고용인들에게 아예 집에 묵으면서 자기가 부르면 언제든 달려오기를 요구한 것도 문제였다. 피고용인들은 몇 달도 못 버티고 달아나 버렸다.

영국 사교계에는 섀클턴 가문에 '불행하게도' 장님이 태어났는데 그 아이가 책을 무척 좋아한다는 소문이 나돌았다. 딴에는 위로를 한답시고 섀클턴 부부에게 아이가 책을 좋아하는 걸 보니 장차 크게 될 것 같다는 소리를 지껄이는 사람도 있었다. 토니와 에이미는 그럴 때마다 조용히 웃기만 하고 아무 대답도 하지 않았다. 그들은 현명한 부모였다. 세상에서 가장 현명하지는 않겠지만 적어도 일곱 살배기도 원한을 품고 독해질 수 있다는 걸 알 정도는 되었다. 그들은 아들을 불안한 심정으로 지켜보았다. 아들에게 도움이 필요하면 언제 어느 때고 손을 내밀 준비를 하고서. 다행인지 불행인지 섀클턴 박사는 부모에게 도와달라고 절규하지는 않았다. 그는 조용히 지식을 쌓고 두뇌를 단련했다.

1958년, 어니스트 헨리 섀클턴은 특수학교에서 초등 교육 과정을 마쳤다. 그때 나이는 불과 11세. 남들보다 2년이나 빨랐다. 그 다음에 진학한 학교는 특수학교가 아니라 일반학교였다. 정확히 말하면 공립학교, 영국식으로 말하면 '스테이트 스쿨(State School)'이었다.

10

무광대학 교수들의 수준은 학교의 명성과 정비례했다. 강의의 질이 어쩌고 하기 이전에 아예 강의를 할 생각이 없었다. 다들 피곤해 죽겠다는 표정으로 웅얼웅얼하는데 이게 강의를 하는 건지 최면술을 하는 건지 알 수가 없었다. 하여튼 졸리기는 엄청 졸렸다. 수면 클리닉 열고 불면증 환자들이나 치료해줄 것이지 왜 강단에 서 있는 건지 알 수가 없는 양반들이었다.

학생들을 정신이 번쩍 들게 만드는 재주가 있는 교수도 딱 한 사람 있었다. 강지진이라고, 이름부터 걸작인 양반이었는데 현대문학을 가르치는 교수였다. 그는 강의를 잘하는 게 아니라 목소리가 쩌렁쩌렁했다. 과장 좀 보태서 그 양반 강의를 한 번 듣고 나면 귀가 먹먹했다. 학생들은 그 인간 목청 때문에 지진 나겠다고 썰렁한 농담을 지껄이고는 했다.

그러나 불면증 치료에 전혀 관심이 없는 유일무이한 교수였던 그도 내가 막 2학년이 되었을 때 마침내 불면증 치료 쪽으로 관심을 돌렸다. 정확히 말하면 그 자신의 불면증을 치료하기로 했다.

"아, 지겨워 죽겠네. 야. 니들도 지겹지? 다 관두자. 이딴 거 배워서 뭐해."

이 인간이 어느 날 강의를 하다 말고 그런 소리를 지껄이더니 의자를 가져와 앉고는 교탁에 엎드려버렸다.

"자고 싶은 사람은 자고 나가서 놀고 싶은 사람은 놀아. 기왕이면 자는 걸 권한다. 노세노세 젊어서 노세? 웃기는 소리. 젊을 때는 자야 되는 거야. 나이 먹으면 자지도 못해. 학점 걱정은 마라. 나 이래 봬도 A 폭격기야."

학생들은 잠시 멍하니 있다가 강 교수가 코를 골기 시작하자 하나둘 일어섰다. 분노하는 학생은 하나도 없었다. 강지진은 그 자신의 말마따나 A 폭격기였다. 그것도 명중률 백 퍼센트를 자랑하는 초특급 폭격기였다. 어떤 선배는 그의 명중률을 떨어뜨려보려고 백지 리포트를 냈다가 '포스트모더니즘의 실체를 밝혔다'라는 평가와 함께 A 플러스를 받았다는 믿거나 말거나 식의 전설이 전해져 내려올 정도였다. 내가 문학에 손톱만큼도 관심이 없으면서도 그의 강의를 2년 연속으로 들은 것도 A 폭격을 당하고 싶어서였다.

학생들이 다 나가자 강의실에는 나와 강 교수만 남았다. 짐을 챙기느라 늦었던 나는 강의실을 막 나서다가 강 교수를 돌아보았다.

아무것도 덮지 않은 채 엎드려 있는 모습이 괜히 마음에 걸렸다. 아직 초봄이라 날씨가 쌀쌀했다. 나는 점퍼를 벗어서 그에게 덮어 주고는 강의실을 나갔다.

11

공립학교는 영어로 'Public School'이라고 쓴다. 요즘은 초등학생도 아는 상식이다. 그런데 이게 우습게도 영어의 종주국인 영국에서는 틀린 표현이다. 영국에서 '퍼블릭 스쿨(Public School)'은 사립학교를 뜻한다. 공립학교는 아까 말했듯이 '스테이트 스쿨(State School)'이라고 한다.

오랫동안 귀족들이 지배해왔고 지금도 귀족층이 존재하는 영국에서 학교는 원래 귀족들만 다니는 곳이었다. 그런 나라에서 뜻 있는 사람들이 학교를 세우고 평민 학생들을 받아들이자 당연히(?) '퍼블릭 스쿨'이라고 불리게 되었다. 사학재단이 운영하는 학교도 귀족들만 다닐 수 있는 게 아니라 만인에게 개방되어 있다는 이유로 '퍼블릭 스쿨'이다. 왕자가 평민 여자랑 결혼하는 요즘 세상에도 무조건 '퍼블릭 스쿨'이다. 웃기는 나라지만 뭐 어쩌겠는가. 내가 영국 사람도 아니니까 불평할 자격은 없다.

하여튼 새클턴 박사는 '퍼블릭 스쿨'에 가지 못하고 '스테이트 스쿨'에 가고 말았다. 가고 말았다, 라고 하니까 무슨 비극이라도 되는 것 같은데 실제로도 비극이었다. 영국의 상류층에게 자식이 공립학교에 가는 건 대단히 수치스러운 일이다. 영국은 공교육이 붕괴한 나라여서 공립학교의 질이 무척 떨어진다. 돈 없고 못 배운 사람들이나 자식을 공립학교에 보낸다고 할 정도다. 21세기인 지금도 그 모양이라는데 1950년대에는 오죽했겠는가. 상류층 출신이라면 이튼스쿨을 졸업하고 옥스퍼드 아니면 케임브리지로 진학하는 게 정해진 코스였고, 그런 엘리트 코스에서 탈락한 사람은 가문의 이름에 똥칠을 했다는 죄명을 뒤집어쓰고 평생 죄인으로 살아야 했다.

섀클턴 가문도 정재계와 사교계를 주름잡는 당당한 상류층이었다. 그런 가문 출신이 공립학교에 진학하자 사교계는 물론이고 공립학교까지 뒤집혔다. 사교계야 원래 별것도 아닌 일을 스캔들로 부풀리는 바닥이지만 공립학교까지 뒤집힌 건 명문가 출신의 학생이 코앞에 있는 것도 보지 못하는 중증장애인이었기 때문이다.

교장은 섀클턴이 입학하기 전에 먼저 그의 부모를 만나서 '이런 아들을 우리에게 맡기다니 당신들 미친 거 아니야?'라고 말했다. 물론 세련된 매너를 자랑하는 영국 신사답게 직설적으로 말한 건 아니고 완곡하게 돌려서 말했다. 이미 몇 년 전에 한 학교의 문짝을 박살 내면서 보통 성깔이 아니라는 걸 입증한 토니 섀클턴은 교장의 완곡어법이 아주 수준 높고 교양미가 넘쳐 난다며 마음껏 비아냥거린 다음 이렇게 직격탄을 날렸다.

"내 아들을 거부한다면 이 학교를 고소하겠소."

교장이 입을 딱 벌리자 남편보다는 훨씬 온화한 성격인 에이미 여사가 수줍게 웃으며 덧붙였다.

"변호사도 이미 선임해뒀어요."

"사립학교는 그렇다 쳐도 공립학교라면 장애인을 차별하지 말아야 할 것 아니오. 만인에게 개방된 학교잖소? 공공교육이란 게 원래 만인에게 평등한 기회를 주려고 존재하는 것 아니오? 공공교육이 그 의무를 저버린다면 나는 국민의 한 사람으로서 정당한 권리를 행사하겠소."

"우리 가문의 권력과 재력을 총동원해서 이 학교를 무너뜨린 다음 잔해는 모두 교장 선생님 똥구멍에 처박아주겠다는 뜻이랍니다. 어머, 죄송해요. 천박한 표현을 쓰고 말았네요. 제가 원래 미국 출신이라 영국식 교양에는 어둡답니다. 그리고 사립학교들이 우리 어니를 쓸모없는 병신 취급해서 제가 씨발, 졸라게, 씨발, 열이 받은 상태라서요, 씨발. 오호호."

교장은 교양 있는 신사답게 의연한 표정으로, 하지만 안색은 하얗게 질린 채, 입학허가서에 서명을 해주었다.

당연하다면 당연한 일이지만, 섀클턴 박사는 학교에 융화되지 못하고 항상 겉돌았다. 원래는 이런 데 올 일이 없는 귀족 출신에 눈은 보이지 않고, 설상가상으로 몸종까지 데리고 다녔으니 지극히 당연한 일이었다.

몸종이라고 했지만 진짜 종은 아니고 박사의 부모가 고용한 사람이었다. 요즘 식으로 말하면 중증장애인을 위한 도우미였다. 지금이야 중증장애인들이 사회활동을 할 수 있도록 보조해주는 인력이 필요하다는 데 국민들이 공감하고, 적어도 공감하는 시늉이라도 하고, 아니 공감하는 시늉이라도 해줄까 말까 고민하는 사람도 어쩌다 한두 명은 있겠지 싶을 정도로 우리나라도 발전했지만 당시에는 영국에도 그런 개념이 없었다. 학교가 넓고 구조도 복잡한 데다 점자 교과서 한 권 없었기 때문에 박사가 학교를 다니려면 옆에서 도와주는 사람이 반드시 필요했다. 하지만 그건 박사의 사정일 뿐이고 다른 학생들이 보기에 그는 몸종을 거느리고 다니는 잘난 도련님에 불과했다.

이것도 지극히 당연한 일인데, 학생들은 섀클턴 박사를 싫어했다. 그냥 싫어한 것도 아니고 매우, 무척, 그리고 아주 적극적으로 싫어했다. 매우, 무척, 그리고 아주 적극적인 태도는 섀클턴 박사가 앞으로 살아가면서 수많은 사람들에게서 보게 될 태도였다. 남과 다르다는 죄 아닌 죄를 지은 사람들은 이 세상에 매우, 무척, 그리고 아주 적극적인 태도로 살아가는 성실한 사람들이 엄청나게 많다는 사실을 필연적으로 알게 된다.

그렇다고 학생들이 박사를 괴롭힌 것은 아니다. 적어도 물리적으로 괴롭히지는 않았다. 아니, 그럴 수가 없었다고 하는 게 정확하겠다. 박사 옆에는 항상 몸종이 붙어 있었기 때문이다.

그녀의 인권을 존중하는 의미에서 앞으로는 몸종이라는 표현 대신 이름을 쓰기로 하겠다. 그녀는 마리아 베넷이라고 한다. 처음 박사를 만났을 때 벌써 40세였는데 독신이었다. 박사와 달리 평민 출신에 학력은 의무교육 과정, 그러니까 우리식으로는 중학교를 마쳤을 뿐이었다. 그래도 읽고 쓰는 데는 아무 문제 없었고 몸도 건강했으며 무엇보다 하루에 예닐곱 시간이나 책을 읽어주면서도 지치지 않는 튼튼한 성대를 갖고 있었다. 원래는 책 읽어주는 사람으로 고용됐는데 박사가 그녀를 어찌나 좋아했는지 당신이야말로 바로 예수님이 나를 위해 보내준 사람이라며 학교에도 따라와 달라고 부탁해서 도우미가 된 것이었다. 훗날 박사는 아직 철이 없던 자기가 마리아를 힘들게 했다며 씁쓸한 표정으로 말했지만 정작 마리아는 그 시절이 즐거웠다고 추억했다. 그리고 사실은 박사의 부모가 학교까지 따라가 주면 보수를 두 배 올려주겠다고 제안하자 세 배가 아니면 그만두겠다고 으름장을 놓아서 기어이 세 배를 받아내고 말았다는 비화를 밝혀서 박사를 침묵케 했다.

새삼스럽게 밝힐 일도 아니지만 마리아는 여자였다. 이것도 역시 새삼스럽게 지적할 일은 아니지만 인간이란 것들은 애고 어른이고 여자를 우습게 본다. 철모르는 꼬맹이들은 그런 경향을 아무런 거리낌 없이 드러내는데, 정말 예수님이 어니스트 새클턴이라는 사람이 태어날 걸 알고 미리 마리아를 예비해두셨는지 그녀는 체격이 웬만한 남자보다 건장했다. 내가 그녀를 만났을 때 그녀는 이미 백 세 가까운 노인이었는데 키가 175센티미터인 나와 비슷했다. 젊은 시절에는 180센티미터를 넘었을 게 분명하다. 젊었을 때 찍은 사진도 보았는데 밑바닥 계층에서 태어나 어릴 때부터 각종 노동으로 단련된 팔뚝이 심히 인상적이었다.

팔뚝도 팔뚝이지만 역시 그녀의 가장 큰 무기는 강철 같은 성대였다. 한번 작정하고 소리를 토해내면 과장 조금 보태서 빅벤(런던의 명물인 시계탑이다)의 종소리도 들리지 않을 정도였다. 그녀는 새클턴 박사에게 착한 아이라면 하지 않을 짓을 하려는 아이를 발견하면 대뜸 소리부터 질렀는데 그 소리에 그만 울음을 터트린 아이가 일곱 명, 오줌을 지린 아이가 세 명에 졸도한 아이도 하나 있었다. 누가 감히 박사를 건드릴 수 있었겠는가.

그러나 앞에서도 말했듯이 세상에는 성실한 사람이 많다. 박사가 다니던 학교에도 유난히 성실한 아이가 하나 있었다. 조엘 모리슨이라는 사내아이였다. 아버지는 목공소, 어머니는 세탁소에서 일하는 전형적인 노동자계급 가정의 아이였다. 바꿔 말해서 귀족 출신인 새클턴 박사와는 날 때부터 서로 대척점에 있었던 관계였다.

모리슨은 어리지만 영악했다. 마리아 때문에 박사에게 직접 손댈 수는 없으니까 잔꾀를 부렸다. 박사의 지팡이를 몰래 훔쳐서 쓰레기통에 버림으로써 매우, 무척, 그리고 아주 적극적인 태도를 드러내기 시작한 그는 차츰 잔인해졌다. 매우, 무척, 그리고 아주 적극적으로 살아가는 성실한 사람들의 특징이 그것이다. 점점 더 잔인해진다는 것.

박사는 마리아가 쓰레기통에서 찾은 지팡이를 손수건으로 닦아서 다시 짚고 다녔다. 부모에게는 아무 말도 하지 않았고 마리아에게도 입단속을 시켰다. 아직 어리지만 병신 소리를 지겹도록 들어온 그는 모리슨 같은 사람을 상대하는 방법을 알고 있었다. 의연할 것. 언제나 의연할 것.

며칠 후 점심시간에 박사의 지팡이가 다시 사라졌다. 점심시간 끝날 때쯤 한 아이가 박사에게 다가와 복도에서 주웠다면서 지팡이를 내밀었다. 박사는 별생각 없이 지팡이를 손에 쥔 다음에야 지팡이에서 물이 뚝뚝 떨어지고 있다는 걸 깨달았다. 손 냄새를 맡아 보니 지린내가 풍겼다. 주위에서 보고 있던 아이들이 배를 잡고 웃어댔다. 모리슨의 웃음소리는 유난히 드높고 날카로웠다. 크카카카칵. 무슨 숨넘어가는 듯한 웃음소리였다.

그후에도 괴롭힘은 이어졌다. 박사의 교과서와 노트가 갈기갈기 찢어져 있다든가 하는 것쯤은 애교에 불과했다. 어쩌다 마리아가 화장실이라도 간 사이에 모리슨과 패거리가 박사의 등에 '병신'이라고 적은 종이를 붙이는 것도 별일 아니었다. 박사의 발을 걸어 넘어뜨리는 것도, 박사가 지나갈 때 큰 소리로 여기서 꺼지라고 외치는 것도 모두 사소한 일에 지나지 않았다. 정말 심각한 일, 박사가 큰 충격을 받은 일은 따로 있었다. 어느 날 모리슨이 그에게 치명타를 날린 것이었다. 요즘 유행하는 말로 '돌직구'였다.

"넌 왜 여기 있는 거야?"

공을 던진 게 아니라 말을 던진 거였지만, 그것도 '돌직구'였다.

12

강 교수는 다음 강의 시간에 내 점퍼를 입고 나타났다. 원래 자기 옷인 양 천연덕스럽게 입고 있었는데 웃기게도 그게 또 잘 어울렸다. 옷 크기도 딱 맞았다. 젊은 애들이나 입고 다니는 야구 점퍼인데도 잘 어울린 건 그가 교수치고는 젊은 편인 30대 중반인 데다 얼굴도 동안이었기 때문이다. 언뜻 보면 내 형뻘 되는 사람 같았다.

그날도 그는 강의를 반쯤 하다 말고 지겨워 죽겠으니 다들 잠이나 자라고 하고는 교탁에 엎드려 잠을 청했다. 이제는 잠시 머뭇거리는 학생도 없었다. 다들 기다렸다는 듯이 일어나서 강의실을 나가 버렸고, 또다시 강 교수와 나 둘만 남았다.

나도 나가려고 하다가 문 앞에서 돌아섰다. 그냥 나가기에는 심각한 문제가 하나 있었다. 강 교수가 입고 있는 점퍼가 내 것이라는 사실이었다. 동네 옷가게에서 1만 5천 원인가 주고 샀던 것 같다. 1만 5천 원이 아까워서가 아니라 이건 인간의 도리가 아닌 것 같아서 나는 강 교수를 노려보았다. 교수는 코를 골지 않았다. 그렇다고 엎드린 자세에서 움직이지도 않았다. 자는지 안 자는지 알 수가 없었다. 눈이 빠지게 노려봐도 도저히 알 수가 없어서 결국 나는 그에게 다가갔다. 아니, 다가가려고 했다. 막 한 발걸음을 뗐을 때 새클턴 박사의 목소리가 들려왔다.

"자네는 왜 여기 있는 건가?"

13

나는 왜 여기 있는 걸까. 여기가 아니라 저기에, 저기가 어딘지는 모르겠지만, 아무튼 여기가 아닌 다른 어딘가에 있을 수도 있는데 왜 하필이면 여기 있을까.

더욱 난감한 것은 내가 지금 이 순간 존재하고 있다는 것이었다. '여기'라는 단어는 종종 시공간을 포함한 의미를 갖는다. 국어사전에 '여기'가 어떻게 설명되어 있는지 따지지 말자. 사람들은 사전이 가르쳐주는 대로 말하지는 않는다. '너 여기서 뭐 하냐'라는 물음은 보통 '너 지금 여기서 뭐 하냐'에서 '지금'을 생략한 것이다. 즉 다른 순간도 아니고 굳이 지금 여기 있는 이유가 궁금하다는 뜻이거나 혹은 지금 여기 있으면 안 되고 다른 곳에 있어야 하는데 뭐 하는 거냐고 윽박지르는 뜻이다.

그러니까 내가 하필이면 지금 이 순간에 여기 있는 이유가 도대체 뭐란 말인가. 도저히 알 수가 없었다. 지금 이 순간이라고 해봐야 대단한 순간도 아니었다. 강지진이라는 불성실한 교수가 강의하다 말고 낮잠을 자고 있는 순간에 불과했다. 내가 있는 여기도 삼류 대학의 텅 빈 강의실이었다. 지금도, 여기도, 모두 별것도 아니었는데 나는 그만 그 대수롭잖은 지금 여기를 인식한 순간 혼란에 빠지고 말았다.

내가 지금 여기서 뭐 하는 거람?

아무리 생각해도 답을 알 수가 없었던 나와 달리 새클턴 박사는 알고 있었다.

14

"이런 멍청한 자식. 오줌 누려고 여기 왔지, 그걸 보고서도 몰라?"

새클턴 박사는 소변기 앞에서 막 지퍼를 내리던 참이었다. 마리아는 화장실 밖에서 기다리고 있었다. 그녀가 아무리 충실한 도우미고 어린애들 거시기 따위에는 흥미가 없다고 해도 일단 여자인 이상 화장실까지 따라 들어올 수는 없었다. 조엘 모리슨은 박사가 혼자 있게 되는 이 흔치 않은 순간을 노려서 그에게 '돌직구'를 날린 것이었다.

"멍청한 건 너야. 화장실에 왔다고 뭐라 그러는 게 아니라고. 내 말은 왜…… 오! 블러디 헬(Bloody Hell)!"

박사가 거시기를 꺼내는 바람에 모리슨은 경악하고 말았다. 11세짜리 꼬맹이가 어른들 못지않게 거대한 물건을 가지고 있었던 것이다. 남자란 애나 어른이나 거시기 크기에 민감하게 반응한다. 새클턴 박사도 철이 없던 나이라 모리슨의 반응에 흐뭇한 웃음을 지어 보였다. 철이 든 다음에는 자기 물건을 자랑하는 버릇을 고쳤느냐고 한다면 그건 또 아니지만 지금은 넘어가자.

모리슨은 기가 팍 죽었다. 박사는 월반을 했기 때문에 그보다 두 살이나 어렸다. 그런데도 거시기는 두 배나 컸다. 남자라면 누구나 기가 죽을 수밖에 없는 순간이었다. 그래도 모리슨은 천성이 성실한 아이라 그 와중에도 매우, 무척, 그리고 아주 적극적인 태도를 잃지 않으려고 애썼다.

"이 병신아. 너 같은 병신을 위한 특수학교가 있잖아. 그런 학교에 가면 되지 왜 우리 학교에 와서 이 난리를 치는 거냐고. 너 때문에 다른 애들이 얼마나 불편한지 알기나 해?"

박사는 대답 대신 오줌을 힘차게 뿜어냈다. 그는 거시기만 큰 게 아니라 '오줌발'도 대단했다. 변기가 만약 진흙이었다면 당장에 무너졌을 게다. 폭포수처럼 쏟아지는 오줌 줄기를 바라보며 모리슨은 생각했다. 세상에! 학교에 불이 나면 이놈을 불러야겠는데? 오줌으로 화재를 진압하고도 남을 놈이야. 그러고는 자기가 아무리 힘을 줘도 저렇게 힘차고 멋지게 오줌을 쌀 수는 없다는 사실에 좌절하고 말았다.

"내 말은…… 병신은 병신을 위한 학교에 가야 한다는 거야. 우리 같은 정상인들에게 피해를 주지 말라고. ……뭐 그런 뜻이야."

"미안한데 조금만 더 크게 말해줄래? 내 오줌 소리가 너무 커서 잘 안 들리거든. 이런 젠장. 변기가 또 부서지면 아버지한테 혼날 텐데. 뭐 할 수 없지. 아버지는 부자니까 그깟 변기 수리비 정도는 그 자리에서 지불해주실 거야."

아무리 생각해도 지금 이 순간, 바로 여기에서 새클턴 박사를 이기는 건 불가능했다. 모리슨은 패배를 인정하고 조용히 돌아섰다.

콸콸콸 하는 소리가 끊이지 않고 들려왔다.

박사가 멋지게 승리한 것 같고, 실제로도 승리한 건 사실이지만 멋진 건 아니었다. 사실은 입맛이 쓴 승리였다.

박사는 훗날 나에게 고백했다. 그날 화장실에서 손을 씻으면서 눈물을 흘렸다고. 아이들에게 갖은 괴롭힘을 당하면서도 한 번도 울지 않았던 그가 그날 처음으로 울었다. 단지 눈물 몇 방울에 불과했고 그나마도 금방 손바닥으로 눈을 슥슥 문지르고는 뚝 그쳤지만 어쨌든 눈물은 눈물이었다.

괴롭힘 따위는 아무래도 좋았다. 병신 취급을 당하는 것도 좋았다. 다 참을 수 있었고, 실제로도 참아왔다. 그는 남과 다른 자였다. 남과 다르다는 죄를 지은 자였다. 세상은 그가 걸음마를 할 때부터 이미 그를 배척할 준비를 하고 있었고, 마침내 그가 제 발로 집 밖에 나가는 순간 배척이 시작되었다. 박사는 운명론자는 아니지만 운명이라는 게 그런 거라면 수긍할 수도 있었다. 하지만 '돌직구'엔 그럴 수가 없었다. 그건 수긍할 수도 없었고 참을 수도 없었다.

박사도 알았다. 다 알았다. 모리슨이 그간 해온 모든 짓거리는 결국 '너는 지금 여기 있으면 안 된다'는 뜻이라는 걸. 그러니까 이제 와서 새삼스럽게 '돌직구'에 놀라거나 상처 입을 필요도 없다는 걸. 모리슨은 박사가 무슨 짓을 하든 의연하기만 하자 약이 바짝 올라서 그랬을 뿐이라는 것도 다 알고 있었다.

하지만 그 '돌직구'는 아팠다. 너무 아팠다. 어린 나이에 이미 강

철 같은 정신력을 갖고 있던 박사를 울게 할 만큼. 언어폭력보다는 물리적 폭력이 훨씬 잔인하고 치명적인 게 당연하지만 어떤 경우에는 그 반대일 수도 있는 법이다.

박사는 그날 이후 '지금 여기'라는 문제를 깊이 생각하게 되었다. 아니, 그 문제에 완전히 사로잡혔다고 하는 게 맞겠다. 그 이후에도 평소처럼 학교를 다니고 아이들의 괴롭힘을 무시하고 집에 돌아가면 책을 읽었지만 그의 머릿속에는 언제나 두 단어가 박혀 있었다.

지금, 여기.

15

"오줌이 마려워, 똥이 마려워?"

강 교수가 갑자기 벌떡 일어나더니 나에게 물었다. 나는 잠깐 멍하니 있다가 대답했다.

"어느 쪽도 마렵지 않습니다."

"근데 왜 뭐 마려운 강아지처럼 그러고 있어?"

"그러게요. 저도 제가 왜 이러고 있는 건지 모르겠네요."

강 교수가 점퍼를 가리켰다.

"이거 돌려달라는 소리를 하고 싶은 거야?"

"제 옷이라는 걸 알고 계셨군요."

"지난번에 네가 덮어줬잖아. 다 알고 있었어. 자, 이제 말해봐. 이거 돌려받고 싶은 거지?"

"모르겠습니다. 방금 전까지는 옷을 돌려받고 싶었는데 지금은 모르겠군요. 제가 하필이면 지금 이 순간에 바로 여기서 이러고 있는 데는 그깟 점퍼 한 벌 이상의 이유가 있는 것 같은데 그걸 모르겠습니다."

내가 듣기에도 헛소리였고, 강 교수가 듣기에도 그랬던 모양이다. 강 교수는 오랜만에 훌륭한 헛소리를 들어보는군, 하면서 고개를 끄덕이더니 내게 다가왔다.

"밥 먹을래?"

"아까 점심 먹었는데요."

"또 먹어."

"왜요?"

"왜는 무슨 왜야. 오줌도 똥도 마렵지 않다면서. 그러니까 네 몸 속에 똥오줌의 재료가 충분하지 않다는 거지. 재료를 더 넣어줘서 똥오줌을 만들어야지. 안 그러면 몸이 심심하잖아."

아, 그렇구나. 몸이 심심하면 안 되겠구나. 심심하지 않으려면 밥을 먹어야 한다! 나는 심오한 진리라도 깨달은 듯한 기분이 들었고 그 순간 이상하게도 배가 고팠다. 돌아서면 배고플 나이였으니 따지고 보면 꼭 이상한 일도 아니었지만.

우리는 학교 앞 편의점에 갔다. 교내식당은 돼지도 안 먹을 걸 돈 받고 파는 데라며 강 교수가 편의점에 가자고 했다. 편의점에서 그는 컵라면과 김밥과 빵을 두 개씩 사서 하나씩 내게 주었다.

"사주는 거야. 고맙게 먹어."

"예, 감사히 먹겠습니다. 근데 설마 이게 점퍼 값은 아니겠죠?"

강 교수는 내 말을 무시하고 식사를 시작했다. 나는 그의 먹는 모습에 감탄했다. 김밥이나 빵은 그렇다 쳐도 라면을 그토록 조용하고 깔끔하게 먹는 사람은 처음 봤다. 후루룩 소리도 내지 않았고 국물 한 방울도 흘리지 않았다. 가정교육을 잘 받은 모양이었다.

나는 그와 달리 가정교육을 그냥저냥 평범하게 받은 사람이라 후루룩 소리를 내며 라면을 먹었다. 국물도 셔츠에 한 방울 흘렸다. 그래도 김밥과 빵은 조용하고 깔끔하게 먹어치웠다. 다 먹자 배가 제법 불렀다.

"담배 피워?"

"아뇨."

"이토록 훌륭한 젊은이라니. 앞으로도 담배는 절대 피우지 마. 담배 따위는 쌍것들이나 피우는 거야."

그러고서 강 교수는 주머니에서 담배를 꺼내 입에 물고 보무도 당당하게 학교로 돌아갔다. 나는 그가 토해내는 담배연기에 콜록콜록 기침을 하면서 따라갔다. 그는 들어가지 말라고 적혀 있는 팻말도 무시하고 잔디밭 안으로 들어가 퍼질러 앉았다. 경박한 표현이지만 어쩔 수가 없다. 파릇파릇한 게 차마 건드리기에도 아까운 잔디를 엉덩이로 깔아뭉개는 모습이라 '퍼질러 앉았다'라고밖에는 달리 표현할 수가 없다.

나는 그의 옆에 조심스럽게 쭈그려 앉았다. 강 교수는 무엄하게도 담배를 잔디밭에 버리고 발로 밟았다. 지나가는 사람들이 제법 있었지만 아무도 뭐라 그러지 않았다. 쳐다보는 사람도 없었다.

"문학 좋아해?"

"아뇨."

"좋아하지는 않아도 관심은 있겠지?"

"없는데요."

"좋아하는 문학작품 하나만 대봐."

"「방망이 깎는 노인」이 좋더군요."

강 교수는 나를 지그시 바라보았다.

"나도 윤오영 선생님의 수필 참 좋아해. 근데 어디 가서 수필 좋아한다는 소리는 하지 마. 수필 따위는 잡문에 불과해서 무식하고 천박한 것들이나 읽는 거라는 식으로 말하고 다녀. 그래야 교양 있는 지식인 대접을 받을 수 있어."

"왜 그렇죠?"

"나도 몰라. 그냥 세상이 원래 그래."

"웃기는 세상이네요."

"웃기지. 근데 너도 웃긴다. 문학에 관심도 없으면서 내 강의는 왜 들어?"

"A 폭격을 받고 싶어서요."

"전공이 뭔데?"

"경제학입니다."

"경제학 전공하는 친구가 문학으로 A 폭격 받아서 뭐하려고? 필수과목도 아닌데. 학점에 '빵꾸' 났어?"

"취직할 때 기왕이면 화려한 성적표를 들고 가고 싶어서요."

강 교수는 다시 담배를 꺼냈다. 수위 아저씨가 지나가다가 이쪽을 보고 손을 흔들었다. 강 교수도 손을 흔들었다. 그것도 빈손도 아니고 담배를 쥔 손으로. 수위 아저씨는 방글방글 웃으며 어딘가로 걸어갔다. 나는 앞으로는 잔디밭에 앉아서 담배 피우는 인간을 봐도 절대로 뭐라 그러지 말아야겠다고 다짐했다.

강 교수가 담배연기를 후욱 내뿜더니 느닷없이 벼락을 날렸다.

"넌 F다."

16

"넌 F다."

섀클턴 박사가 느닷없이 벼락을 맞은 건 시험을 치르던 도중이었다. 공립학교에 올라가서 치르는 첫 번째 시험이었는데 교사가 갑자기 달려와서는 시험지를 빼앗더니 그렇게 벼락을 날린 것이었다.

"예? 뭐라고요? 제가 F라고요? 선생님 뭐 잘못 드셨어요?"

"내가 지금 빼앗은 시험지를 누가 가지고 있었지?"

그 소리에 박사 옆에 앉아 있던 마리아가 얼빠진 얼굴이 되고 말았다. 시험지를 갖고 있던 사람은 그녀였다. 펜을 쥐고 있던 사람도, 답안을 작성하던 사람도 그녀였다.

"문제를 푼 사람은 접니다. 마리아는 제가 불러주는 대로 적었을 뿐이에요."

"바로 그게 문제다. 넌 여기 다른 학생들도 있다는 사실을 무시하고 답을 불렀어. 부정행위다."

"남들이 듣지 못하도록 나직하게 말했습니다. 마리아의 귓가에 대고 소곤거렸다고요."

마리아도 정말 그랬다고 열심히 고개를 끄덕였다. 그러나 교사는 냉엄하기만 했다.

"그렇다고 해도 문제는 남아 있다. 베넷 씨가 너 대신 문제를 풀고 있었는지도 모르지."

"제가 풀었다니까요! 마리아가 문제를 불러주면 제가 스스로 생각해서 답을 내놓았단 말입니다."

"그걸 어떻게 입증할 수 있지?"

박사는 그제야 자기가 함정에 빠졌다는 걸 깨달았다.

그놈의 시험은 주니어 스쿨 시절에도 박사를 괴롭혔던 문제였다. 박사 한 사람을 위해 점자 시험지를 만들어주는 학교는 어디에도 없었다. 그렇다고 시험을 포기할 수도 없었다. 결국 박사는 남들이 다 교실에서 시험 볼 때 다른 곳에서 교사가 문제를 읽어주면 답을 구술하는 방식으로 시험을 봤다.

공립학교에서 첫 시험을 보기 전에도 박사는 그런 방식으로 시험을 보게 해달라고 담임교사에게 청했다. 교사는 점잖지만 냉랭한 태도로 거절했다. 여긴 공립학교, 즉 만인에게 평등한 학교이고 따라서 그런 특별 대접은 해줄 수 없다는 거였다. 그럼 시험지를 읽을 수도 없는 나는 어쩌면 좋으냐는 항변에 돌아온 대답은 '네가 알아서 해!'였다. 그래서 박사는 알아서 하기로 했고, 그러던 도중에 날벼락을 맞은 것이었다.

이게 함정이 아니면 뭐란 말인가. 교사라는 인간이 학생을, 그것도 이제 겨우 열한 살 먹은 어린애를 작정하고 함정에 빠뜨린 것이었다. 섀클턴 박사는 교사의 비열한 웃음소리를 들을 수 있었다. 다른 아이들이 킬킬대는 소리도. 조엘 모리슨은 아예 교실이 떠나가라 웃어댔다. 크카카카, 크카카카.

어지간한 섀클턴 박사도 철없는 급우들만 아니라 교사까지 매우, 무척, 그리고 아주 적극적인 태도로 살아간다는 사실에는 충격을 받고 말았다. 너무 충격을 받은 나머지 그는 더 이상 대꾸도 못하고 교실에서 나가 버렸다.

17

"예? 제가 F라고요? 교수님 뭐 잘못 드셨어요?"

"내가 아까 먹은 건 컵라면과 김밥과 빵이었다. 너도 같이 먹었지. 상한 음식이 있었던가?"

"없었죠. 근데 왜 그런 말씀을 하세요?"

강 교수는 허공에 담배연기를 한 번 내뿜었다.

"내가 너한테 F를 주겠다는 건 아니야. 명중률 백 퍼센트를 자랑하는 A 폭격기가 그럴 수는 없지. 내 말은 이 세상이 이미 너에게 F를 주었다는 거다. IMF 사태가 한창일 때 유행했던 블랙유머 기억해? IMF가 'I am F'라는 뜻이라는."

"예, 우리 모두가 세상으로부터 F를 받았다는 뜻이었죠. 지금 생각해보면 별로 웃기지도 않는 유머입니다."

"난 웃기는데? 하여튼 우리가 F를 받은 것처럼 너도 F를 받은 거야. 뭐? 화려한 성적표? 웃기고 자빠졌네. 이딴 삼류 대학에 들어온 순간에 넌 이미 F를 받은 거야. 네가 4년 내내 전액 장학금을 받고 졸업하고 온갖 자격증에 공모전 수상 경력 등을 쌓아도 면접관들은 입사지원서에 적혀 있는 학교 이름만 보고서 네 지원서를 쓰레기통에 처박을 거야."

그야 듣지 않아도 이미 알고 있는 일이었다. 나라고 아주 맹추는 아니어서 빛이 없는 대학을 나와서 빛이 있는 직장으로 들어가는 건 극히 어렵다는 것 정도는 알았다. 그래도 일말의 희망은 버리지 못하고 있었던 것인데, 교수라는 작자가 학생의 희망을 짓밟아버리다니 뭐 이런 경우가 다 있나. 나는 부아가 치밀었다.

"그래도 취직은 할 수 있습니다."

"할 수 있겠지. 굳이 대학 졸업장 같은 거 없어도 들어갈 수 있는 데에. 정규직도 아닌 비정규직으로. 그리고 한평생 이렇게 후회하겠지. 내가 왜 학창 시절에 공부를 안 했을까, 하고."

"저도 나름대로 열심히 공부했습니다. 중학교 때는 야구 하느라 공부 못했지만 고등학교 올라가서는 꽤 열심히 했다고요."

"응? 야구 선수 출신이었어?"

"예, 근데 지금은 그게 중요한 게 아니라요. 교수님 말씀을 듣자니 화가 나네요. 교수님이 학생한테, 아니 사람이 다른 사람한테 네 인생은 F라고 함부로 말해도 되는 겁니까?"

"앞으로도 많이 듣게 될 소리를 내가 먼저 들려준 것뿐이야. 예습한 거라고 생각해. 난 교수니까 학생의 장래를 생각해줘야지."

"그놈의 생각, 참 깊고도 자상하네요. 근데 그러는 교수님은 왜 이런 삼류 대학에서 교수 노릇 하고 계세요?"

"왜긴 왜야. 너처럼 공부를 안 해서 그렇지."

"저 공부했다니까요."

"세상이 인정해줄 만큼 하지는 않았겠지. 나도 그래. 원래 나 같은 놈은 돈 안 되는 소설이나 끼적대거나 아니면 이 대학 저 대학 떠돌면서 시간강사 노릇 하다가 장가도 못 가고 굶어 죽어야 되는데 운 좋게 이 학교 이사장 마누라의 아들로 태어난 덕에 교수 자리 하나 얻어냈지."

순간 머리가 멍했다. 잠시 후에야 그의 말을 이해할 수 있었다.

"이사장이 교수님 아버지였어요?"

"아니. 이사장 마누라가 내 엄마라니까."

"그게 그거잖아요."

"다르지. 우리말은 아 다르고 어 다른 거야."

강 교수는 딱하다는 시선으로 나를 보았다.

"아무래도 언어에는 재능이 없는 것 같군."

보아하니 복잡한 가정 사정이 있는 모양이었다. 그야 뭐 남의 일이고, 중요한 건 이 인간의 막말을 더는 들어줄 수가 없다는 거였다.

"그래서 교수님 인생이 그 모양이니까 저도 그럴 거라고요? 더 못 듣겠습니다. 저 갈래요."

내가 일어서도 강 교수는 만류하는 시늉도 하지 않았다. 담배나 뻑뻑 빨아대고 있는 그 인간을 확 째려봐 주고서 몸을 돌렸다. 내 인생에 결정적인 강펀치를 날리게 될 말실수를 하고 말았다는 것도 모르고서.

18

섀클턴 박사는 심지가 굳은 사람이었다. 요즘 젊은이들 말로 하자면 '멘탈이 튼튼한' 사람이었다. 나하고는 달랐다. 완전히 달랐다.

시험 도중에 교실을 박차고 나오고서 그가 제일 먼저 한 일은 마리아의 입단속이었다.

"오늘 일은 부모님에게 말하지 말아주세요. 절대로요."

마리아는 당황했다. 그녀는 이미 꼭지가 돌아버릴 정도로 열을 받은 상태였다. 섀클턴 박사가 그렇게 급하게 교실을 나서지만 않았다면 교사의 모가지를 비틀어버렸을지도 몰랐다. 모가지 비트는 건 이미 늦었으니 섀클턴 부부에게 이 일을 고해바쳐 학교를 뒤집어 엎어버릴 셈이었는데 정작 당사자가 이렇게 나오니 당황할 수밖에.

"아니 왜? 이런 일을 부모님에게 말씀드리지 않으면 누구한테 얘기한단 말이야?"

"제게 생각이 있어요. 마리아. 당신은 제 편이죠?"

"그야 물론 네 편이지, 어니."

"그렇다면 이번 일은 저를 믿고 가만히 계세요."

마리아는 도통 이해할 수가 없었지만 결국 네 말대로 하겠다며 고개를 끄덕였다. 그녀도 이 11세 꼬마가 보통 사람들과는 완전히 다른 머리를 갖고 있다는 걸 잘 알았다. 단순히 머리가 좋다는 의미가 아니다. 똑똑함 이상의 그 무언가, 마리아는 그것을 '그 무언가'라고 애매하게 이해하고 있었을 뿐이지만 아무튼 그것이 아이의 자그마한 머리통에 가득 차 있다는 것을 알았다. 그것은 비범하기도 하고 날카롭기도 하고…… 무엇보다도 처절한 '그 무언가'였다.

박사가 나중에야 내게 고백한 일인데, 사실은 박사도 부모님에게 일러바치고 싶었다고 한다. 하긴 당연한 일 아닌가. 학교에서 부당한 일을 당했고, 부모는 그깟 공립학교 따위는 마리아의 소원대로 뒤집어 엎어버릴 수 있는 권력과 재력이 있었다. 권력과 재력을 동원한다고 해서 그게 비열한 짓일까? 설령 비열하다고 해도 그건 해야만 하는 일이었다. 상대가 매우, 무척, 그리고 아주 적극적인 태도를 취했다면 이쪽도 매우, 무척, 그리고 아주 적극적인 태도로 맞서야 하는 법이다.

교실을 나서면서 섀클턴 박사는 복수를 결심했다. 교사도, 조엘 모리슨도, 그리고 다른 놈들도 모조리 짓밟아주겠다고 결심했다. 그들이 자기 앞에서 무릎을 꿇고 엉엉 울도록 하겠다고, 그동안 쌓인 원한을 기필코 갚아주겠다고 다짐하며 이를 갈았다.

11세 소년이 원한을 품을 수 있을까? 품을 수 있다. 나이 따위는 아무 상관도 없다.

세상에는 원한의 그릇으로 태어나는 인간이 있다. 정말로 그렇게 태어난 건지 주위에서 그렇게 만든 건지 지금은 굳이 따지지 말도록 하자. 아무튼 사랑도 우정도 희망도, 무엇도 품을 수 없지만 오직 원한을 품을 수 있는 인간이 있다는 얘기다.

그 순간 박사는 원한의 그릇이었고, 그릇은 이제 원한으로 가득 차 넘쳐흐르려고 했다.

그때 그 목소리가 들려왔다.

"넌 여기서 뭘 하고 있니?"

어니스트 헨리 섀클턴의 목소리였다.

19

강 교수가 나를 다시 부른 것은 열흘쯤 뒤였다. 그날은 웬일인지 자지 않고 쩌렁쩌렁한 소리로 강의를 하더니 강의 끝나고 나가려는 나한테 대고 '어이, 야구 선수!' 하고 소리를 지른 것이었다. 달리 야구 선수라 불릴 사람이 없었기 때문에 나는 하는 수 없이 주둥아리를 고약하게 놀리는 그 인간 앞에 섰다.

그는 여전히 내 점퍼를 입고 있었다. 점퍼가 아주 그냥 마음에 쏙 든 모양이었다. 이제는 돌려달라고 할 생각도 들지 않았다.

"왜 그러시죠?"

또 남의 인생에 F를 주려나 싶어서 인상을 썼는데 그건 아니었다. 강 교수는 그보다 더 황당한 소리를 지껄였다. 국문학과와 영문학과가 문학도의 명예를 걸고 축구 시합을 벌이는데 나더러 도와달라는 것이었다. 문학도의 명예와 축구가 무슨 상관인지 모르겠지만 하여튼 웃기는 소리였다.

"그러니까 저더러 축구 선수가 되어달라는 말씀이세요?"

"응. 하루만 우리 과의 용병으로 뛰어달라는 거지. 우리 과는 남자가 적거든."

어느 학교나 그렇겠지만 우리 학교도 국문학과는 그 특성상 남학생이 적었다. 그나마 있는 남학생들 중에서 선수로 뛸 만한 학생을 추려봤더니 열 명도 안 되더란다.

"저는 경제학과인데요."

"괜찮아. 영문학과 애들도 남학생이 적어서 용병 부르기로 했어."

"왜 하필 접니까?"

"야구 선수 출신이잖아."

"예, 바로 그렇죠. 축구 선수가 아니라 야구 선수였죠."

"축구나 야구나 구기종목이잖아."

"그런 식으로 치면 차라리 탁구 선수를 데려오지 그러세요?"

"그 친구 참 따지기는. 운동선수 출신이니까 체력 좋을 거 아니야. 적어도 평생 운동하고는 담쌓고 책이나 읽던 '범생이들'보다는 낫겠지."

그야 뭐 그랬다. 몸을 단련하기 가장 좋은 사춘기 무렵에 운동을 해서 체력이라면 자신 있었다. 야구를 그만둔 다음에도 조깅이나 팔굽혀펴기, 스쾃 등의 기본적인 운동은 꾸준히 해왔다. 어릴 때부터 워낙 운동을 좋아했다.

"축구는 해봤어?"

"친구들이랑 학교 운동장에서 하는 엉터리 축구라면 많이 해봤죠."

"그 정도면 됐어. 경험치 만땅. 영문학과 놈들이 널 보면 호나우두인 줄 알겠군."

"……제가 왜 다른 학생들 축구 하고 노는 걸 도와줘야 되죠? 제가 국문학과 학생도 아닌데."

"화려한 성적표 받고 싶다며?"

"지금 성적 가지고 거래를 하자는 겁니까!"

기가 막힌 나머지 언성을 높이자 강 교수는 기분이 팍 상한 얼굴이었다.

"거래라니, 이 친구가. 거래 아니야. 협박이야."

참 당당하게도 지껄였다.

"용병으로 뛰어주지 않으면 F를 주겠다. 대신 용병으로 뛰어서 우리 과를 승리로 이끌어준다면 A 플러스를 주지."

"아니 무슨 그딴 협박이 다 있습니까! 교수님, 정말 교수 맞으세요?"

"불만이면 이사장한테 가서 따져보든지."

이 인간이 이사장의 아들인지 이사장 마누라의 아들인지는 중요하지 않았다. 하여간 그는 이사장을 아버지라고 부를 법적인 권리가 있는 사람이었다. 나는 그만 항복하고 말았다.

"시합은 언제죠?"

"10분 뒤."

"좀 빨리 말하세요!"

"어쩌라고. 네가 야구 선수 출신이라는 게 좀 전에 떠올랐단 말이다."

내가 이 인간에게 야구 했다는 얘기를 왜 했을까. 후회해봐야 이미 때늦은 일이었다. 나는 한숨을 푹푹 쉬며 강 교수를 따라갔다.

무광대학은 삼류 대학인 주제에 부지는 넓었다. 지방이라 땅값이 싸서 그런 모양이었다. 싼 맛에 땅을 잔뜩 샀더니 그냥 놀려두기 아까웠던 걸까. 이사장은 참 친절하게도 학생들 재미나게 놀라고 축구장까지 만들어주었다. 잔디밭까지 깔린 진짜 축구장이었다.

축구장에는 이미 오늘의 선수들이 모여 있었다. 푸른 체육복을 입은 쪽이 국문학과, 흰 체육복이 영문학과였다. 이쪽이고 저쪽이고 다들 잔뜩 상기된 얼굴이었다. 시합에 대한 기대감이나 흥분 때문만은 아닌 듯했고 아무래도 여학생들이 주위에 잔뜩 몰려 있는 게 결정적인 이유인 것 같았다.

문학도면 문학도답게 문학과 예술에 대한 고담준론이나 나눌 일이지 웬 축구냐 싶었던 나도 그들의 심정이 이해가 되었다. 국문학과고 영문학과고 성비가 여자 쪽으로 확 기울었다는 점에서 마찬가지고, 당연히 남학생들은 너도 나도 튀어보려고 안달인 게 분명했다. 여학생들 표정도 어느 놈이 더 튀나 구경이나 해보자 하는 식이었다.

싱거운 것들이다 싶었지만 뭐 어쩌겠나. A 플러스 받고 싶으면 이겨야 했다. 난 누구 옷인지도 모르는 체육복을 입고 시합에 나섰다. 시합이 어떻게 전개되었는지 길게 늘어놓을 필요는 없겠다. 결과만 말하겠다. 11 대 3으로 국문학과 승리. 나 혼자 아홉 골을 넣었다. 해트트릭에 해트트릭에 해트트릭을 또 한 것이었다. 시합이 끝나자 영문학과 교수인 듯한, 이마가 너무 넓어서 딱하기까지 한 아저씨가 호나우두를 데려오는 건 반칙이지 어쩌고 하며 성질을 부리는 바람에 무척 황당했다.

영문학과 학생들의 명예를 위해 밝혀두자면 이건 처음부터 불

공평한 시합이었다. 운동선수 출신인 내가 끼어든 건 양들이 노는 데 사자가 끼어든 거나 마찬가지였다. 우리나라 체육계는 철저히 엘리트 위주다. 바꿔 말하면 엘리트 하나 만들어보려고 아직 어린 학생들을 짐승한테도 그럴 수 없을 정도로 몰아댄다는 것이다. 나도 비록 고등학교 올라가면서 그만두었다지만 그런 살벌한 체육계에서 단련된 몸이었다. 더구나 선수 시절 나는 주전이었고, 그것도 유격수였다. 야구 좋아하는 사람들은 다 알겠지만 유격수는 웬만한 운동신경과 체력으로는 할 수 없는 포지션이다. 선수들 중에서도 특출 난 재능을 타고난 사람만이 소화할 수 있는 포지션이다. 물론 내가 특출 난 재능을 가진 건 아니었고, 우리 학교 야구부가 워낙 수준이 낮아서 나 같은 놈도 주전 유격수가 될 수 있었던 거였지만 어쨌든 일반인은 내 상대가 될 수 없었다. 야구가 아니라 축구라도 마찬가지였다.

내가 그만 가려는데 강 교수가 붙잡았다.

"어디 가? 고기는 먹고 가야지."

"무슨 고기요?"

"대한민국이 세계에 자랑할 수 있는 음식, 불고기다."

진 쪽에서 불고기를 사기로 했다는 거였다. 문학도의 명예가 아니라 불고기가 걸린 시합이었다니 어이가 없었지만 고기 먹여준다는 데 거절하는 건 내 위장에 대한 도리가 아니어서 순순히 따라갔다.

고깃집에서 나는 말없이 위장에 대한 도리를 지키는 데만 전념

했다. 국문학과의 사내놈들이 그래도 한 시합 같이 뛴 동료라고 친한 척 말을 걸어오고 이런저런 소리로 추어올리기도 했지만 듣는 둥 마는 둥 했다. 여자들이 상냥하게 말을 걸어왔을 때는 솔직히 두근거렸지만 묻는 말에만 대답하고 별다른 얘기는 하지 않았다. 처음에는 방긋방긋 웃어대던 여자들도 내가 내 입은 당신들이랑 수다 떠는 것보다 훨씬 더 가치 있고 고귀한 일, 이를테면 고기 씹는 데 써야 한다는 의사를 분명히 하자 조용히 물러갔다. 딱하다는 표정으로 나를 힐끗대는 게 '어머, 이 남자 고기도 못 먹어보고 살았나 봐. 어이구, 불쌍해라' 하는 것 같았다.

남자들한테 차갑게 대한 거야 당연한 일이었지만(남자라면 다들 알겠지만, 게이가 아닌 이상 같은 남자 따위는 짜증 나는 것들에 불과하다) 여자들한테도 무뚝뚝하게 군 건 내 성격이 원래 그랬기 때문이기도 하고, 한편으로는 여기가 내가 있을 곳이 아니기 때문이기도 했다. 나는 학점 가지고 학생을 협박하는 비열한 교수에게 끌려왔을 뿐이다. 그런 점에서 나는 칼 같은 사람이었다. 내가 있을 곳, 없을 곳을 철저히 구분했다.

지금, 여기.

내가 있을 곳이 아닌 곳.

고기로 위장을 빵빵하게 채운 다음에 바로 일어나는데 영문학과 교수가 불렀다.

"이봐, 호나우두! 다음에는 우리 팀에서 뛰어줘."

"싫습니다. 저 축구 안 좋아해요."

"좋아하지도 않는 축구를 왜 그렇게 잘해?"

원래 운동을 했다는 설명도 하기 귀찮아서 되는대로 내뱉었다.

"좋아하지 않는 일도 잘할 수 있는 거죠."

강 교수가 맥주 몇 잔에 불콰해진 얼굴로 지껄였다.

"그 말 좋다! 좋아하지 않는 일도 잘할 수 있고, 좋아하는 일은 또 잘하지 못할 수도 있지. 암, 그런 거지. 크하하!"

크하하, 좋아하네. 대충 인사하는 시늉만 하고 고깃집을 나서는데 웬 여학생 하나가 따라왔다. 아담한 체구에 귀엽게 생긴 얼굴이 꼭 중학생 같았다. 아까는 어느 구석에 처박혀 있었는지 눈에 띄지 않던 여자였다. 그녀는 나와 눈을 마주치고 뜻 모를 미소를 짓더니 홱 돌아서서 다시 식당으로 돌아갔다.

뭐야? 내 얼굴 보고 한번 웃어보려고 따라온 거야? 내가 그렇게 웃기게 생겼나? 황당했지만 쫓아가서 따질 수도 없었다. 나는 그만 자취방으로 돌아갔다. 방금 전에 나는 '지금 여기'에 있어서는 안 될 인간이라는 걸 강하게 깨우쳐줄 여자를 만났다는 것도 모르고서.

20

했던 소리 또 하자니 미안하지만 그래도 해야겠다.

여기서 뭐 하느냐는 소리는 지금 여기서 뭐 하느냐는 소리다.

왜 하필 지금인가, 과거도 아니고 미래도 아니고 지금인 이유가 무엇인가.

왜 하필 여기인가. 저기도 거기도 아니고 왜 하필 여기냔 말이다.

어니스트 헨리 섀클턴은 갑자기 들려온 어니스트 헨리 섀클턴의 목소리에 충격을 받았다. 나는 지금 여기서 무엇을 하고 있는가. 이미 예전부터 그를 사로잡고 있던 의문이 새삼스러운 위력으로 그의 정신을 뒤흔들었다.

그 위력 때문이었을까. 신기하게도 분노가 가라앉았다. 끓어 넘치려고 하던 원한의 그릇도 잠잠해졌다. 그는 지금 여기서 뭐 하느냐는 질문이 이제껏 들어온 그 어떤 질문보다 중요하다는 걸 직감했다. 질문을 던진 사람이 어니스트 헨리 섀클턴이라는 사실은 아직 몰랐지만 그런 건 중요하지 않았다. 지나가던 개가 그렇게 물었다 해도 박사는 심각하게 받아들였을 것이다.

박사가 똑똑한 사람이기 때문이었을까? 아니다. 머리가 좋고 나쁘고는 이 문제에 있어서는 별로 중요하지 않다. 박사는 매우, 무척, 그리고 아주 적극적인 이들을 견디지 못하고 교실에서 도망쳐 나온 사람이었다. '지금 여기'에서 쫓겨난 사람이었다. 그렇기에 그 단순한 질문이 그를 완전히 사로잡은 것이었다.

박사는 그날 집에 돌아가서 태연하게 행동했다. 시험은 잘 치렀느냐는 부모의 질문에 빙긋 웃으며 좋은 성적을 기대하라고 대답하기까지 했다. 마리아는 옆에서 안절부절못하며 지켜보았지만 끝까지 박사와의 약속을 지켰다.

박사는 밤늦게까지 고민하고 또 고민했다. 그 결과 멋들어진 대답을 떠올리고 마침내 의문에서 해방되었다면 참 좋았겠지만 그런 일은 일어나지 않았다. 대신 다른 생각이 떠올랐다. 별로 멋들어진 것 같지는 않지만 그럭저럭 괜찮은 생각이었다.

다음 날 그는 여느 때처럼 마리아와 함께 등교했다. 그날도 시험을 봐야 했다. 첫 시간은 역사, 그다음은 문학이었다. 차분하게 책상 앞에 앉아 있는 그를 보고 교사는 당황한 기색이 역력했다고 훗날 마리아가 증언해주었다. 주위 학생들은 저 재수 없는 병신 자식이 또 시험지를 빼앗기고는 이번에야말로 울음을 터트릴 거라고 기대하고 있었다. 이건 박사가 증언해주었다. 그는 눈이 보이지 않지만 오히려 그렇기 때문에 주위 사람들의 마음을 예민하게 읽을 수 있었다.

어떻게 나오나 어디 한번 보자, 하듯이 교사가 시험지를 책상에 툭 떨어뜨렸다. 학생들의 시선이 박사에게 쏟아졌다. 시험 시간인데도 시험지를 보는 사람이 아무도 없었다. 사람의 시선에 물리적인 힘이 있을까? 어쩌면 있을지도 모르겠다. 박사는 그때 온몸이 따가운 걸 느꼈다고 한다. 너무 따가워서 도망치고 싶었다고도 했다.

그냥 도망치면 안 되는 걸까. 지금 여기에서 도망치면 벌을 받게 될까? 도대체 왜? 내가 잘못한 건 아무것도 없는데? 난 그저 남들과 다르게 태어났을 뿐인데.

심지가 굳은 사람이라지만 아직 11세 소년이었다. 박사는 하마터면 정말로 도망칠 뻔했다. 그때 그를 붙잡아준 사람은 또다시 어니스트 헨리 섀클턴이었다.

그가 마음속으로 말을 걸어왔다.

'힘내라, 어니.'

박사도 마음속으로 물었다.

'왜 힘내야 되죠?'

'넌 어차피 실패할 거니까.'

'아니 근데 이 아저씨가. 지금 격려해주는 거 맞아요?'

'맞아. 넌 어차피 실패하고 패배할 거야. 넌 결코 이길 수 없어.'

박사는 어처구니가 없어서 말도 나오지 않았는데 섀클턴은 천연덕스럽게 계속 지껄였다.

'그러니까 힘내서 맞서 싸워. 이길 수 있다면 싸울 필요도 없지만 이길 수 없다면 싸워야 하는 거야.'

'그것 참 끝내주는 헛소리네요. 아저씨, 누군지는 모르겠지만 헛소리하는 데 아주 대단한 재능이 있군요.'

섀클턴은 나지막한 웃음소리를 남기고 사라졌다. 박사는 그의 헛소리를 되새겨보았다. 이길 수 있다면 싸울 필요도 없지만 이길 수 없다면 싸워야 하는 거야. 신기하게도 되새기면 되새길수록 그 헛소리가 마음에 들었다. 이리 생각하고 저리 생각해봐도 헛소리인데도 그랬다. 어쩌면 말도 안 되는 헛소리라서 마음에 쏙 들었는지도 모르겠다.

옳은 말, 바른 말은 마음에 와 닿지 않는다. 마음에 와 닿고 마침내 마음을 뒤흔들어버리는 것은 헛소리다. 박사는 훗날 나에게 그렇게 말했다.

박사는 자리에서 일어났다. 뒤에 앉아 있던 조엘 모리슨이 킥 웃음을 터트렸다. 박사가 시험을 포기하고 나가려는 줄 알았던 것이다. 박사는 시험지를 쫙쫙 찢어서 조엘 모리슨에게 던져버렸다. 모리슨이 뭐라고 하기도 전에 교사가 냉큼 달려왔다.

"이게 뭐 하는 짓이냐."

"윈스턴 처칠은 이렇게 말했습니다. 카이사르가 브리튼 섬에 상륙한 순간 영국의 역사가 시작되었다고."

"뭐라고?"

"카이사르는 갈리아전쟁 도중 브리타니아의 켈트 족이 갈리아를 지원해주고 있다는 이유로 브리타니아로 원정을 왔습니다. 두 차례의 원정 결과 켈트 족은 로마와 강화를 맺었습니다만 완전히 복속된 건 아니었습니다. 카이사르도 당장 브리타니아 전체를 정복할 생각은 없었고 그럴 여력도 없었죠. 갈리아전쟁에 끼어들지 못하도록 막는 선에서 만족하고 물러섰습니다. 우리 영국이, 그러니까 브리타니아가 로마에 복속된 것은 클라우디우스 황제 때 일입니다."

"그만! 그만 입 닥쳐!"

교사가 히스테릭하게 소리를 질렀지만 박사는 개의치 않았다. 그는 이미 몇 년 전부터 줄줄 꿰고 있던 영국의 고대사를 신명나게 읊었다. 교사는 박사가 도무지 그칠 줄을 모르자 박사의 입을 틀어막았다. 박사는 교사를 확 노려보았다. 맹인이라고 상대를 노려

볼 수 없다고 생각한다면 착각이다. 노려본다는 행위는 미움이나 분노, 원한 등을 상대에게 발산하는 것이다. 감정이 있다면 누구나 할 수 있다. 눈은 감정을 발산하는 데 쓰는 수많은 도구 중 하나일 뿐이다. 박사는 시력이 없는 것이지 감정이 없는 게 아니었고, 결단코 아니었고, 그렇기에 교사는 날카로운 시선에 찔린 듯한 아픔을 느끼며 움찔했다.

"왜 그러시죠? 저는 시험을 치르는 중입니다. 왜 못 하게 하시는 거죠?"

"시험을 치르다니……. 무슨 헛소리냐. 너는 큰 소리로 떠들고 있었어. 다른 학생들을 방해했다고."

"그럼 저는 어떡하면 좋죠? 시험지를 읽을 수도 없고, 읽어줄 사람도 없는 저는 어떤 방법으로 저를 증명해야 되는 거죠?"

"그딴 건 내 알 바 아니야! 어쨌든 너는 부정행위…… 거의 부정행위나 다름없는 짓을 저질렀어. 넌 낙제다. 그래, 이런 짓은 용납할 수 없어. 넌 낙제야. 여기서…… 나가거라."

다 큰 어른인 교사는 식은땀을 흘렸고, 11세짜리 소년은 히죽 웃었다.

"낙제라, 그거야말로 제 알 바 아니군요. 제가 조금 전에 떠든 내용이 단순한 헛소리가 아니라는 건 잘 아실 겁니다. 선생님만 아니라 이 교실의 모두가 잘 알 겁니다. 저는 시험을 치를 수 없습니다. 적어도 당신들이 원하는 방식으로는 치를 수 없습니다. 그래서 낙제 당해야 한다면, 좋습니다. 알겠어요. 마음대로 하시죠. 하지만 선생님도 알고 저도 알고 모두가 압니다. 제가 당신들의 시험을 통과할 수 없다고 해서 아무 짝에도 쓸모없는 병신이 되는 건 아니라는 점을 말입니다. 그럼 됐습니다. 저는 이제 만족합니다. 뒷일은 알아서 하세요."

박사는 교실을 나갔다. 좀 더 멋지게 묘사하고 싶은 장면이지만 그럴 수가 없다. 박사는 그냥 나가 버렸다. 더 이상 무슨 말이 필요한가? '지금 여기'에서 쫓겨난 게 아니라 스스로 나가 버린 것이다!

21

섀클턴 박사의 인생은 초장부터 그렇게 드라마틱하게 흘러갔지만 내 인생은 그렇지 않았다. 내 인생은 시시하고 썰렁했다. 내게는 아직 시간이 필요했다. 박사는 선택 받은 사람이었지만 나는 시시하고 썰렁한 인간이었다. 내 본질이 그 모양이니 인생도 그럴 수밖에 없었다. 나는 박사를 만나야 했지만 앞에서도 말했듯이 아직은 시간이 필요했다.

돌이켜보면 대학 시절은 별 의미 없는 시간이었다. 그 무의미한 시간에 조금이나마 의미를 부여해준 것은…… 아니 이렇게 말하니까 마치 그 인간이 내 인생의 은인 같아서 거부감이 든다. 이렇게만 말해두자. 시시하고 썰렁한 대학 시절에 약간의 잔재미를 보태준 이는 강 교수였다고.

강 교수는 이후에도 내 인생에 큰 영향을 주게 될 인간이었지만 학창 시절에는 주로 운동 쪽으로 영향을 주었다. 야구 선수 출신인 내가 그 인간 때문에 축구 선수도 되어보고 족구 선수도 되어보고 별별 선수 노릇을 다 해야만 했던 것이다.

축구 시합이 있고 며칠 뒤 강 교수가 문자를 보내왔다. 발신번호가 처음 보는 것이었지만 문자랍시고 '잘생기고 섹시한 강 교수님이 당신을 보고 싶어 합니다. 당장 컴온'이라고 적어 보낸 게 그 인간이 분명했다. 귀찮고 짜증 났지만 가지 않을 수도 없었다. 교수실로 찾아가자 강 교수는 두 팔을 활짝 벌리며 반겨주었다.

"오, 우리 과의 전속 용병이 왔군. 잘 왔어."

"제가 언제 전속 용병이 된 겁니까? 아니, 그보다 제 전화번호는 어떻게 아셨어요?"

"교수가 학생 전화번호 알아내는 게 어려울 것 같아?"

"그건 그렇다 치고, 잘생기고 섹시한 교수님은 어디 계시죠? 제 눈에는 학생한테 협박이나 하고 학생을 용병 취급하는 불량 교수님밖에 안 보이는데요."

"이 친구가 그새 말발이 조금 늘었네. 꾸준히 성장하고 있군. 역시 유망주였어. 첫눈에 알아봤지. 자, 그럼 족구나 하러 가볼까?"

"족구는 무슨 족구입니까!"

"족구 하자고 부른 거였어. 불문학과 놈들이 주제도 모르고 우리한테 덤벼왔거든. 혼쭐을 내줘야지."

"또 용병으로 뛰어달란 말씀이세요?"

"전속 용병이잖아."

"아니 글쎄, 언제부터 전속이 되었느냔 말입니다."

"언제부터는 언제부터야. 처음 봤을 때부터지. 난 널 처음 보는 순간에 이놈 쓸 만하겠구나 싶어서 두고두고 부려먹을 셈이었어. 걱정 마. 보상은 확실하게 해줄 테니까. A 플러스."

강 교수가 '다 알지?' 하는 표정으로 눈을 찡긋했다. 아아, 시커먼 사내놈의 윙크라니. 온몸에 소름이 쫙 돋았다.

"그러니까 이번에도 이기게 해주면 A 플러스고 아니면 F라는 거군요."

"바로 그거야. 말을 단번에 알아듣는 그대는 센스쟁이."

"문학도들은 원래 그렇습니까? 다들 공부는 안 하고 내기 시합이나 하면서 노는 거예요?"

기가 막혀서 한 소리였는데 강 교수는 나보다 열 곱절은 더 기가 막힌다는 표정을 지었다.

"뭔 소리야? 이 학교에 공부하는 놈이 어디 있어? 성실하게 공부하는 학생이라면 아예 이 학교에 들어오지도 않았지."

듣고 보니 맞는 소리여서 순간 말문이 막혔다. 나는 가슴을 한 번 탁 치고 힘겹게 말을 내뱉었다.

"전 공부합니다. 안 그래도 전공과목 진도 못 따라가서 미치겠거든요. 도와주지는 못할망정 방해는 하지 마세요."

"세상에나. 공부가 하고 싶어? 이 학교에 들어와서도?"

"예, 하고 싶습니다. 어쨌거나 졸업장은 따야 하니까요."

강 교수는 팔짱을 끼고 잠시 뭔가를 생각했다.

"전공이 경제학이랬지? 지금 2학년이니까 경제학원론은 뗐을 테고, 뭐가 문제야? 미시경제학? 거시경제학? 경제수학?"

나는 조금 놀랐다.

"경제학을 아세요?"

"들은 깜냥은 있지. 뭐가 문제냐니까? 말해봐. 도와줄 테니까."

"교수님이 뭘 어떻게 도와주시려고요?"

"도와줄게. 원한다면 경제학 교수를 찾아가서 이 학생 학점 잘 주라고 부탁이라도 해줄게. 이 학교에 내 부탁 거절할 수 있는 교수는 아무도 없어. 그러니까 믿고 말해봐."

농담인지 진담인지 알 수가 없었다. 하여튼 나는 될 대로 되라는 심정으로 대답했다.

"수학이 문제입니다."

"수학 못해?"

"못해요."

"고등학교 때도 수학 못했어?"

"못했습니다."

강 교수는 온 세상을 헤맨 끝에 마침내 인류 최고의 바보를 발견했다는 표정을 지어 보였다.

"수학도 못하면서 왜 경제학과에 들어갔어? 사회과학이라고 수학하고 별 상관 없는 줄 알았어? 이 친구야. 경제학은 사회과학 중에서도 가장 수학하고 관련이 깊은 분야야. 수학 못하면 경제학도 못해. 그것도 모르고 경제학과에 들어간 거야?"

그의 표정이 하도 극적이어서 나도 나 자신이 인류 최고의 바보인 것만 같았다. 나도 모르게 눈을 깔고 말았다.

"설마 모르고 들어갔겠습니까? 그냥…… 나중에 취직할 때 조금이라도 도움이 될까 하고 선택한 거죠."

"그럼 차라리 경영학과를 가든지. 거기도 수학 잘해야 되지만."

"어쨌든 저는 공부해야 됩니다. 그러니까 바쁜 사람 붙잡지 말고 다른 용병 구해보세요. 갑니다."

돌아서려는데 강 교수가 내 어깨를 붙잡았다.

"도와준다니까, 이 친구가."

"어떻게 도와주시게요? 설마 정말로 우리 교수님한테 학점 잘 주라고 부탁해주시게요?"

빈정거리듯이 말했지만 솔직히 조금은 기대가 되었다. 이사장 아들이 부탁하는데 누가 감히 거절할 수 있겠는가. 다행인지 불행인지, 강 교수도 그 정도로 막 나가는 인간은 아니었다.

"그건 최후의 방법이고, 그전에 건전하고 상식적인 방법을 강구해주지. 자, 그럼 족구 하러 가자고. 시합 시간 다 됐어."

"예? 건전하고 상식적인 방법이 뭔데요?"

"시합 끝나면 알게 될 거야. 얼른 가자고. 족구는 해봤겠지?"

"예전에 친구들하고 자주 하고 놀았죠."

"그럼 됐어. 오케이. 경험치 만땅. 불문학과 놈들이 널 보면 족구계의 호나우두로 알겠군."

이 인간은 아무래도 '만땅'이라는 국적불명의 비속어를 좋아하는 모양이었다. 호나우두 운운하는 소리도. 정말 국문학 교수가 맞는지 의심스러웠다.

운동장에 나가자 체육복 차림의 남학생들이 이미 대기하고 있었다. 여학생들이 응원 나온 것도 지난번과 같았다.

경기 과정을 구구절절 늘어놓을 필요는 없겠다. 다만 이건 말해야겠다. 1세트를 우리 팀이 15 대 2로 압승하자 불문학과 교수, 영문학과 교수와 달리 이마는 멀쩡한 반면 정수리가 휑한 아저씨였는데, 그 양반이 입에 거품을 물어가며 내가 보디터치를 했다고 주장했다. 공을 턱과 무릎 사이의 부위로 받는 건 보디터치라는 반칙이라는 게 전국족구연합이 결정한 공식 규칙이라는 것이었다.

강 교수는 이 주장에 분기탱천해서는 족구가 그냥 족구지 전국족구연합은 뭐고 공식 규칙은 또 무슨 개소리냐고 그 역시 거품을 물었다. 불문학 교수는 족구는 애들 장난이 아니라 엄연히 전통과 규칙이 있는 '진짜' 스포츠이며 전국족구연합도 실존하는 단체이고 자기 사촌형이 그 연합회의 회장을 지낸 적도 있는데 네가 감히 족구를 무시한다면 족구를 사랑하는 모든 사람들의 이름으로 용서치 않을 것이라고 또 거품을 물었다.

그대로 놔뒀다가는 두 양반이 정말로 게처럼 거품을 보글보글 뿜어낼 기세라서 할 수 없이 나 혼자만 보디터치를 하지 않을 테니까 대신 다른 선수들은 봐달라고 중재안을 내놓았다. 불문학 교수는 반색을 했고 강 교수는 길길이 날뛰었지만 주위 사람들도 거

들어서 결국 중재안이 통과되었다.

나 혼자 핸디캡을 안고서 시합 속행. 그 결과는 15대 5로 또 압승. 불문학 교수가 한 판만 더 하자고, 대신 이번에도 지면 2차까지 쏘겠다고 하도 매달리는 바람에 한 판 더 붙었다. 이번에도 내리 두 세트를 따내며 압승. 다른 선수들은 공이 팔에 맞지만 않으면 괜찮은데 나만 보디터치인지 뭔지 하는 규칙을 지키는 게 다소 성가셨지만 상대편을 농락하는 데는 아무런 어려움도 없었다. 선수 시절 유격수로 뛰면서 총알 같은 타구에 익숙해진 내게 상대 선수들이 차 보내는 공은 슬금슬금 기어오는 것만 같았다.

시합이 끝나자 불문학 교수는 고개를 푹 숙이고 휑한 정수리를 고스란히 드러냈고, 강 교수는 천하를 얻은 것처럼 환호했다.

이윽고 다른 사람들은 모두 고깃집으로 우르르 몰려갔지만 나는 빠졌다. 공짜 고기보다 중요한 것이 있었다. 세상에 그런 게 존재할 수 있다고는 생각해본 적도 없건만 놀랍게도 있었다.

그녀였다.

예전에 나에게 뜻 모를 미소를 툭 던져주고 등을 돌렸던 그녀.

이름은 강혜진. 국문학과 3학년생. 그러니까 나의 1년 선배.

그리고 강 교수의 조카였다.

22

내 이야기를 진행하기 전에 섀클턴 박사가 교실을 박차고 나가버린 이후 어떻게 되었는지부터 얘기해야겠다.

섀클턴 박사는 다음 시험 시간에도 똑같은 행동을 했다. 자리에서 일어나 그 우수한 두뇌가 품고 있는 수많은 지식을 폭포수처럼 쏟아냈다. 브리태니커 백과사전이 말을 할 수 있다면 딱 그런 모습이었으리라. 전과 똑같이 교사가 히스테리를 부렸고 주위 학생들은 아연실색했다. 결과도 똑같았다. 박사는 '넌 낙제야!'라는 소리를 듣고는 피식 웃으며 교실을 나갔다.

그날 하루가 채 절반도 지나기 전에 박사의 기행이 온 학교에 쫙 퍼진 것은 당연한 일이었다. 그 결과로 교장을 비롯한 교직원 일동이 매우 곤란해진 것도 역시 당연한 일이었다. 그들이 건드린 이는 평범한 학생이 아니었다. 앞을 전혀 볼 수 없는 중증장애인이자 지체 높은 귀족가의 도련님이었다. 교장이 하마터면 심근경색으로 쓰러질 뻔했다는 소문도 돌았다는데 별로 과장된 것 같지는 않다.

여기서 잠깐 교장의 명예를 위해 밝혀두자면 그는 교사들이 저지른 짓을 전혀 몰랐다고 한다. 즉 그가 아랫사람들에게 대놓고 '저 빌어먹을 병신 자식을 어떻게든 처리해버리면 너도 좋고 나도 좋고 우리 모두 행복하지 않겠는가' 따위의 말을 꺼낸 적은 없다는 얘기다. 그 자신이 직접 주워섬긴 변명이라서 신빙성이 떨어지지만 박사는 믿는다고 했다. 교장은 특별히 도덕적인 사람은 아니지만 멍청이도 아니라고 했다. 아랫사람들에게 '너희가 뭔가 꾸미고 있다는 걸 알지만 난 모르는 척할 거야. 그러니까 마음대로 해봐'라는 메시지를 은연중에 던져주고는 일이 터진 다음에는 난 아무 관련도 없다, 그 사람들이 그럴 줄 몰랐다고 변명할 정도의 '지혜'는 있는 사람이라는 뜻이었다.

그럼 교사들은 어떨까. 교사들은 교장 정도의 지혜도 없는 반편이에 불과했다. 이번에도 해당 교사들의 명예를 위해 밝혀둬야겠는데, 작당을 하고 나선 건 몇몇 교사에 불과했다고 한다. 대부분의 교사들은 아무 짓도 하지 않았다. 몰랐기 때문에 하지 않았는지 알면서도 하지 않았는지는 알 수 없고, 박사도 그것까지 따지고 싶어 하지는 않았다.

하여간 문제를 일으킨 교사들은 어떻게 교사가 되었는지 의심스러울 정도로 심각한 바보들이었다. 그들은 섀클턴 박사를 적당히 '자극하면' 박사가 부모님 붙잡고 눈물 콧물 다 쏟아내며 전학 보내달라고 애원할 줄 알았던 게다. 학교의 처사가 못마땅하긴 하지만 섀클턴 부부도 자식 문제에 있어서는 한없이 약해질 수밖에 없는 부모들. 그들도 결국 박사를 받아줄 다른 학교를 찾아보기로 하고 마침내 교사들은 혐오스러운 병신 자식이자 재수 없는 귀족 도련님인 섀클턴 박사를 보지 않아도 된다. 오, 해피엔딩!

뭐 이런 구제불능의 바보들이 다 있을까. 내가 탄식하듯이 말했을 때 섀클턴 박사는 이렇게 대답했다.

"어쩌면 그 교사들이 아주 바보는 아닌지도 모른다네. 당시는 1950년대였다는 걸 잊어서는 안 돼. 장애인은 부당한 대우를 당해도 찍소리도 못 하고 사는 게 당연한 시절이었어. 그리고 영국 사회의 특성도 있지. 한국 사람인 자네는 잘 이해가 안 되겠지만, 영국은 철저한 신분제 사회라고. 평범한 노동자계급의 부모 밑에서 태어난 아이가 열심히 공부해서 최고 학벌을 따내고 돈도 많이 벌어서 상류층이 된다면 어떨까. 노동자계급인 그 부모는 자식의 성공에 기뻐할까? 그런 사람들도 있겠지만 안 그런 사람들도 많아. 자식 놈이 노동자계급을 배신하고 저쪽 편으로 넘어갔다고 분노하는 부모들도 많다고. 농담하는 게 아니야. 정말 그렇다니까. 영국 사람들에게 계급의식은 뼈에 새겨진 것이라고 해도 과언이 아니야. 평범한 집안 출신이었던 교사들이 귀족 출신인 나를 증오한 것도 이제 와서 생각해보면 이상한 일도 아니지. 그 사람들은 구제 불능의 바보라기보다는, 뭐랄까…… 증오에 눈이 먼 거야. 그냥 그런 거지."

교사들이 바보인지 아닌지는 제쳐두고, 문제는 새클턴 부부였다. 일이 이렇게까지 확대된 이상 마리아가 아무리 비밀을 엄수해도 조만간 부부의 귀에도 소식이 들어갈 게 뻔한 일이었다. 교장은 먼저 꼬리를 내리기로 결심하고 부부를 학교에 불렀다. 그는 면담 시간의 절반 이상을 자기변명에 할애했다. 그러면서도 이런 일까지 벌어진 이상 서로 편해지기 위해서라도 당신네 아들이 전학을 가는 게 어떻겠느냐는 뜻을 살짝, 아주 살짝 내비치는 것을 잊지 않았다. 박사도 강조했듯이 당시는 1950년대였다. 섀클턴 부부가 그만 포기하고 아들을 전학 보내기로 결정했어도 이상할 건 없었다.

이상한 건 박사였다. 어니스트 헨리 섀클턴이었다. 그의 의지였다.

"아들은 이 학교에서 졸업장을 받고 싶어 합니다. 의지가 아주 확고합니다."

부부가 아들의 뜻을 전해주었을 때 교장 선생은 격렬한 위통을 느끼고 황급히 위장약을 찾다가 그만 서랍을 쏟아버리고 말았는데 공교롭게도 서랍 안에 영국의 전통문화라도 해도 과언이 아닌 SM과 관련한 아주 변태적인 잡지가 들어 있었던 바람에 이 점잖은 교장이 채찍으로 엉덩이 맞는 걸 좋아한다는 사실이 만천하에 공개되고 말았다…… 는 건 내 상상이다. 상상이지만 정말로 유쾌한 상상이다. 실제로 그런 일이 있었다면 얼마나 좋았을꼬. 물론 실제로는 어떤 일이 있었는지 박사도 알지 못하고 당연히 나도 모른다.

박사도 알고 나도 아는 것은 섀클턴 부부가 학교와 적당히 타협했다는 것이다. 교사들을 고소하는 대신에 학교 측에서 교사들에게 징계를 내릴 것, 앞으로는 시험을 치를 때 시각장애인의 특성을 고려해서 아들에게 적절한 배려를 해줄 것, 이 정도 선에서 이번 일을 덮어두기로 한 타협이었다. 말할 것도 없이 박사의 의지에 따른 일이었다. 그리고 이것도 역시 말할 것도 없는 일이지만 나는 굳이 말하겠다. 말하고 싶다.

박사는 결국 그 학교에서 졸업장을 받아냈다.

23

이야기를 빨리빨리 진행하도록 하자. 앞서도 말했듯이 내 대학 시절은 시시하고 썰렁했는데 그런 이야기를 길게 늘어놔봐야 재미도 없거니와 미학적인 장점 같은 건 코딱지만큼도 없기 때문이다.

강혜진과 나는 사귀는 사이가 되었다.

혜진은 문과생이면서도 신기할 정도로 수학을 잘했다. 수학 공부뿐만 아니라 가르치는 것도 잘했다. 그녀는 일주일에 세 번 나에게 수학을 가르쳐주었다. 과외 교사가 되어준 셈이었다. 나는 그녀 덕분에 치가 떨리는 그놈의 경제수학을 조금씩 정복해갈 수 있었다.

이야기를 빨리 진행하기로 했지만 이것만은 짚고 넘어가야겠다. 내가 처음으로 그녀에게 반한 순간 말이다.

세 번째 과외 수업 때였다. 학교 도서관에서 열심히 공부하다가 잠시 쉬는 사이에 그녀에게 물었다.

"선배는 왜 국문학과에 갔어요?"

"응?"

"아니, 수학을 그렇게 잘하는 사람이 왜 그 재능을 살리지 않고 국문학을 전공하나 싶어서요."

"수학을 좋아하지 않거든."

혜진은 잠시 뭔가를 생각하고는 한마디 덧붙였다.

"좋아하지 않는 일도 잘할 수 있는 거지. 좋아하는 일은 잘하지 못할 수도 있는 거고."

내가 예전에 별생각 없이 내뱉었던 말이 혜진의 입에서 나온 순간 나는 그녀에게 반했다. 아니 어쩌면 그녀의 말에 반했는지도 모르겠다. 나의 생각 없는 말이 다른 사람의 입을 통해 놀라운 생명력으로 되살아나는 경험은 그때가 처음이었다. 일상적으로 쓰는 도구였기에 별달리 관심도 없었고 관심을 줄 가치도 느껴보지 못했던 언어란 것에 그런 마력이 있었다니. 나는 옹알이를 시작한 아기가 된 기분이었다. 이후로 그녀가 내뱉는 한마디 한마디가 예사롭지 않았다. 그 말들을 반드시 외우고 따라 해야 할 것만 같았다. 아기가 처음으로 말을 배울 때처럼 그렇게.

혜진이 언제 나에게 반했는지는 모르겠다. 여자라는 앙큼한 동물들은 그런 얘길 좀처럼 해주지 않는 법이다. 그녀는 막연한 힌트만 주었다. 정식으로 교제 신청을 하고, 승낙을 받고, 세 번인가 네 번인가 데이트를 하고, 첫 키스를 하고, 또 한 번 데이트를 하고, 또 키스를 하고, 헤어지는 길에 충동적으로 내 자취방에 가지 않겠냐고 묻고, 그렇게 처음으로 잠자리를 같이 하고, 다음 날 아침에 같이 라면을 먹고, 그리고.

그녀가 내 방을 나서다 말고 한마디 툭 던졌다.

"자기는 금방 어딘가로 떠날 사람 같아."

그때 그녀는 웃고 있었다. 불안하거나 서글픈 기색도 아주 없지는 않았지만 그보다는 묘하게 들뜬 기색이 더 짙은 얼굴로.

그러나 나는 떠날 수 없다는 그런 얼굴로.

24

1964년, 새클턴 박사는 공립학교를 최고의 성적으로 졸업하고 옥스퍼드 대학에 진학했다. 그때 나이 불과 17세. 옥스퍼드는 세계적인 명문답게 시각장애인 학생에게도 문호를 활짝 열어주었다. 어쩌면 무서울 정도로 우수한 이 영재를 라이벌 학교인 케임브리지에 빼앗기고 싶지 않았던 건지도 모르지만.

박사가 대학생이 되자 마리아는 더 이상 도우미 역할을 할 수가 없었다. 옥스퍼드에서는 모든 학생이 기숙사에 들어가야 하기 때문이었다. 그게 아니더라도 마리아는 이미 나이도 들었고, 전문서적이나 복잡한 그래프 등을 대신 읽어주고 때로는 해석도 해주는 게 그녀에게 너무 어려운 일이기도 했다. 이제 박사에게 필요한 건 보다 전문적인 도움이었다.

박사는 그동안 정이 담뿍 든 마리아와 헤어지는 게 아쉬웠지만 어쩔 수 없었다. 같은 칼리지 안에서 자기를 도와줄 수 있는 사람을 찾아보았다. 마침 머리 좋고 학구열도 넘치는데 돈은 항상 쪼들리는 학생이 박사와 마찬가지로 옥스퍼드 대학 머튼 칼리지에 다니고 있었다. 박사보다 세 살 많은 윌리엄 왓슨이라는 남학생이었다.

그는 박사의 첫사랑이었다.

25

나와 혜진이 사귄다는 사실은 비밀이 아니었다. 비밀로 할 일도 아니었고, 비밀로 할 수도 없었다. 우리가 적극적으로 소문을 낸 것도 아닌데 어느새 전교에 소문이 쫙 퍼져버렸고, 나나 혜진이나 혼자 걸을 때면 네 임자는 어디서 뭐 하고 있느냐는 질문을 받고는 했다.

일이 그렇게 되어도 강 교수는 별다른 반응을 보이지 않았다. 솔직히 말하면 나는 이 만만찮게 맛이 간 교수가 어떻게 나올지 기대하고 있었다. 감히 내 조카를 꼬시다니 하며 나를 때려눕히고는 내 등짝에 커다랗게 F자를 그릴 수도 있었고, 아니면 사랑하는 조카의 남자 친구를 잘 부탁한다며 내 지도교수를 찾아가 은근한 압력을 넣어줄 수도 있었다. 양쪽 다 사뭇 기대가 되었는데 뜻밖에도 강 교수는 아무 짓도 하지 않았다. 틈만 나면 날 불러내 용병으로 써먹고는 약속대로 성적은 항상 A 플러스를 주었다. 요컨대 변한 것은 없었다. 날 대하는 태도나 말투에도 예전과 달라진 점이 하나도 없었다.

조카한테 무심한 모양이다. 당시에는 그냥 그렇게만 생각하고 말았다. 잘못 생각해도 아주 한참 잘못 생각한 거라는 사실을 알았을 때는 이미 혜진과 헤어지고서도 한참이 지난 후였다.

그렇다. 우리는 헤어졌다. 이야기를 빨리 진행하기로 했으므로 젊은 시절에 누구나 겪는 진부하고 썰렁한 이 러브스토리가 어떻게 파국을 맞았는지 그것부터 밝히겠다. 내가 혜진을 차버렸다.

그때나 지금이나 나는 내가 무척 황당한 짓을 했다고 생각한다. 그때나 지금이나 주위 사람들도 모두 네가 무척 황당한 짓을 저질렀다고 비난한다.

혜진은 아름답고 똑똑했다. 삼류 대학을 다니고 있었지만 적어도 그 대학 안에서는 똑똑한 부류에 속했다. 더구나 그녀는 부잣집 딸이었다. 사귀고 나서야 알았는데 그녀는 이사장의 장손녀였다. 아버지는 꽤 잘나가는 중견기업을 경영하는 사장님이었다. 어머니는 학교 재단의 이사였다.

그녀와 달리 나는 못생기고 멍청했다. 삼류 대학이나 다니는 건 그녀와 같았지만 나는 그 학교에서도 유별나게 멍청한 부류에 속했다. 나도 할아버지의 장손자였지만 우리 할아버지는 평생 무슨 장 같은 직함을 달아본 적이 없는 고물상이었다. 아버지는 공무원들은 다 게으르고 일도 제대로 안 한다는 사람들의 편견에 치를 떨며 오늘도 과로에 시달리는 공무원이었다. 어머니는 동네 마트에서 아르바이트를 했다.

아무리 생각해도 혜진이 나를 차는 게 맞았다. 아니, 맞는다기보다는 옳았다. 올바르고, 정당하고, 도리에 맞고, 이치에 합당하고,

삼라만상의 완벽한 조화에 부합하는 자연스러운 일이었다.

그런데 내가 찼다. 찼다고 했지만 사실 나는 그녀를 차면서도 찬다기보다는 치는 것 같다고 생각했다. 축구공 차듯이 차는 게 아니라 홈런 치듯이 쳐버린 것이었다. 어쩔 수 없이 야구 선수 출신이라 그딴 생각을 한 건지, 아니면 말도 안 되는 상황에 나 자신도 당황해서 현실 도피를 하려고 그랬는지 하여튼 나는 그녀에게 헤어지자고 말하면서 생애 마지막 홈런을 쳤던 그 순간을 떠올렸다.

천재 투수 선동현이 혼신의 힘을 다해 던진 직구를 받아쳤던 그 홈런. 펜스 한가운데를 훌쩍 넘기고 어느 외국인 아저씨에게 날아갔던 나의 홈런 볼.

그리고 저 멀리 날아가 버린 나의 첫사랑.

혜진의 얼굴을 보고 나는 이 첫사랑이 아주 깔끔하고 확실하게 날아갔다는 걸 알았다. 장외 홈런이었다. 그녀는 별로 놀란 기색이 없었다. 당황하지도 않았다. 그저 약간 씁쓸해 보일 뿐이었다.

"언젠가는 이런 날이 올 줄 알았어. 자기는 여기 있을 사람이 아니니까."

그녀는 잠깐 숨을 골랐다.

"한 가지만 약속해줘. 떠날 때가 오면 떠난다고 딱 한마디만이라도 해줘. 편지 보내달라는 거 아니야. 전화를 걸어달라는 것도 아니야. 그냥 문자 메시지 한 통이면 돼. 아니면 삼촌에게 전해달라고 하거나. 그것만 약속해줘."

나는 약속했다. 그리고 우리는 헤어졌다. 사귀기 시작한 지 불과

반년도 안 된 시점이었다.

26

누군가 그랬다.

우리 인생에는 언제나 이유가 필요하다고. 어떤 짓을 저지르기 위해서, 혹은 이미 저질러버린 일을 뒤늦게 설명하기 위해서.

박사도 그랬다. 그에게도 이유가, 그 빌어먹을 이유라는 것이 너무나 절실하게 필요했다. 남자를 사랑해야 하는 이유.

이 사랑은 비극이었다. 미국에서 동성결혼이 합법화되고 동성애자들의 퀴어 축제는 더 이상 화젯거리도 아닌 21세기에도 비극일 텐데 하물며 그때는 1960년대였다. 더구나 영국의 상류층은 예나 지금이나 엄격하고 보수적이다. 박사도 엄격하고 보수적인 귀족 출신이었고 독실한 성공회 신자이기도 했다.

박사는 매일 신에게 물었다.

두 번째 사랑도 아니고 세 번째 사랑도 아닌 첫사랑의 대상이 어째서 남자인 겁니까. 저는 게이인가요. 저를 장님으로 만들고 그것도 모자라서 이제는 게이로 만드시려는 겁니까. 그게 당신의 뜻입니까.

박사가 정말 혼란스러웠던 이유는 이 사랑이 첫사랑이기 때문이었다. 전에는 누구도 사랑한 적이 없었지만 그렇다고 여자에게 흥미가 없진 않았다. 흥미가 없기는커녕 같은 또래의 소녀가 슬쩍 스쳐가기만 해도 그 향기에 도취되어 넋을 잃고는 했다. 여자 친구를 사귀어본 적은 없지만 그건 그 자신이 맹인이라는 사실을 지나치게 의식했기 때문이지 여자에 흥미가 없기 때문은 아니었다. 남들 앞에서는 항상 의연한 척했지만 기실 그는 '앞 못 보는 병신'이라는 부정적인 자의식을 갖고 있었다. 그에게 호감을 품고 다가오는 소녀들에게도 항상 차갑게 대했던 것도 그 탓이었다. 부정적인 자의식만큼 인간의 마음을 차갑게 만드는 것이 또 있을까.

마음이야 차갑거나 말거나 17세 때까지는 별 탈이 없었다. 사랑을 경험해보지 못해 쓸쓸했지만 학문이 그를 위로해주었다. 학문은 그에게 어두컴컴한 세상으로 나아갈 길을 밝혀주는 등불이었다. 나는 죽을 때 결국 이 등불만을 끌어안은 채 죽으리라, 나 혼자서. 아무에게도 말한 적은 없었지만 이미 일찌감치 그렇게 운명을 속단하고 있었다고 박사는 훗날 나에게 말했다.

그런데 등불 이상의 존재가 나타난 것이었다. 부정적인 자의식까지 녹여버릴 만큼 뜨거운 힘을 가진 존재가.

그 사람이 왜 하필이면 남자인가요. 저는 제가 '정상'인 줄 알았는데 아니었습니까? 저는 '비정상'이었습니까? 제발 대답 좀 해주세요. 저는 혹시 양성애자인 겁니까? 오, 맙소사. 신이시여! 정말로 당신이 저를 그런 '괴물'로 창조하셨단 말입니까!

묻는다기보다는 따지는 짓이었다. 그는 날마다 한 시간 이상 침대 위에 무릎 꿇고 따지고 또 따졌지만 신은 아무 소리도 하지 않았다.

신은 냉담했지만 윌리엄은 다정했다. 윌리엄은 할아버지도 가난했고, 아버지도 가난했고, 당연히 태어났을 때부터 그 자신도 가난했고, 주위 사람들 모두가 가난했다. 하지만 놀랍게도 지긋지긋한 가난조차 그가 타고난 올곧은 마음을 굴절시키지는 못했다. 그는 명문 귀족 출신인 박사를 허물없이 대해주었다. 귀족이라고 아니꼽게 보지도 않고 우러러보지도 않았다. 박사가 짙은 선글라스를 끼고 지팡이를 짚고 다녀야 한다는 것도 그에게는 별문제가 되지 못했다. 적어도 큰 문제는 아니었다. 대신 읽어줄 책이 있으면 읽어주고 강의실을 옮겨 다닐 때는 끈을 붙잡고 천천히 걷기만 하면 되었다.

끈은 박사가 준비한 물건이었다. 시각장애인을 안내할 때는 원래 장애인이 안내자의 팔에 손을 얹고 따라가는 게 보통이다. 부정적인 자의식이 지나치게 강했던 박사는 남과 몸이 닿는 것조차 꺼림칙해서 50센티미터 정도 길이의 끈을 갖고 다녔다. 박사의 어머니가 일곱 가지 색의 털실을 꼬아서 만들어준 예쁜 끈이었다. 안내자가 오른손으로 한쪽 끝을 쥐면 박사는 왼손으로 다른 쪽 끝을 쥐었다. 오른손은 지팡이를 짚어야 했기 때문에 쓸 수 없었다.

그렇게 두 사람은 칼리지 안을 돌아다니고는 했다. 박사가 직접 보지는 못했지만 듣기로 윌리엄은 훤칠하고 지적인 생김새의 청년이었다고 한다. 박사도 키가 작은 편은 아니고 지적인 거로 치자면 윌리엄보다 더 나았으면 나았지 못하지 않을 인물이지만 아직 어려서 풋내가 나는 건 어쩔 수 없었다. 나는 박사의 이야기를 듣고 때때로 상상해보았다.

젊고, 똑똑하고, 강인하고, 세상을 짊어질 준비가 다 되진 않았지만 각오는 충분히 하고 있는 젊은이가 오른손에 무지개 빛깔 끈을 쥐고 천천히 걸어간다. 그 뒤에는 17세 소년이. 역시 젊고, 똑똑하고, 강인하지만 세상을 짊어질 준비는 이제 겨우 시작한 데 불과하고 각오도 다지지 못했기에 어쩔 수 없이 미숙한 티가 나는 소년이 티 나는 걸 감추려고 뻣뻣한 자세로 청년을 따라간다. 왼손에는 무지개 빛깔 끈을 쥐고서.

나는 그 광경을 상상할 때마다 이상하게 감동하고는 했다. 어쩌면 그 감동 또한 내가 박사와 함께 남극으로 떠난 이유인지도 모르겠다. 우리에게 언제나 필요한 이유.

박사는 윌리엄이 자기한테 너무나 잘해주는 바람에 놀라고 당황했다. 마리아 같은 좋은 사람을 이미 만나봤지만 그녀는 윌리엄과는 입장이 달라도 너무 달랐다. 윌리엄은 같은 칼리지, 그것도 같은 경제학부 학생이었다. 좋게 말하자면 친구지만 까놓고 말하면 경쟁자였다. 왜 이렇게 잘해주는 걸까. 그것도 아주 적당하게. 호들갑스럽도록 지나치게 잘해주는 것도 아니고 생색내듯이 슬쩍 잘해주는 것도 아니었다. 그는 박사에게 딱 필요한 만큼 잘해주었다. 놀랍게도 언제나. 우리에게 언제나 이유가 필요하듯이 박사에게도 언제나 윌리엄이 필요했다. 입학하고 불과 몇 달 지나지도 않았는데 그렇게 되었다.

박사는 감동했다기보다는 두려웠다. 이 사람은 왜 이토록 좋은 사람인가. 왜 이렇게 내게 잘해주는 것인가. 어느 날 갑자기 이 사람이 사라진다면 나는 어떻게 살 것인가. 과연 살아갈 수 있을까.

천재적인 두뇌를 가졌다지만 역시 17세 소년이었다. 그는 두려움을 이기지 못해 어느 날 직설적으로 묻고 말았다.

"윌리엄. 당신은 내게 왜 이렇게 잘해주죠?"

윌리엄은 그 말을 듣자마자 웃음을 터트렸다.

"무슨 바보 같은 질문을 하는 거야. 그야 물론 너희 부모님이 내게 수고비를 지불해주시기 때문이지."

"돈? 오직 그것 때문인가요?"

"오직 그것 때문이지. 왜? 실망했어?"

박사는 혼란스러운 자기 내면을 잠시 살펴보았다. 그리고 지금 자기를 사로잡은 감정이 실망감과 안도감이 뒤섞인 정체불명의 무언가라는 걸 깨닫고는 한숨을 쉴 뻔했다. 설마 실망감과 안도감이 하나가 될 수 있다고는 생각도 못 했었다.

"이봐, 친구. 너도 알다시피 난 돈이 필요해. 그리고 너는 도움의 손길이 필요하지. 너는 나에게 돈을 줄 수 있고 나는 너에게 손을 내밀어줄 수 있어. 우리는 서로에게 필요한 걸 줄 수 있는 거야. 이 세상에 이보다 더 좋은 관계가 있을 수 있을까? 이렇게 좋은 관계에 최선을 다하지 않을 수 있을까? 이보다 더 단순하고 명쾌한 이유가 있을 수 있을까? 친구. 너도 알겠지만, 나보다 훨씬 잘 알 터이지만, 세상에는 너무나 단순하고 명쾌해서 기쁜 마음으로 받아들일 수 있는 이유가 그렇게 흔하지 않아."

박사는 윌리엄이 은근히 내비친 뜻을 바로 알아차렸다.

"세상에는 이해할 수 없는 일들이 너무나 많죠. 내가 아무 잘못도 없는데 맹인이 된 것처럼."

"그래, 그런 거야."

"윌리엄. 당신은 교회에 나가지 않더군요."

"교회는 싫어."

"혹시 부조리 때문인가요?"

윌리엄은 잠시 침묵한 끝에 질문으로 되받았다.

"교회에서는 네가 왜 눈이 멀었다고 하지? 그 잘나신 신부님들이 뭐라고 하셔?"

박사는 쓴웃음을 지었다.

"신의 영광을 드러내기 위해서라고 하더군요."

"너는 그런 이유를 납득할 수 있어? 이 세상 모든 것을 창조했고 주재하는 절대자에게 새삼스럽게 영광이 필요하다고? 그게 너무나 필요해서 아무 잘못도 없는 갓난아기에게서 시력을 앗아갔다고? 너는 그런 꼴을 당하고서도 신을 찬미해야 한다고? 그리고 다른 사람들은 결코 신앙을 잃지 않는 너를 보면서 신에게 영광을 돌려야 한다고?"

박사는 뭐라 대답해야 할지 알 수 없었다. 그 무렵 이미 신앙이 흔들리고 있었지만 그토록 직설적으로 박사의 신앙을 뒤흔든 사람은 윌리엄이 처음이었다. 박사가 아무 말도 못 하자 윌리엄은 너

털웃음을 터트렸다.

"그런 표정 짓지 마. 네가 그런 이유를 납득하든 납득하지 못하든 그건 네 자유야. 난 네 신앙을 조롱할 생각은 없어. 단지 우리에게 어떤 일이 일어났을 때는 반드시 이유가 있고 그 이유라는 게 꼭 우리가 납득할 수 있는 건 아니라는 말을 하고 싶었을 뿐이야. 그리고 내가 너에게 잘해주는 데 우리 둘 다 납득할 수 있는 단순명쾌한 이유가 있어서 참 기쁘다는 말도 하고 싶었고. 이제 알겠지? 그러니까 그런 멍청한 질문은 다시는 하지 마."

윌리엄이 박사의 선글라스를 꾹 누르면서 또 한 번 웃음을 터트렸다. 박사는 당황해서 선글라스를 고쳐 쓰다가 뒤늦게 자기가 웃고 있다는 걸 깨달았다. 그 어느 때보다도 명랑하게, 그리고 신나게.

신은 끝내 박사에게 이유를 말해주지 않았다. 하지만 이유야 어떠하든 윌리엄은 그에게 필요한 사람이었다. 윌리엄에게도 박사는 꼭 필요한 사람이었다. 어쩌면 이것만으로도 충분한지 모른다고, 적어도 지금은 그럴 거라고 박사는 생각했다. 아주 잠시 동안만.

27

나도 이유가 필요했다. 혜진을 차버린 이유. 그녀가 나를 찬 게 아니라, 내가 그녀를 차버린 이유.

그녀에게 못마땅한 점이 있었던가? 그야 물론 있었다.

우선 그녀는 흡연자였다. 그것도 아주 지독한 골초였다. 잠 잘 때와 밥 먹을 때 말고는 항상 입에 담배를 물고 있는 여자였다. 이 여자가 담배를 어찌나 줄기차게 피워대는지 하도 기가 막혀서 하루는 몇 개비나 피우는지 하나하나 세어보았다. 정확히 마흔여섯 개비였다. 두 갑이 넘는 양이었다. 나하고 같이 있을 때만 해도 그 정도였다. 나 없을 때 피우는 양까지 합치면 네 갑을 거뜬히 넘을 게 분명했다. 평생 담배를 피워본 적이 없는 나로서는 경악할 노릇이었다.

나는 여자가 담배를 피운다고 못마땅해하는 전근대적인 인간은 아니었다. 나는 남녀노소를 불문하고 담배를 피우는 것들은 폐암 걸리고 싶어 환장한 것들일 뿐만 아니라 애꿎은 주위 사람들까지 폐암 환자로 만들려는 천하의 쌍놈들이라고 생각하는 21세기의 깨어 있는 시민이었다.

나는 혜진을 만날 때마다 그놈의 담배 좀 끊으라고 말했다. 혜진은 대꾸도 않고 실없이 웃기만 했다. 때로는 내 얼굴에 담배연기를 내뿜고는 내가 콜록콜록 기침하는 모습을 보며 깔깔대기도 했다. 나는 그놈의 담배연기가 너무나 역겨웠다. 타고난 체질이 담배와 맞지 않았다. 담배연기를 한 모금만 들이쉬어도 허파가 오그라들고 꽈리세포가 펑펑 터져 나가는 체질이었다. 내가 얼떨결에 작가가 된 다음에도 여느 작가들과 달리 담배는 절대로 피우지 않은 것도 그래서였다.

그러나 담배 때문에 그녀를 찬 건 아니었다. 그녀도 나름대로 배려심이 있는 여자라서 나와 있을 때는 어디 나가서 담배를 피우든가 마땅히 갈 데가 없으면 화장실에라도 가서 피우는 식으로 배려를 해주고는 했다. 담배연기로 장난을 치는 건 내가 담배 끊으라고 잔소리를 할 때뿐이었다. 몸에 밴 담배 냄새가 역하기는 했지만 못 참을 정도는 아니었다. 다른 사람이라면 못 참았겠지만 상대는 사랑하는 여자였다. 내 여자 입에서 재떨이 냄새가 난다면 재떨이라도 핥겠다는 각오로 키스하면 그만이었다.

그럼 왜 찼을까. 혹시 그녀가 나에게 독서를 강요했기 때문이었을까.

혜진은 내가 머리 나쁘고 공부 못한다고 주눅 들게 하지는 않았다. 수학을 잘한다고 으스대지도 않았다. 그래봐야 삼류 대학 다니고 있는 신세는 너나 나나 마찬가지라는 식이었다. 내가 가끔 공부하기 싫어서 꾀를 부려도 나무라지도 않고 웃어넘기고는 했다.

그런 그녀도 독서에 대해서는 이상하게 엄격했다. 그녀는 내가 머리 나쁘고 공부 못하는 건 어쩔 수 없는 문제지만 책을 읽지 않는 건 어쩔 수 없는 문제가 아니라고 주장했다. 내 교제 신청을 받아줄 때부터 자기는 책 읽지 않는 남자는 싫으니까 앞으로는 책을 많이 읽으라고 못을 박았다.

전공 수업 따라가기도 바빠 죽겠는데 무슨 독서인가 싶었지만 할 수 없었다. 사랑하는 여자가 읽으라는데 어쩌겠는가. 나는 열심히 도서관에 다니며 책을 읽었다. 혜진이 문학도였기 때문에 내가 읽은 책도 주로 문학작품이었다. 그것도 하필이면 고전문학이었다. 이 정도는 읽어줘야 사랑하는 여자 앞에서 체면이 서지, 하는 생각에 읽은 거였는데 읽어보니 이건 사람이 읽을 게 아니었다. 적어도 나 같은 사람이 읽을 건 아니었다.

그래도 나는 읽었다. 꽤 많이 읽었다. 이해하지는 못했지만 어쨌든 읽었다.

하루는 『고도를 기다리며』를 읽었다. 고도가 뭔지도 모르고 읽다가 그게 사람 이름이라는 걸 뒤늦게 알았고 그 양반이 어디 가서 처박혔는지 책이 끝나도록 코빼기도 안 비치는 바람에 허탈하고 분한 마음에 하마터면 내 것도 아닌 책을 찢을 뻔했다.

혜진이 『고도를 기다리며』를 이해하려면 실존주의를 알아야 한다고 해서 나도 어디선가 이름은 들어본 사르트르와 카뮈의 책도 읽어보았다. 사르트르의 『구토』는 너무 난해하고 지루해서 구토를 유발하는 작품이었고 카뮈의 『이방인』은 그보다는 좀 나아서 덜 떨어진 인간이 흉기를 갖고 다니면 안 된다는 훌륭한 교훈을 얻을 수 있었다. 혜진은 내가 얻은 교훈에 실망한 눈치였지만 내 지적 수준이 그 정도밖에 안 되는 걸 어쩌겠는가.

그 외에 셰익스피어, 톨스토이, 도스토옙스키, 괴테, 카프카, 프루스트 등등……. 하여간 읽을 수 있는 데까지는 읽어봤다. 외국문학만 아니라 한국문학도 이것저것 읽어보았다. 도무지 이해할 수 없었고 이해가 안 되니까 당연히 재미도 없었지만 혜진이 무서워서라도 읽어야만 했다. 혜진은 내가 책 한 권을 다 읽었다고 하면 반드시 그 책에 대해 이것저것 물어보고는 했다. 읽지도 않고서 읽었다고 거짓말을 한 적이 몇 번 있었는데 그때마다 들통이 난 건 말할 것도 없다. 내 형편없는 성적표를 보고서도 빙그레 웃기만 하던 그녀가 그럴 때면 무서운 얼굴을 했다. 화가 났다기보다는 서글프다는 표정을 지었다. 나는 그녀가 화내는 것보다 슬퍼하는 게 더 무서웠다.

"거짓말해서 미안해."

하루는 또 거짓말이 들통이 나서 내가 사과했더니 혜진이 전에 없이 무거운 표정을 지었다.

"거짓말한 것도 화나지만 그보다는 자기가 책을 안 읽어서 화가 나고 슬퍼."

"잘 이해가 안 돼. 자기는 다른 문제에는 관대하면서 왜 그렇게 독서에 대해서만은 호랑이 선생님처럼 굴어?"

"자기는 책을 읽어야 하는 사람이니까."

"그게 무슨 소리야?"

"난 모든 사람이 책을 읽어야 한다고는 생각지 않아. 책을 많이 읽어야 훌륭한 사람이 된다는 말은 웃기는 소리야. 책 속에 길이 있고 진리가 있다는 식의 훈계도 그래. 독서는 취미에 불과해. 본질적으로 영화나 게임과 다를 바가 없어. 책 따위는 읽고 싶은 사람만 읽으면 되는 거야. 다만."

혜진은 잠시 입을 다물고 조심스럽게 숨을 들이쉬었다. 이제부터 내뱉을 언어의 바탕이 될 공기를 고르는 것처럼 그렇게. 이윽고 혜진은 고르고 고른 공기로 성대를 진동시키며 말했다.

"세상에는 반드시 읽어야만 하는 사람이 있어. 자기는 그런 사람이야."

"무슨 소리인지 모르겠어."

"나도 잘 몰라. 미안."

그녀는 장난스럽게 혀를 날름했다.

"자기를 처음 봤을 때부터 느낌이 왔다…… 라고 애매하게 말할 수밖에 없네. 내가 언젠가 그랬지? 자기는 금방 어딘가로 떠날 사람 같다고. 자기는 여기 있을 사람이 아닌 것 같아. 지금 여기 있을 사람이 아닌 사람에게 꼭 필요한 게 무엇일까."

질문이 아니었기에 나는 대답하지 않았다. 어차피 대답할 말도 없었다.

"나도 잘 모르겠어. 그런 사람에게 뭐가 필요한 건지. 그냥 내가 아는 건 책뿐이니까 자기한테도 읽으라고 하는 거야. 어딘가로 떠나야 하는 사람에게는 그 어딘가에 대한 정보가 필요하잖아. 자기가 떠나기 전에 꼭 필요한 정보가 있다면 혹시 책 속에 있지 않을까. 책이 아니라 다른 데 있을지도 모르지만 난 다른 것은 모르니까. 그래서 읽으라고 하는 거야. 내가 책 읽으라고 강요해서 많이 힘들어? 힘들어도 참아줘. 난 이렇게 애매한 설명밖에 못 하는 바보지만 확신은 있어. 세상에는 반드시 책을 읽어야만 하는 사람이 있다는 거. 자기가 왜 그런 사람인지는 설명할 수 없지만 그런 사람이 존재한다는 것 자체는 확신할 수 있어. 그냥 왠지 모르게 확신이 들어. 나를 믿고 읽어줘. 부탁해."

그때 나는 그녀가 무슨 소리를 지껄이는 건지 알 수가 없었다. 지금은 알 것도 같지만 분명히 알았다고 확신할 수는 없다. 어쨌든 나는 그때 고개를 끄덕이며 약속했다. 책을 읽겠다고, 앞으로도 꾸준히 읽겠다고. 사랑하는 여자가 부탁한다는데 어쩌겠는가.

그녀에게 못마땅한 점은 겨우 이 정도였다. 그녀가 완벽에 가까운 여자였다는 건 아니다. 우리 사랑이 그만큼 진실하고 깊었다는 것도 아니다. 우리는 불과 몇 달 사귀었을 뿐이다. 눈에서 콩깍지가 떨어질 시간, 그러니까 서로의 단점을 새삼스레, 정말 새삼스레 발견하고 기겁을 하게 되는, 본인들에게는 비극이지만 옆에서 보기에는 희극에 불과한 순간이 올 만큼 길게 사귀지를 못했다. 우리는 서로에게 내 여자, 내 남자라기보다는 아직 미지에 더 가까운 존재였다. 아무리 생각해도 내가 그녀의 단점에 실망해서 차버린 건 아니라는 것이다.

그럼 어째서인가. 도대체 왜 그랬는가.

이렇게밖에는 말할 수가 없다. 그냥 어쩐지 그래야 할 것 같았다고.

혜진이 그냥 어쩐지 내가 여기 있을 사람이 아니라고 느낀 것처럼, 나도 그냥 어쩐지 그녀 곁에 있어서는 안 될 것 같았다. 애매한 진술에 이미 눈치챘겠지만 실은 이것도 확실한 이유는 아니다. 이유를 찾고 또 찾아도 도무지 걸리는 게 없어서 그딴 것도 이유랍시고 나 스스로 납득하기로 한 것에 불과하다.

2주일이나 학교도 안 나가고 자취방에 틀어박혀 이유 찾기에 골몰했지만 생각해보면 참 미련한 짓이었다. 그럴 필요가 없었다. 정말 없었다. 이유라는 건 내가 찾아내거나 만들 필요 없이 세상이 찾아주거나 만들어주는 것이었다. 세상은 항상 그렇다. 지나치게 친절하고, 지나치게 가혹한 세상.

사람들은 우리 둘이 오래가지 못한 게 당연하다고 했다. 신분의 차이 때문이라는 것이었다. 신분의 차이라니. 역겨울 정도로 통속적인 표현이지만 그게 또 그럴듯했다. 사람들은 나같이 별 볼일 없는 놈이 감히 이사장의 손녀를 넘본 게 가당치도 않다고 했다. 혜진은 이미 어느 중견기업의 후계자와 결혼 얘기가 오가는 사이라는 소문도 지껄였다. 혜진이 나를 만나준 것은 단순한 심심풀이였다거나 아니면 뭐에 씌어서 그랬던 거라고, 이제라도 정신을 차려서 다행이라고도 했다. 내가 혜진을 먼저 차버린 건 놀라운 일이지만 그것도 이해가 된다고도 했다. 놈도 주제파악은 할 줄 알아서 그런 게 아니냐고 했다.

그런가. 그랬던 것인가.

묘한 소리지만 나는 세상이 만들어준 이유가 그럭저럭 마음에 들었다. 돌이켜보면 나도 신분의 차이를 의식했던 것 같다. 데이트할 때면 나보다는 혜진이 훨씬 더 많이 돈을 썼다. 혜진은 그때마다 '내가 선배니까'라며 장난스럽게 웃었고 나도 따라 웃었지만 그게 진심으로 웃은 것이었을까. 그때는 진심으로 웃은 것 같았는데 세상이 만들어준 이유를 듣고 나니 아닌 것도 같았다.

하루는 나 혼자서 혜진의 집을 찾아간 적이 있었다. 그 지역에서는 강씨네 집이라고 하면 다들 아는 대저택이라고 해서 실제로 어떤지 궁금했다. 직접 보니 과연 대저택이었다. 서울과 달리 땅이 남아도는 지역이라 돈만 있으면 으리으리하게 집을 짓고 살 수 있었고 실제로도 으리으리했다. 나는 대문 앞에 서서 그 폭을 가늠해 보았다. 트럭 두 대가 너끈히 지나갈 수 있다는 계산을 마친 다음에는 그대로 돌아섰다. 혜진은 헤어질 때까지 단 한 번도 날 집에 부르지도 않았고 집 얘기를 먼저 꺼내지도 않았다. 나도 당신 집을 구경해봤다는 얘기는 하지 않았다.

혜진이 삼류 대학 학생 치고는 머리가 좋은 것도 나를 불안하게 했다. 그녀는 이따금 수능을 다시 봐서 다른 학교로 옮길까 생각 중이라고 말했다. 나는 좋은 생각이라고, 당신 머리로 이런 학교에서 썩는 건 아까운 일이라고 짐짓 격려하듯 말해주었지만 속으로는 불안했다. 그녀가 내 손이 닿지 않는 저 멀리로 가버릴 것 같아서였다. 별로 적합한 비유는 아닌 것 같지만, 나는 호랑이 등에 날개가 달리게 생겼다고 생각했다. 귀한 영물인 호랑이를 뜻밖에도 쉽게 잡아서 희희낙락이었는데 이놈 호랑이 등에서 날개가 솟아나려는 것 아닌가. 그러나 혜진이 정말로 호랑이라면 내가 잡을 수 있는 상대가 아니었고, 애초에 내가 잡은 것도 아니라 그녀가 잡혀준 것이었다. 그녀가 훨훨 날아가겠다고 한다면 나는 보내줄 수밖에 없었다.

그러니까 세상이 만들어준 이유는 통속적이고 유치하고 정치적으로 올바르지 않지만 바로 그렇기 때문에 진짜 이유가 될 수 있었던 것이다. 아니, 될 수 있었던 것 같다. 아니, 아니. 될 수 있어야만 했다.

내가 정말로 신분의 차이를 의식했을까?

내가 정말로 주제파악을 잘 해서 나의 첫사랑을 홈런 치듯이 날려버린 것일까?

혜진이 내게 헤어지자고 하는 이유도 묻지 않고 고개를 끄덕인 것도 처음부터 나 따위는 자기 상대가 아니라고 생각했기 때문이었을까?

정말로?

알 수 없었다. 하지만 나는 그쯤에서 만족해주기로 했다. 나 자신을 위해서, 그리고 세상을 위해서. 주위 사람들이 왜 혜진과 헤어졌느냐고 물으면 처음부터 오르지 못할 나무였다는 걸 뒤늦게 깨달았다고 대답했다. 사람들은 과장되게 안타까워하면서도 은근슬쩍 그럼 그렇지 하는 기색을 보이곤 했다. 나는 세상이 만들어준 이유 덕에 편안했다. 나 스스로 나를 주장하지 않고 세상이 나를 해석하도록 내버려두는 게 정말 편안했다. 세상도 나에게 가혹했지만 내가 더 나에게 가혹했다. 가혹해서 눈물이 날 정도로 편안했다.

어쨌든 심란하기도 했고 나이도 찼기에 나는 군대나 가기로 마음먹었다. 휴학 신청을 하러 학교에 간 날이었다. 강 교수에게서 문자가 왔다. '컴온 베이비, 아이 원추!'라고 써서 보낸 걸 보면 무시해도 됐겠지만 혜진과 한 약속을 지켜야 했다. 지금 생각해보면 착각이었지만 그때는 그게 약속을 지키는 일인 줄 알았다.

"저 군대 가요. 혜진이한테 전해주세요."

교수실에 들어선 내가 인사도 생략하고 다짜고짜 지껄이자 강 교수도 다짜고짜 소리를 질렀다.

"네가 우리 혜진이를 울렸지!"

나는 어안이 벙벙했다. 조카에게 무심한 줄만 알았던 강 교수가 설마 이렇게 나올 줄은 미처 몰랐다. 혜진의 소식이 궁금했지만 그에게 물어볼 생각은 하지 않은 이유도 그가 조카를 없는 사람처럼 생각하는 줄 알았기 때문이다.

"넌 그동안 우리 국문학과의 명예를 위해 빛나는 활약을 해주었지. 네 덕분에 나와 내 제자들이 공짜로 먹은 술과 고기가 트럭으로 실어 날라야 할 정도야. 원래는 네놈을 떡이 되도록 패줘야 하겠지만 그간의 지대한 공로를 감안해서 딱 한 대만 때리겠다. 눈 감고 이 악물어."

"교수님이 언제부터 조카 생각을 그렇게 끔찍하게 하셨어요?"

"무슨 소리야? 나 조카 바보로 유명해. 내가 혜진이 똥기저귀 갈아주고, 업어주고 하면서 키웠다고."

거짓말인 게 분명했지만 따지는 것도 귀찮았다. 나는 잠자코 눈을 감고 이를 악물었다. 강 교수가 으라차차, 하는 우스꽝스러운 기합을 지름과 거의 동시에 뭔가가 내 얼굴을 때렸다.

별로 아프지는 않았다. 날 때린 물건이 가벼워서였다. 눈을 뜨고 보니 얇은 책 한 권이 바닥에 떨어져 있었다. 나는 책을 주워 들었다. 무슨 소설집 같았는데 제목이 '어쩌자고 이런 세상에 태어났니'였다. 지은이는 강지진.

"교수님이 쓰신 거예요?"

"응. 내 유일한 소설집이야. 백 권 정도 팔리고 절판됐지. 비평가들은 쳐다보지도 않았고. 그 책과 함께 내 작가 생명도 끝났지. 가져가."

하도 뜬금없는 소리라 잘못 들은 게 아닌가 싶었다. 내가 눈만 멀뚱멀뚱 뜨고 있자 강 교수가 비시시, 바람 새는 소리로 웃었다.

"가져가라고. 선물이야."

"웬 선물? 교수님 뭐 잘못 드셨어요?"

"군대 간다며? 이별의 선물이야. 왜 하필 책인가 하면 달리 줄 게 없어서. 아니, 줄 건 많지만 내 사랑하는 조카를 울린 나쁜 놈에게는 그런 삼류 소설이나 주는 게 맞는 것 같아서."

나는 책을 옆구리에 끼우고 강 교수를 물끄러미 바라보았다. 강 교수는 웬일로 쓴웃음을 짓고 있었다. 그가 진중해 보이기는 처음이었다.

"혜진이…… 많이 울었어요?"

"너 같은 놈한테 차였는데 그럼 울지 안 울겠냐? 나라도 울겠다."

"요즘은 잘 지내요?"

"글쎄. 딱 너하고 같겠지."

"제가 어떻게 지내는지 교수님이 아세요?"

"글쎄. 딱 혜진이하고 같겠지."

더 이상 아무 말도 할 수 없었다. 내가 침묵하니까 이상했는지 강 교수가 물었다.

"왜 그러고 있어? 더 할 말 없어?"

"없습니다."

"이 상황에 아무 소리도 못 하다니 역시 넌 언어에는 재능이 없군."

"할 수 있는 말은 많은데 해도 되는 말은 없다는 뜻입니다. 그런 의미에서 할 말이 없습니다."

강 교수는 잠깐 내 말을 음미하더니 고개를 가로저었다.

"역시 언어에 재능이 없어."

내가 그만 고개를 꾸벅하고 돌아서는데 강 교수가 물었다.

"그런 말이 있다고 생각하지 않나?"

"예?"

"이 세상에서 누군가 한 사람만은 반드시 해야 하는 말, 이 세상에서 누군가 한 사람만은 반드시 들어야 하는 말, 그런 말이 있지 않을까? 모든 언어는 이미 오래전에 진부해졌어. 진부한 언어에 새 생명을 부여하는 건 비범한 천재들이나 할 수 있는 일이야. 하지만 누군가 한 사람만을 위한 말이라면 천재가 아닌 범인이라도, 이를테면 너 같은 인간이라도 한마디쯤은 찾아낼 수 있지 않을까? 진부한 언어로 오염된 이 세상 어딘가에 네가 찾을 수 있고, 찾아야만 하는 한마디가 있지 않을까?"

"무슨 말씀이세요?"

"생각해봐. 생각하기 싫으면 잊어버리든지. 잘 가. 언젠가 또 보자고."

강 교수는 어느새 담배를 꺼내 입에 물고 있었다. 담배, 그놈의 담배. 나는 잠시 멍하니 있다가 교수실을 나섰다.

28

내 사랑 이야기를 질질 끌 필요가 없는 것처럼 새클턴 박사의 사랑 이야기도 괜히 장황하게 늘어놓을 건 없겠다. 되도록 간략하게 마무리하도록 하자.

내가 그랬듯이 박사도 윌리엄을 쳐버렸다. 아주 시원한 장외 홈런이었다.

둘이 사귄 건 아니었다. 사귀기는커녕 박사는 사랑을 고백하지도 못했다. 어떻게 고백할 수 있겠는가. 고백하는 순간 박사의 사회적 생명은 끝장날 텐데. 게다가 윌리엄은 게이도 아니었다. 공부하랴, 박사를 도와주랴 바빠서 여자 친구를 사귀지는 못했지만 여자를 좋아하는 건 분명했다.

박사는 고통스러웠지만 행복했다. 앞뒤가 안 맞는 말이라 불편하신가. 그렇다면 아예 이렇게 표현하는 건 어떨까. 그는 고통스럽게 행복했다, 혹은 행복하게 고통스러웠다. 엄격한 편집자가 보면 발작을 일으킬 법한 문장이라는 건 나도 안다. 하지만 당시 박사의 심정은 그렇게밖에는 표현할 수가 없다.

박사의 사랑은 분명히 짝사랑이었다. 그것도 세상이 용납해주지 않는 사랑이었다. 하지만 그것도 사랑은 사랑이었다. 박사는 윌리엄과 함께 있으면 온 세상을 가진 것 같기도 했고, 온 세상에서 거부 당한 것 같기도 했다. 그는 입맛을 잃었고 하루하루 말라갔다. 윌리엄이 고민이 있으면 털어놓으라고, 내가 있는 힘껏 도와주겠다고 몇 번이나 말했지만 박사는 그때마다 애매한 웃음으로 얼버무렸다. 설령 가슴이 쪼개지는 한이 있더라도 그는 침묵할 작정이었다.

그가 누구에게도 도움을 청하지 않은 이유는 물론 도와줄 수 있는 사람이 없어서였다. 사람만 아니라 신도 도와주지 못했다. 윌리엄과 함께한 몇 달 동안 사랑은 깊어갔고 신앙심은 말라갔다. 박사는 성경을 처음부터 끝까지 정확히 스물여덟 번을 읽은 끝에 이 신이라는 작자는 사람이 동성을 진심으로 사랑할 수도 있다는 사실을 진지하게 생각해본 적이 없다는 결론에 다다랐다. 모든 것을 주관한다는 절대자이자 전능자가 세상에 분명히 존재하는 것에 대해 무성의하게 '떽! 그거 나쁜 짓이야. 하지 마!' 해버리고 말았다면 그 작자는 절대자도 전능자도 아닌지 모른다는 의심도 품게 되었다.

학문도 도움이 되지 않기는 마찬가지였다. 공부야 했지만 머릿속이 항상 복잡했기 때문에 성과는 신통치 않았다. 첫 시험을 치르고서 그는 교수들로부터 '17세짜리치고는 그럭저럭'이라는 평가를 받았다. 나름대로 칭찬이지만 박사에게는 모욕이었다. 예전의 박사라면 코피를 쏟아가며 공부해서 최고의 성적을 받아내고는 교수들로부터 '너 같은 천재가 우리 자리 다 빼앗을까 봐 무섭다'는 소리를 듣고야 말았으리라. 그러나 그 무렵의 박사는 그렇게까지 할 여력이 남아 있지 않았다.

그는 사는 게 힘들었다. 아침에 눈 뜨면 제일 먼저 방광부터 비워야 한다는 게 힘들었다. 오줌 누고 나면 세수하고 양치하고 옷도 갈아입어야 한다는 게 힘들었다. 세상에나! 밥도 먹어야 하고 공부도 해야 했다. 심지어 그 와중에 똥까지 눠야 했다.

농담하는 게 아니다. 살아가는 일에 지친 사람에게는 별것 아닌 일상생활 하나하나가 힘에 부친다.

이 망할 놈의 세상은 왜 이렇게 살기 어렵게 만들어져 있는 것인가. 이렇게 살기 힘든데 그래도 행복한 건 어째서인가.

그대로 놔뒀다면 박사는 죽었을지도 모르겠다. 고통스럽고도 행복하게.

박사를 도와준 것은 세상이었다. 엄격히 따지면 세상은 결코 박사를 도와줄 수 없었고 박사도 원치 않았지만 세상은 어쨌든 도와주기로 했다. 실제로 도움이 되거나 말거나 하여튼 저질러버리기로 했다. 세상은 항상 지나치게 친절하고 지나치게 가혹했다.

소문이 돌았다. 어니와 윌리엄이 그렇고 그런 사이라는 소문이었다.

둘이 늘 붙어 다니는 거야 별일이 아니었다. 윌리엄이 박사의 도우미라는 건 다들 알고 있었으니까. 남정네 둘이 붙어 다닌다는 이유만으로 그런 소문이 퍼진 건 아니었다. 사람들은 윌리엄이 어니에게 지나치게 다정하다고 했다. 그리고 어니는…… 윌리엄을 대할 때면 얼굴에서 빛이 나는 것 같다고 했다. 안 그래도 선글라스를 끼고 다녀서 무서워 보이는데 성격도 무뚝뚝하고 말수도 적어서 아예 접근할 엄두도 나지 않는 놈이 윌리엄한테만은 주인님과 산책 나온 강아지처럼 군다고 했다. 소문을 퍼뜨리는 사람들은 박사가 한평생 지긋지긋하게 상대해본 그런 부류들이었다. 매우, 무척, 그리고 아주 적극적인 사람들. 그들이 어찌나 성실했는지 두 사람이 호모이고 사귀는 사이라는 소문은 모든 칼리지에 쫙 퍼졌고 교수들 귀에도 들어갔다.

정말로 박사가 강아지처럼 굴었을까. 박사 자신은 이에 대해 별말이 없었지만 나는 아닐 거라고 생각한다. 내가 아는 박사는 곧 죽어도 남에게 어리광 부릴 사람이 아니다. 사랑하는 사람에게는 어리광 부릴 수도 있지 않겠느냐고? 그는 사랑하기 때문에 절대로 윌리엄에게 어리광 부리지 않았을 것이다. 사랑한다는 티를 낼 사람이 아니었다. 사랑과 재채기는 숨길 수 없다는 서양 속담도 있지만 박사라면 재채기는 몰라도 사랑은 숨길 수 있다. 저 속담을 만든 사람은 남과 다르다는 죄를 지은 사람은 남과 다른 방식으로 살아가야만 하고 또 능히 그럴 수 있다는 걸 몰랐을 뿐이다.

결국 세상은 박사에게 그럴듯한 이유를 만들어준 것이다. 네가 윌리엄을 좋아하는 티를 내니까 문제가 되는 거라고. 세상이 만들어준 이유는 언제나 그럴듯하고, 언제나 가혹하고, 언제나 편안하다. 박사도 그 편안함에 모든 것을 맡겼다.

어느 날 박사는 도서관에서 윌리엄과 함께 공부하다가 밤이 늦어서야 도서관을 나왔다. 교정은 조용했고 인기척은 느껴지지 않았다. 박사는 이제 때가 왔다고 생각했다.

"윌리엄. 미안하지만 당신을 해고해야겠어요."

끈을 쥔 채 앞서가던 윌리엄이 걸음을 멈추었다. 잠시 침묵이 흘렀다. 아주 잠시에 불과했지만 윌리엄은 그 침묵 속에서 모든 걸 꿰뚫어보았다고 박사는 말했다.

이윽고 윌리엄이 나지막한 소리로 물었다.

"혹시 소문 때문에 그래?"

"알고 있었군요."

"그럼. 나도 귀는 있으니까. 너도 있지만."

"윌리엄. 당신이 누구보다도 훌륭한 도우미이고 좋은 친구인 건 사실이지만 그런 소문까지 퍼지니까 어쩔 수 없군요. 미안해요. 오늘로 도우미 일은 끝마치도록 하죠."

윌리엄은 웃었다.

"실망했는걸. 난 우리 사이가 그런 소문에 흔들릴 정도는 아니라고 생각했는데."

박사에게는 윌리엄의 웃음소리가 악마가 웃는 것처럼 들렸다. 그 속삭이는 듯한 몇 마디 말까지도. 박사는 악마의 유혹을 느꼈다. 말해버릴까. 그게 헛소문이 아니라고. 사실은 내가 정말로 당신을 사랑한다고. 그래서 헤어져야 한다고.

어쩌면 박사는 유혹에 굴복할 수도 있었다. 어쩌면 유혹을 이겨낼 수도 있었다. 이렇게 될 수도 있고 저렇게 될 수도 있었다. 하지만 윌리엄은 이렇게 되게도 저렇게 되게도 내버려두지 않았다. 그는 박사에게 악마이자 천사였다.

"내가 널 고용한 게 아니라 네가 나를 고용한 거지. 그래, 그런 거지. 알았어. 그럼 헤어지자."

박사는 헤어지자는 표현이 마음에 걸렸다. 고용 관계를 언급하면서도 굳이 헤어지자는 표현을 쓴 저의가 무엇일까. 별생각 없이 한 말일 수도 있었고 아닐 수도 있었다. 다시 말하지만 윌리엄은 악마이자 천사였다.

"그래도 일단 걷자. 기숙사까지는 가야 할 거 아니야."

둘은 말없이 어둠 속을 걸었다. 기숙사에 도착해 계단을 오르고 복도를 가로지르고 박사의 방에 도착할 때까지 어느 쪽도 입을 열지 않았다.

박사는 오른손에 지팡이를 쥔 채 왼손으로 끈을 잡아당겼다. 이제 그만 놓아달라는 뜻이었다. 하지만 윌리엄은 놓지 않았다. 그는 끈을 꽉 쥐고 있었다.

"어니. 헤어지기 전에 하고 싶은 말이 있어."

"뭐죠?"

"넌 바보야."

"예?"

"넌 똑똑해 보이지. 공부도 잘하고, 아는 것도 많아. 하지만 그런 건 다 가짜야. 넌 똑똑한 게 아니라 똑똑해 보이는 척 연기를 잘하는 거야. 똑똑해 보이는 데 필요한 소품, 이를테면 A 플러스로 가득한 성적표 같은 걸 가지고서 무대 위에 올라간 거야. 대부분의 사람들은 네 연기에 속지. 하지만 세상에는 속지 않는 사람도 있어. 아주 적지만, 분명히 있어. 어니, 넌 사실은 바보야."

박사는 혼란스러웠다. 윌리엄이 지금 화를 내는 것인가? 아무리 생각해도 그건 아니었다. 윌리엄의 말투는 조곤조곤했고 화난 기색은 조금도 없었다. 당연히 비난하는 기색도 없었다.

"이상하군요. 비난하는 말이 분명한데 비난하는 것 같지가 않아요."

"그렇겠지. 비난한 게 아니니까. 난 널 칭찬한 거야. 어니, 너는 내가 만나본 가장 훌륭한 바보야. 너는 실패할 거야. 실패함으로써 성공할 거야. 똑똑하기 때문이 아니라 바보이기 때문에 실패하고, 그렇게 해서 비로소 성공할 거야. 세상은 알아주지 않겠지만, 결단코 알아주지 않겠지만…… 그래도 상관없어. 너는 너 자신이 성공한 걸 알 테니까. 그리고 나도."

박사는 평생 그런 헛소리를 들어본 적이 없었다. 아니, 아예 없는 건 아니었다. 몇 년 전 정체불명의 아저씨가 그에게 헛소리를 지껄인 적이 있었다. 그때 아저씨의 헛소리에 흔들렸던 것처럼 박사는 이번에도 흔들렸다. 헛소리였기 때문에 흔들렸다. 바른 소리를 들었다면 조금도 흔들리지 않았을 것이다.

박사는 입술을 깨물었지만 이미 때가 늦었다. 눈물이 벌써 눈에서 넘쳐 나와 뺨을 적시고 있었다. 간신히 삼킨 울음소리가 목구멍 밖으로 다시 터져 나오려고 했다. 박사는 온몸에 힘을 가득 주고 참았다. 눈물까지는 어쩔 수 없다 쳐도 울음소리는 안 된다. 윌리엄에게, 그리고 자기 자신에게 이런 소리를 허락할 수는 없다. 다른 소리라면 몰라도 이따위 소리는 안 된다.

참는 데도 한계가 있었다. 목구멍이 아예 터져 나가기 직전에 윌리엄이 끈을 놓았다.

"안녕, 어니."

그 한마디를 남기고 윌리엄은 떠나갔다. 박사는 방 안으로 뛰쳐 들어가 침대에 몸을 던졌다. 울음인지 비명인지 알 수 없는 소리가 마침내 터져 나왔다. 다행히 이미 잠든 룸메이트는 그 소리를 듣지 못했다. 박사가 침대에 몸을 던지자마자 주먹을 입안에 우겨다짐으로 밀어 넣었기 때문이었다. 어두운 방 안에 울려 퍼진 것은 꺽, 꺽 하는 나지막한 소리뿐이었다.

29

나는 의경이 되었다.

어디서 듣기로 의경이 그나마 좀 편하다고 해서 지원한 거였는데 덜컥 합격하고 말았다. 실제로 의경이 되고 보니 편하기는커녕 죽을 맛이었다.

내무반 생활은 그냥저냥 견딜 만했다. 악마들이 우글거리는 곳이었지만 일단 적응하니까 견딜 수 있었다. 알고 보니 군대는 내 할 일만 똑바로 하면 열 대 맞을 거 다섯 대만 맞고 마는 곳이었다. 다섯 대 맞는 것도 심히 억울한 일이었지만 시간이 지나면서 그런 걸 억울해하지 않게 되었다. 미쳐가고 있었던 거지만 어차피 주위가 온통 미친놈투성이인데 홀로 맨 정신을 유지해봐야 나만 괴로울 뿐이었다.

내무반 생활은 그렇다 치고 정말 욕 나오도록 힘든 건 시위 진압이었다.

나한테 돌멩이를 던지는 사람들은 성인군자였다. 성인은 아니지만 그렇다고 악인도 아닌 평범한 사람들은 쇠파이프를 휘둘렀다. 악인들은 죽창으로 찔러댔다.

악인이라는 표현에 심기가 불편한 분들이 있을 듯하다. 경찰의 과잉 진압이 문제 아니냐고 목소리를 높이는 사람도 있겠다. 그래, 맞는 말이다. 시위자들에게도 분노할 이유가 있었을 것이다. 어쩌면 폭력 시위를 벌일 이유도 있었을지 모르겠다. 하지만 날카롭게 깎은 죽창을 다른 데도 아니고 내 얼굴에 정면으로 들이미는 사람들에게도 정당한 이유가 있었을까? 세상에 죽창으로 찔러 죽여야 할 정도로 나쁜 놈이 있단 말인가? 있을 수도 있지만 난 아니었다. 아무리 생각해도 아니었다.

그래도 2005년에는 그나마 나았다. 이듬해가 되자 미군기지 이전 문제로 전국이 난리였다. 2007년에는 한미 FTA 반대 시위까지 일어났다.

나도 어쨌든 경제학도였기에 신자유주의가 무엇인지도 알았고 세상에는 '신' 소리만 들어도 경기를 일으키는 사람들이 있다는 것도 알았다. 하지만 시위 현장에서 직접 느껴본 사람들의 분노는 내 지식과 상상을 초월했다. 나는 죽을 뻔했다. 과장이 아니다. 실제로 죽을 뻔했다.

그날도 시위 진압을 나갔는데 방패조가 시위대에게 방패를 빼앗기는 바람에 대형이 무너지고 말았다. 어, 어 하는 사이에 나는 시위대에게 붙잡혀 끌려갔다. 시위대는 날 쓰러뜨리고 발로 마구 밟았다. 그냥 화가 나서 몇 대 때려주자는 식이 아니었다. 정말로 죽여버리겠다는 결심을 하고 하는 짓이었다. 나는 살기를 느낄 수 있었다. 그들의 눈에서 광기를 볼 수 있었다. 동료들이 달려와 구해주지 않았다면 그날 내 인생은 끝났을 것이다.

나는 갈비뼈가 부러져 입원했다. 보호구를 착용했는데도 뼈가 부러진 것이었다.

병원으로 후송되는데 중대장의 지시가 날아왔다. 동승한 선임이 무전기로 지시를 전달 받아 나에게 전해주었다.

"중대장님이 언론에서 어떤 질문을 해도 대답하지 말라고 하신다. 무조건 보안 지키라고. 안 그러면 죽을 줄 알라고."

나는 어안이 벙벙했다.

"경찰병원 가는 거 아닙니까? 거기도 기자들이 출입할 수 있습니까?"

선임은 이런 멍청한 놈, 하듯이 한숨을 쉬더니 창밖을 가리켰다.

"고개 들지 말고 듣기만 해. 벌써 언론사 차량들이 따라붙었다. 병원에서는 당연히 기자들을 막지만 그 인간들이 막는다고 막아질 것들이 아니야."

그래도 난 이해가 되지 않았다. 의경인 내가 할 소리는 아니지만, 일개 의경이 부상 당했다고 언론이 호들갑 떨 것 같지는 않았다. 입원하고 보니 내가 뭘 몰라도 한참 몰랐던 거였다.

기자들은 신통방통한 재주가 있었다. 어쩌다 다른 환자들이 다 나가서 병실에 나만 남았거나, 내가 바깥공기 좀 쐬려고 무거운 몸을 일으켜 병원 밖으로 나가기만 하면 이 사람들이 어디선가 나타났다. 나는 과장 안 보태고 질문세례를 받았는데, 그 많은 질문들은 결국 단 한 문장으로 요약할 수 있는 단순한 것들이었다.

시위대와 경찰 중에 어느 쪽이 나쁘다고 생각하십니까?

때는 한미 FTA 때문에 나라가 두 쪽으로 갈라졌던, 아니 원래 갈라져 있던 것이 새삼스레 드러난 시기였다. 언론이 일개 의경을 들들 볶을 만큼 극성이었던 것도, 질문이 그 모양인 것도 다 그래서였다.

나는 침묵했다. 무조건 침묵했다. 중대장의 지시가 없었다 해도 분위기가 수상해서라도 침묵할 수밖에 없었다. 그러나 내 입은 내가 단속할 수 있어도 기자들의 카메라는 내가 어떻게 할 수가 없었다. 병실 밖에 잠깐 나갔다가 사진을 몇 장 찍혔는데, 그중에서 내가 옆구리를 손으로 짚고 얼굴을 잔뜩 찡그린 사진이 언론을 탔다. 그 후폭풍은 참 어처구니없는 것이었다.

언론을 탔다지만 처음에는 보수 언론 한 곳에서 폭력 시위 문제를 지적하면서 자료 사진으로 내 사진을 실은 것뿐이었다. 그냥 그뿐으로 시간이 지나면 내 사진 같은 건 조용히 잊힐 게 분명했는데 진보 언론들이 딴죽을 걸었다. 경찰의 과잉 진압으로 떡이 되도록 맞은 사람들이 얼마나 많은데 이런 '경상자'의 사진으로 언론 플레이를 한다며 비난을 하고 나선 것이었다. 이렇게 촉발된 싸움에 대한민국 언론들이 모조리 가담했고 인터넷에서도 난리가 났다. 우파들은 '애국 청년'이 빨갱이들 때문에 봉변을 당했다며 난리였고, 좌파들은 우리는 아직도 통제 국가에서 살고 있다고 난리였다. 그깟 사진 한 장에 사람들이 이토록 흥분할 수 있다는 사실이 기가 막힐 지경이었다. 나는 매일 뉴스와 신문을 챙겨 보고 인터넷 사이트들을 돌아다니며 점점 더 놀라고 기가 막혀 하다가 마침내는 질리고 말았다.

맞아 죽을 뻔한 건 나인데 엉뚱한 사람들이 편을 갈라 싸우고 있었다. 언뜻 보면 다들 나를 두고 싸우는 것 같지만 사실은 아니었다. 나는 그들이 싸울 공간을 마련해주는 일종의 장치이자 무대였다. 사람들은 나를 밟고 올라가서 내 위에서 길길이 날뛰며 싸우고 있었다. 그러면서 짬이 날 때마다 이 무대가 자기들 쪽으로 기울었는지 상대편 쪽으로 기울었는지 점검해보고는 했다. 나는 할 말이 없었다. 정말 아무 말도 할 수가 없었다.

그러던 어느 날 중대장이 병실에 찾아왔다. 아직 중년인데도 주름이 너무 깊어서 이마가 두 쪽으로 갈라진 것 같은 그 양반은 나를 부모 죽인 원수 보듯이 노려보며 말했다.

"너 이제부터 병실에서 나오면 죽는다."

그 이후 나는 검사 받을 때 말고는 병실 밖으로 한 발짝도 나가지 않았다. 뉴스와 신문은 더 이상 보지 않았다. 인터넷도 사용하지 않았다. 나는 매일 멍하니 천장만 보고 누워 있거나 다른 환자들과 화투나 치면서 놀았다.

뒤늦은 고백이지만 입원한 그날 나는 울었다. 천근만근 같은 몸뚱이를 간신히 움직여 화장실에 가서는 변기 위에 앉아 울었다. 세상은 미친 게 분명했다. 신자유주의는 힘없는 사람들의 터전을 빼앗을 권리가 없었다. 힘없는 사람들은 신자유주의도 아닌 나를, 한 명의 인간에 불과하고, 한 명의 인간씩이나 되는 나를 때려죽일 권리가 없었다. 이쪽도 저쪽도 권리가 없는 게 내가 보기에는 분명한데 이쪽도 저쪽도 권리를 주장했다. 나는 이쪽과 저쪽 사이에 끼어 있었다. 말이라도 할 수 있으면 좋겠는데 군인인 나는 말할 권리도 없었다. 온몸으로 맞서고 온몸으로 얻어맞는 수밖에 없었다. 그게 너무 억울하고 기가 막혀서 나는 울었다. 군 복무 시절에 울어보기는 그때가 처음이자 마지막이었다. 그리고 그 사실을 고백하는 것도 이 자리가 처음이자 마지막이 될 것이다.

그 사건을 겪고 나서 나는 언론이고 여론이고 몽땅 신뢰하지 않게 되었다. 원래 그런 것들을 신뢰하는 편도 아니었지만 그후로는 언론이니 여론이니 하는 입 싼 것들이 지껄이는 소리에는 아예 귀를 닫았다.

어떤 자들은 폭력 시위가 심각한 사회문제라고 주장했다. 시위 현장에는 선량한 시민만 있는 게 아니라 전문적인 선동가, 시위꾼들이 있어서 그들이 폭력 시위를 조장한다고 했다. 선량한 시민도 군중심리에 휩쓸려서 애꿎은 경찰들을 죽이려고 날뛴다고 했다. 시위대에게서 압수한 온갖 흉기를 증거 사진으로 내놓기도 했다.

어떤 자들은 경찰의 과잉 진압이 문제라고 했다. 폭력 시위는 과장되었다고 했다. 시위대는 평화롭게 행진했는데 경찰들이 먼저 과잉 진압을 했다는 것이었다. 죽창 따위는 보지도 못했다고도 했다. 경찰에게 얻어터져서 처참한 몰골이 된 시위자들의 모습을 증거 사진으로 내놓기도 했다.

그러니까 이쪽도 저쪽도 자기네는 잘못한 게 없다는 것이었다. 잘못한 사람은 아무도 없는데 죽을 뻔한 사람은 있었다. 나는 아무 말도 할 수 없었다. 군인이기도 했지만 신분 문제가 아니더라도 할 수 있는 말이 없었다. 아니, 할 수 있는 말은 많지만 해도 되는 말은 없었다. 내가 뭐라고만 하면 이쪽과 저쪽이 서로를 가리키며 그건 저놈들 잘못이라고 할 게 뻔했다. 그리고 나한테도 네가 저놈들 편에 섰으니 그런 꼴을 당해도 싼 거라고 할 것이었다. 끝내는 나에게 이쪽인지 저쪽인지 소속을 밝히라고 윽박지르고 내가 대답을 조금이라도 늦게 하면 넌 역시 저놈들 편이구나 하며 잡아먹으려고 들 것이었다.

나는 침묵을 택했다. 잊히고 소외 당할 거라는 걸 알면서도 그랬다. 이쪽인지 저쪽인지 소속을 분명히 밝힌다면 적어도 어느 한쪽에서는 잊히지도 않고 소외 당하지도 않을지 모르지만, 혹시 그럴지도 모르지만, 나는 그럴 수 없었다. 나는 잘못한 사람이 아무도 없는 세상에서 나 혼자 죽을 뻔한 사람이었다. 침묵해도 잊히고 소외 당하기는 마찬가지였지만 이쪽과 저쪽 사이에 파묻혀서 사라지는 것보다는 나았다.

마침내 복무 기간을 마치고 전역한 날 나는 집에 가서 부모님과 식사를 한 다음 저녁에는 친구들을 만나 술을 진탕 마셨다. 필름이 끊길 정도로 마신 건 그날이 처음이었다. 이튿날 아침 나는 친구 놈 자취방에서 잠이 깼다. 라면 먹고 가라는 친구의 손길을 뿌리치고 그대로 학교에 갔다.

그리고 자퇴신청서를 작성했다.

30

새 도우미도 머튼 칼리지의 경제학부 학생이었다. 윌리엄처럼 다정하지는 않았지만 윌리엄만큼 성실하긴 했다. 박사는 다른 모든 것을 잊기 위해 오로지 학문에만 매달렸다. 더 이상 신에게 기도하지도 않았다. 그는 신앙을 버렸다. 이제는 학문이 그의 신이자 구세주였다.

학업은 순조로웠다. 어떻게 순조롭지 않을 수 있겠는가. 천재가 노력까지 하는데. 교수들의 평에 따르면 박사는 학사과정을 유치원 다니는 것처럼 쉽게 마쳤다. 그다음에는 석박사 통합과정을 밟았는데 이것도 초고속으로 통과했다.

앞에서도 말했듯 어니스트 헨리 새클턴은 겨우 23세의 나이에 경제학 박사가 되었다. 박사 논문의 분야는 거시경제학이었다. 구체적으로 말하자면 케인스주의의 향후 전망에 대한 것이었다.

케인스주의란 존 메이너드 케인스라는 경제학자의 경제사상을 말한다. 케인스는 1883년에 태어나 새클턴 박사가 태어나기 딱 1년 전인 1946년에 죽었다. 공교롭게도 케인스도 영국 사람이다. 그것도 하필이면 옥스퍼드의 라이벌 케임브리지 출신이다. 그렇다고 옥스퍼드의 교수들이 새클턴 박사의 논문을 탐탁찮아 한 건 물론 아니었다. 지금도 그렇지만 당시, 그러니까 1970년에 젊은 경제학도가 케인스주의에 이끌리는 건 흔한 일이었다. 케인스주의를 거칠게 요약하면 이렇다.

정부는 수요를 창출해야 하는 거야. 뭐? 시장이 모든 걸 해결해줄 테니 기다리자고? 내 엉덩이에 뽀뽀나 해라, 이 미친놈들아!

애덤 스미스 이후 경제학자들은 시장의 '보이지 않는 손'을 전능한 존재처럼 숭배해왔다. 불경기라는 폭우는 그칠 줄을 모르고, 길거리의 돌멩이보다 흔하게 널려 있던 실업자들이 이제는 모두 폭우에 휩쓸려 익사할 지경인데도 주류 경제학자라는 사람들은

'시장이 다 해결해줄 거야. 기다려봐'라는 소리만 되풀이했다. 그런 시대에 케인스는 주류 경제학자들에게 엿을 먹인 것이었다. 경제학을 잘 모르는 사람들도 통쾌해할 만한 부분이다. 경제학도였던 새클턴 박사가 그의 사상에 끌린 것도 당연한 일이었다. 더구나 1970년이면 케인스의 사상이 푸대접 받던 시기도 아니었고 오히려 미국의 뉴딜 정책을 통해 검증을 받고(엄밀히 따지면 완전히 검증된 건 아니었지만) 주류로 자리 잡았을 때였다. 모르긴 몰라도 옥스퍼드의 교수들도 라이벌 대학 출신인 케인스가 경제학계의 대부가 된 게 못마땅하긴 해도 자기들이 길러낸 영재가 옥스퍼드의 영광을 되찾아올 거라고 기대하지 않았을까.

그러나 아쉽게도 일은 그렇게 흘러가지 않았다.

자꾸 경제학 얘기가 나오는 바람에 지루해하는 이들이 있을 것 같은데 조금만 참고 읽어주기 바란다. 박사가 그동안 걸어온 길을 설명하려면 어쩔 수 없으니까. 참고 읽는 게 정히 어렵다면 어쩔 수 없다. 이 책을 던져버리시라. 당신이 산 책, 당신이 던져버리는데 누가 뭐라고 하겠는가? 산 게 아니라 빌린 거라면 던질 때도 부드럽고 상냥하게 던져주기 바란다. 도서관에서 빌린 거라면 더더욱 조심해주시길. 공공재라는 기본 개념도 모르는 것들이 도서관을 이용하는 방법은 용케도 알고 있어서 심기가 편치 않은 사람들이 많다는 사실을 헤아려주기 바란다.

참고 읽기로 한 사람들을 위해 설명을 계속하도록 하겠다.

1970년대에 오일 쇼크가 터지고 그 바람에 스태그플레이션까지 일어나서 세계경제가 곤두박질치고 말았다. 1차 오일 쇼크는 1973년에 일어났는데, 간단하게 말하면 산유국들이 느닷없이 유가를 대폭 인상한 사건이었다. 당시 자료를 보면 1배럴당 2.9달러였던 유가가 11달러까지 올라갔다고 하니 세계경제가 받은 충격을 짐작할 수 있겠다.

2차 오일 쇼크는 1978~79년에 일어난 사건이다. 당시 중동의 정세는 극히 혼미했다. 이란에서 호메이니가 팔레비 왕조를 무너뜨렸는데 이게 계기가 되어서 이란과 이라크가 전쟁을 벌였다. 중동 산유국들이 이 모양이니 유가가 어땠겠는가. 유가는 그야말로 천정부지로 치솟아서 1배럴당 20달러를 넘고, 30달러도 넘고, 기어이 39달러까지 올라갔다. 그리고 경제학자들이 우려했던 대로 스태그플레이션 현상까지 일어났다.

스태그플레이션도 간단하게 설명하자면 실업률과 물가가 사이좋게 동반상승하는 현상이다. 상식적으로 생각해봐도 실업률이 올라가면 수요가 줄어들 테니까 물가는 떨어지는 게 당연하다. 돈도 없는데 어떻게 소비를 한단 말인가? 살 사람도 없는데 물건 값이 어떻게 올라가겠는가? 그러나 이 세상은 상식대로 흘러가는 천국이 아니라서 실업률과 물가가 함께 상승하는 황당한 지옥이 도래하기도 한다. 다들 돈이 없어서 쫄쫄 굶고 있는데 쌀값은 계속 올라가는 셈이다.

스태그플레이션이 일어나는 구체적인 원인은 내가 설명할 능력이 부족하거니와 너무 길고 지루하기 때문에라도 생략하겠다. 궁금한 분들은 각자 알아서 경제학을 공부하시라.

여기서 중요한 점은 이러한 일련의 현상으로 케인스주의가 큰 도전에 직면했다는 것이다. 그동안 세계 각국은 케인스주의에 입각해 정책을 펼쳐왔고 덕택에 지금까지는 그럭저럭 성공해왔는데 이제는 먹히지 않게 된 것이었다. 이때 케인스주의가 구닥다리라며 들고 일어선 것이 통화주의와 신고전주의 등을 주장한 시카고학파다. 시카고학파도 자세히 설명하려면 너무 길고 복잡하다. 신자유주의자들이라는 것만 짚고 넘어가자.

그럼 신자유주의는 무엇인가. 이제 와서 새삼스럽게 그것까지 설명할 필요가 있는가 싶지만 그래도 해야겠다. 아주 중요하기 때문이다. 신자유주의가 무엇인지 거칠게 요약하면 이렇다.

시장은 만능이다. 자유경쟁 만세. 케인스는 얼른 와서 내 엉덩이를 핥지 않고 뭐하는 게냐!

케인스주의와 신자유주의는 상극이다. 천사와 악마는 손 잡을 수 있을지 몰라도 케인지언과 신자유주의자는 그럴 수 없다. 이미 젊은 시절부터 뼛속까지 케인지언이었던 새클턴 박사가 이 무렵 심기가 몹시 불편했던 건 굳이 듣지 않아도 짐작할 수 있는 일이다.

설상가상이라고 할까. 영국은 소위 말하는 '영국병'이라는 것까지 앓고 있었다. '영국병'이란 쉽게 말해서 산업구조가 고비용, 저효율이라 경제가 제대로 굴러가지 못하는 병이다. 더 쉽게 풀이하자면 노동자들이 임금은 많이 받는데 일은 더럽게 못한다는 뜻이다. 영국이 골골거리고 있을 때 혜성처럼 등장한 정치가가 저 유명한 마거릿 대처다. 대처 수상은 '영국병'을 치료한다는 명분하에 극단적인 신자유주의적 정책을 밀어붙였다. 이른바 대처리즘이었다.

대처리즘도 간단하게 요약하면 복지는 줄이고 노조는 때려잡고 국영기업은 민영화한다는 것이다. 거대 자본이 마음껏 활개 칠 수 있도록 판을 깔아주는 정책이었다. 대처 수상은 하는 김에 제조업은 더 이상 경쟁력이 없다며 서비스업, 특히 금융업을 활성화시키는 방향으로 산업구조를 개편했다. 제조업을 포기한 건 아니었지만(이에 대해서는 논란이 있다) 국가 산업의 중심은 금융 쪽으로 확 기울었다.

섀클턴 박사는 대처리즘에 단호하게 맞서 싸웠다. 당시 그는 옥스퍼드 교수이자 잘나가는 경제학자였고 시각 장애를 극복한 인간 승리의 상징으로도 유명했다. 대처 수상을 지옥에서 기어 올라온 악마라고 판단한 좌파 언론들은 이 유명한 경제학자가 악마를 물리칠 성기사가 될 수 있다고 생각했다. 언론들은 경쟁하듯 박사에게 원고를 청탁했고 박사는 기꺼이 응했다.

대처 수상의 재임 기간은 1979년 5월 4일에서 1990년 11월 28일까지로, 약 11년 6개월이다. 그 기간에 섀클턴 박사가 대처리즘을 비판하려고 언론에 발표한 칼럼은 524편이고 대처리즘이 영국을 어떻게 망치고 있는지 조목조목 짚은 논문은 35편이다. 대처 수상을 불도그처럼 물어뜯는 내용의 저서는 또 열한 권이다. 칼럼은 일주일에 한 편, 논문은 네 달에 한 편, 저서는 1년에 한 권꼴로 내놓은 셈이다. 한두 해도 아니고 장장 11년 6개월에 걸쳐서 말이다. 하루는 각료 회의 도중에 장관 하나가 어쩌다 그만 섀클턴이라는 이름을 꺼내자 대처 수상은 구두를 벗어 그 장관의 정수리를 찍어버렸다고 한다. 믿거나 말거나.

섀클턴 박사는 이렇게 노력했지만 '철의 여인'을 막지는 못했다. 대처 수상은 꿋꿋하게 대처리즘을 밀어붙였고 박사만 입장이 난처해졌다. 대처리즘은 '영국병'을 치유하고 영국 경제를 회생시키는 데 성공한 것처럼 보였다. 적어도 당시에는 그랬다.

섀클턴 박사는 사람들에게 장기적 시야를 가져야 한다고 주장했다. 대처리즘이 단기적으로는 성공한 것처럼 보여도 장기적으로는 빈부격차를 돌이킬 수 없는 수준까지 악화시켜 영국을 가진 자와 못 가진 자가 서로 증오하고 반목하는 나라로 만들 것이라고 했다. 또 금융업이 지금은 잘나가는 것 같아도 본질적으로 외부 충격에 취약하기 때문에 돈의 흐름이 한 번 막히면 엄청난 재앙을 불러올 것이라고 예언했다. 돈의 흐름이 막히는 현상, 즉 신용경색이 일어났을 때 믿을 수 있는 건 제조업밖에 없고 지금부터라도 고부가가치 제조업에 적극적으로 투자해야 한다고도 했다.

그렇게 열심히 주장한 결과 섀클턴 박사에게 돌아온 것은 사회주의자라는 비난이었다. 자본주의국가, 특히 영미권에서 사회주의자라는 말은 욕이나 다름없다. 박사에게는 정말 억울하고 분통 터지는 일이었다. 박사는 결단코 사회주의자가 아니었다. 애당초 박사가 숭배한 케인스부터가 사회주의자가 아니라 자유주의자였다. 케인스도 생전에 보수 진영으로부터 사회주의자라는 둥 빨갱이라는 둥 별별 욕을 다 먹은 것을 생각해보면 역사는 되풀이된다는 말이 실감 난다.

엄밀히 따지면 박사는 좌파도 아니었다. 박사는 좌니 우니 하며 극단적으로 편을 나누어 싸우는 짓을 인간이 저지를 수 있는 가장 우매한 행위라고 생각하는 사람이었다. 그가 대처리즘에 맞서 싸운 이유는 거대 자본이라는 맹수를 아무 제약도 없이 시장에 풀어놓으면 자본주의 자체가 무너진다고 판단했기 때문이었다. 박사는 자본주의가 결함이 많기는 해도 인간이 선택할 수 있는 최선의 경제체제라고 믿고 자본주의를 위해 싸운 것인데 자본주의를 신봉한다는 보수 진영으로부터 욕을 먹은 것이었다. 세상에 이렇게 기가 막히고 억울한 경우가 다 있을까.

더 어처구니없는 건 박사가 좌파들에게도 버림받았다는 것이었다. 좌파들은 박사가 대처리즘을 비판하는 것만 보고 자기들 편이라고 멋대로 단정 지었다가 박사가 사실은 자본주의가 최선이라고 생각한다는 것을 알게 되자 배신자라고 또 멋대로 단정 지었다. 박사가 잘못한 게 있을까. 굳이 따지자면 좌파 언론과 손을 잡은 게 잘못이라고 할 수 있겠다. 하지만 대처리즘에 맞서려면 언론의 힘이 필요했고 힘이 되어줄 수 있는 언론은 좌파 언론뿐이었다. 박사에게 다른 선택지는 없었다. 그는 신념을 따랐고, 그 결과 좌익과 우익 양쪽 진영으로부터 버림받았다.

박사에게도 길이 없는 건 아니었다. 나는 이쪽 편이라고 소속을 분명하게 밝히는 것이었다. 소속만 밝히면 좌익이든 우익이든 그를 품어줄 것은 분명했다. 그는 누구보다도 뛰어난 학자였으니까. 그러나 박사는 쉬운 길을 택하지 않았다.

그는 고집이 셌다. 그는 자존심이 강했다. 그는 고결한 사람이었다. 그리고…….

그는 남과 다르다는 죄를 지은 사람이었다.

남과 다르다는 이유만으로 세상으로부터 거부 당했던 이가 그따위 유치한 편 가르기에 동참할 수 있을까. 남과 다르다는 죄를 지은 사람은 세상이 온갖 시답잖은 이유, 예를 들어 눈이 보이지 않는다는 것 따위로 너는 이쪽 소속이 아니라고 선을 긋고는 그 선을 넘기만 하면 온갖 박해를 가한다는 사실을 잘 알기 마련이다. 그런 시답잖은 이유가 증오와 광기의 명분이 된다는 것도 안다. 대부분의 사람들이 신념을 갖고 어느 한 편을 선택한 게 아니라 증오와 광기의 희생양이 되는 게 두려워서 그쪽으로 도피했을 뿐이라는 걸 안다. 그렇게 도피해온 사람들을 선동하고 증오와 광기를 조장하면서 이익을 챙기는 이들이 있다는 것도 안다.

남과 다르다는 죄를 지은 사람은 그 모든 것을 뼈가 저리도록 안다.

그들이, 남과 다른 사람을 단죄한 그들이 그런 사실을 평생에 걸쳐서 그의 뼈에 새겨주고 또 새겨주기 때문에 너무나 잘 알 수밖에 없다.

잘 알기에 박사는 어느 쪽도 선택하지 않았다. 그는 세상이 자기를 버리도록 내버려두었다. 그러나 자기가 자기를 버리도록 내버려두지는 않았다. 그는 매일 학문에 힘쓰는 한편 자기 생각을 각종 매체에 발표했다. 우파는 그를 빨갱이라고 했고 좌파는 또 변절자라고 했지만 개의치 않았다.

안타깝게도 시대는 신자유주의의 편이었다. 박사의 노력이 무색하게 영국 경제는 잘 굴러갔고 1997년 이후에는 경제성장률이 매년 3퍼센트를 넘으며 승승장구했다. 보수 진영은 이게 다 대처 수상이 빨갱이들의 말에 흔들리지 않고 대처리즘을 관철시킨 덕이라고 주장했다. 박사는 웃음거리가 되었다. 결국 박사의 주장이 옳았고 예언은 무서울 정도로 정확했다는 게 밝혀질 때가 올 테지만 아직은 먼 미래의 일이었다.

누구보다도 심지가 굳은 박사에게도 그 시기는 암울했다. 박사 자신도 그때는 참 짜증 나는 시절이었다고 회상했다. 그 시기에 박사에게 위안이 되어준 것은 새클턴재단 활동이었다.

새클턴재단은 박사의 부모가 아들과 같은 시각장애인들을 위해 사재를 털어서 창립한 재단이었다. 주로 시각장애인의 특수교육과 점자책 보급을 위해 활동했다. 이사장이었던 아버지 새클턴이 1997년에 노환으로 사망하여 박사가 이사장 자리를 물려받았다. 덧붙여 말하자면 이때 기사 작위도 승계했다. 아버지 토니 새클턴은 생전에 시각장애인을 위한 활동을 인정받아 기사로 서임되었다. 새클턴 가문은 원래 남작 가문이지만 작위는 토니의 형이 승계했기 때문에 토니 자신은 작위가 없었더랬다.

시대는 암울하고 아버지까지 돌아가셨지만 다행히도 재단 활동이 그를 버티게 해주었다. 재단이 세운 점자책 도서관에서 아직 점자 읽는 데 서툰 시각장애인 아동들에게 책을 읽어주는 게 인생의 낙이었다. 평생 사람을 멀리했고 마음의 문을 굳게 잠그고 살았던 박사도 앞 못 보는 아이들에게는 다정했다.

그러던 어느 날 박사는 인연이 얼마나 질긴 것인지 알게 된다. 그 도서관에서 공립학교 시절 그를 괴롭혔던 조엘 모리슨과 재회한 것이었다.

31

학교를 그만두고 나는 작가가 되었다.

물론 자퇴하고 학교 정문을 나서는 순간 작가로 짠, 하고 변신한 것은 아니다. 중간에 우여곡절이 있었다.

원래 나는 체육교육학과가 있는 다른 학교에 진학해서 체육 교사가 될 셈이었다. 군 말년에 내무반에서 하루 종일 뒹굴며 고민한 끝에 결정한 진로였다. 아무리 생각해도 내가 남들보다 조금이라도 잘할 수 있는 일은 운동뿐이었다. 그렇다고 이제 와서 운동선수가 되기에는 너무 늦었고, 체육 교사가 되어야겠다고 결론을 내린 것이다. 경제학이라면 이제 이가 갈렸다. 경제는 정치와 떼어놓을 수 없는 것이고 나는 그놈의 정치가 진절머리가 났다. 편 가르고 싸우는 짓은 똑똑하고 배운 거 많은 잘나신 분들이나 하면 되는 일이고, 나같이 머리 나쁜 놈은 몸 쓰는 일이나 하며 살아야겠다고 생각했다. 오늘도 땀 흘리며 학생들을 가르치는 체육 교사 분들에게는 죄송하다. 그때는 내가 범 무서운 줄 모르고 까부는 하룻강아지였다. 임용고시라는 호랑이를 상대해본 지금은 체육 교사도 아무나 하는 게 아니라는 걸 안다.

이미 재수를 했었기 때문에 삼수를 하는 게 가계에 부담이 되었다. 부모님께는 낯이 없었지만 얼굴에 철판 깔고 이번 한 번만 믿고 도와달라고 부탁드렸다. 딱하신 어머니 아버지는 이 못난 아들을 믿고 두 분의 노후 대비용으로 겨우 하나 남겨두었던 적금을 깨셨다. 아, 이 불효를 어떻게 씻을 수 있을꼬.

부모님께 죄송해서라도 나는 머리가 터지도록 공부했다. 나 같은 놈도 노력하면 되는 법인지, 아니면 하늘이 보우하셨는지 아무튼 모 대학 체육교육학과에 간신히 합격했다. 그래봐야 삼류 대학이었지만 무광대학보다는 나았다.

대학 시절은 별로 회상하고 싶지 않다. 특별히 좋은 일도 없었고 나쁜 일도 없었다. 애당초 무슨 일이 생길 수가 없는 게 난 사람들을 멀리했다. 요즘 애들이 쓰는 말로는 '아싸'였다. 원래 사교적인 성격도 아니었고 동기들보다 나이가 훨씬 많아서 '아싸'가 되고 말았다. 사람들이 청춘이라고 하면 무슨 척수반사처럼 즉시 연상하는 달콤한 러브스토리 같은 것도 당연히 없었다. 혜진을 잊지 못했던 걸까? 그랬을지도 모르겠다. 나는 종종 혜진에게 연락하고 싶은 충동을 느꼈다. 하다못해 강 교수라도 찾아가고 싶었다. 끝내 그들을 찾지 않은 건 우리 인연은 이미 끝났다고 생각했기 때문이었다. 인연이 얼마나 질긴 것인지 그때는 미처 몰랐다…….

4년 만에 별 탈 없이 학교를 졸업했지만 진짜 난관이 남아 있었다. 임용고시였다. 임용고시의 경쟁률이야 말할 필요도 없으리라. 나는 학원까지 다니며 또다시 머리가 터지도록 공부했다.

공부만 하다가 정말로 머리가 어떻게 되어버릴 것 같던 어느 날이었다. 지친 두뇌도 쉬게 할 겸 방 정리를 하는데 옷장 안에 처박아두었던 박스에서 강 교수의 책을 발견했다. 이별의 선물이라고 해서 받아오긴 했는데 한 번도 펼쳐본 적이 없는 책이었다. 그 책을 보니 자연스럽게 강 교수와 혜진이 떠올랐다. 심란해서 책을 버릴까 하다가 그만두었다. 혜진이 생각나서 괴로웠지만 바로 그렇기 때문에 버릴 수가 없는 책이었다.

나는 도대체 왜 혜진과 헤어진 걸까. 뭐 그딴 생각을 하면서 책을 펼쳐 들었다. 빈말로도 재미있다고는 할 수 없는 책이었다. 재미는커녕 당최 뭔 소리를 하는 건지 알 수가 없었다. 이런 게 문학이라면 나는 죽었다 깨도 문학을 이해할 수 없겠다는 생각이 들었다. 이해할 수도 없는 책을 앉은 자리에서 끝까지 다 읽은 이유는 혜진과의 추억 때문이었다. 아니, 추억이 아니라 미련 때문이라고 해야 하겠다. 그때까지도 혜진을 사랑하고 있었다는 건 아니다. 그녀와의 관계가 깔끔하게 끝나지 않은 게 문제였다. 내가 깔끔하고 시원한 장외 홈런을 날리기는 했지만 애당초 그놈의 홈런을 왜 쳐버린 것인지 그 이유를 알 수가 없었다. 세상이 만들어준 이유가 있었지만 그것도 나를 완전히 납득하게 할 수는 없었다.

어쨌든 책 한 권 다 읽고 나니 마음에 드는 구절이 없지는 않았다.

"어쩌자고 이런 세상에 태어났니. 참 안됐구나. 그래도 너무 걱정하지는 마. 우리는 죽음의 먹이로 태어난 거니까. 자, 웃어보자고."

죽음의 먹이로 태어난 거야 그렇다 치고 왜 웃어야 되는 걸까. 나는 그 이유를 생각하다가 피식 웃었다. 이유는 알 수 없었고 알고 싶지도 않았다. 그냥 웃음이 나왔을 뿐이었고 그것으로 충분했다.

그리고.

참으로 요상한 일이 일어났다.

나도 글을 쓰고 싶어졌다.

생각해보면 요상한 일도 아닌지 모르겠다. 작가란 건 원래 그렇게 탄생하기 마련이니까. 별것도 아닌 문장 몇 줄이 가슴에 콕 박혔는데 그 이유는 알 수 없고 별로 알고 싶지도 않을 때, 그저 그 문장의 뒤를 잇는 또 다른 문장을 지어내고 싶어졌을 때, 작가는 그럴 때 탄생한다. 태초에 어떤 잘나신 조상님께서 인류 역사상 처음으로 그럴듯한 말 몇 마디를 지껄였을 테고 듣던 사람들 중 하나가 나도 저렇게 폼 나게 말하고 싶다는 생각에 끙끙대며 말을 지어냈을 것이다. 소설가는, 아니 언어를 다루는 모든 사람들은 태초부터 시작된 언어의 줄기를 이어받아서 다음 세대에 넘겨줄 줄기를 만들어가고 있는 게 아닐까.

나는 당장 노트북을 켜고 글을 쓰기 시작했다. 처음에는 소설을 쓰겠다는 생각도 없었고 그저 문장을 몇 줄 휘갈기고 싶었을 뿐이었다. 난생처음으로 언어를 '구사한 게' 아니라 '토해낸' 경험이었는데, 희한하게도 그 토악질을 멈출 수가 없었다. 정신 차리고 보니 나는 소설을 쓰고 있었다. 군 복무 시절 겪었던 일을 소재로 한 소설이었는데 실화를 그대로 옮기자니 너무 살벌하고 무시무시한 내용이라 많이 각색했다. 기왕 쓰는 김에 코믹한 일화도 섞고 등장인물들도 나사가 하나도 아니고 열 개쯤 풀려버린 놈들로 바꿔버렸다. 그렇게 바꾸니까 내용이 한없이 가볍고 우스꽝스러운 게 퍽 마음에 들었다. 나중에 내게 문학상을 안겨준 심사위원들은 이 소설을 블랙코미디라고 했는데 나는 딱히 무슨 코미디를 지향한 건 아니었다. 내가 원래 대가리가 텅텅 비고 속은 가벼운 놈이라 별생각 없이 웃기는 소설이 아니면 이해도 못 하고 쓰지도 못하기 때문에 내가 쓸 수 있는 걸 썼을 뿐이었다. 문학? 글쎄, 문학이라. 정직하게 말하면 나는 작가가 된 지 오래된 지금도 문학이 뭔지 모르겠다. 정직하게 털어놓은 김에 아주 작정하고 정직해지자면 나는 문학에 관심도 없다.

나는 내가 쓸 수 있는 글을 썼다. 단지 그뿐이다.

공부하면서 틈틈이 썼는데도 소설은 겨우 두 달 만에 완성되었다. 원고지 500매 분량의 중편소설이었다. 한글을 깨친 이후 그렇게 긴 글을 완성해보기는 처음이었다. 나름대로 뿌듯하긴 했지만 어디에 발표할 생각은 없었다. 그때까지만 해도 나는 글쓰기를 심심풀이로만 여겼다. 그것도 남들한테는 절대 말할 수 없는 은밀한 심심풀이였다. 거시기한 표현을 쓰자면, 그것은 자위행위보다 더 은밀해야만 하는 짓거리였다. 내가 소설을 썼다고 하면 부모님은 당장 정신병원에 전화를 걸 게 분명했다. 돈이 궁하지만 않았다면 끝내 그 소설은 나만의 말 못 할 추억으로 남았을 테고 나도 직업란에 소설가라고 적어야 하는 한심한 신세가 되지는 않았을 것이다.

학원비가 너무 비싼 게 문제였다. 학원 입장에서는 시장 기준에 부합하는 정당한 가격인지 모르겠지만 나와 부모님에게는 너무 비쌌다. 삼수까지 하면서 가정경제를 작살내버린 못난 아들인 내가 학원비까지 펑펑 써대고 있으니 부모님도 말은 못 해도 속으로는 저놈 자식을 왜 낳았단 말인가 하고 한탄하지 않았을까. 그렇다고 아르바이트를 할 수는 없었다. 아르바이트를 한다면 당장 학원비야 벌 수 있겠지만 공부하는 데 지장이 생길 테고 그랬다가 임용고시에 떨어지기라도 하면 그때야말로 집을 나가야 했다.

돈 때문에 끙끙 앓고 있을 때 우연히, 정말 우연히 인터넷에서 모 출판사가 신인문학상 공모전을 주최한다는 소식을 접했다. 상금이 천만 원이었다. 나는 침식도 잊고 끙끙 앓았다.

내 형편에 천만 원은 엄청난 거액이었다. 내 주제에 문학상에 응모한다는 건 엄청난 오만이었다.

주제고 뭐고 잠시 망각하기로 하고 한번 응모해볼까? 돈이 너무나 간절히 필요하지 않은가. 부모님의 주름살을 언제까지 못 본 척할 것이냔 말이다. 아니다. 아무리 그래도 그렇지, 내가 무슨 문학상에 도전한단 말인가. 문학이 뭔지는 모르겠지만 똑똑하고 잘난 분들이 문학은 위대한 거라고 하니까 그 위대한 문학에 대한 예의를 지켜야 하지 않겠는가. 내가 문학상에 응모하는 건 문학과 언어 예술에 대한 똥칠이다. 바퀴벌레가 밥그릇에 떡하니 드러누워서는 '나도 이 밥 좀 먹어야 쓰겄소' 하는 것만큼 후안무치한 짓이다.

나는 장장 17일을 끙끙 앓기만 했다. 나중에는 너무 앓느라 공부에도 집중할 수가 없을 지경이었다. 정신이 다 혼미하던 어느 날, 참으로 오랜만에 섀클턴 박사의 목소리가 들려왔다.

'아, 그놈 자식 더럽게 오래 고민하네. 답답해 죽겠다. 그냥 응모해.'

'오랜만이네요. 근데 아저씨 누구세요?'

'응모하라고.'

'누구시냐고요.'

'응모해.'

'아, 글쎄 누구신데 남의 머릿속에 말을 걸어오느냔 말입니다. 그것부터 대답하세요.'

'아, 글쎄 응모하라면 그냥 해라!'

'거 아저씨 성질하고는. 근데 제가 왜 응모를 해야 되는데요? 합당한 이유를 대보세요.'

'넌 어차피 실패할 거니까.'

'아니 근데 이 아저씨가. 그게 응모해야 하는 이유라고요?'

'맞아. 넌 어차피 실패하고 패배할 거야. 결코 이길 수 없어. 그러니까 맞서 싸워. 이길 수 있다면 싸울 필요도 없지만 이길 수 없

다면 싸워야 하는 거야.'

이리 생각해봐도 헛소리고 저리 생각해봐도 헛소리였다. 헛소리이기 때문에 나는 그 말에 따르기로 했다. 다시 말하지만 내가 17일에 걸친 장고를 마치고 주제에 맞지 않는 짓을 저지르기로 결심한 건 헛소리 때문이었다. 그 헛소리가 어쩐지 내 마음을 흔들었기 때문이었다. 헛소리가 아니라 바른 말을 들었다면 나는 결코 그런 짓을 저지르지 않았으리라.

그래서 결과가 어떻게 되었는가 하면, 나는 신인문학상 중편소설 부문의 수상자가 되었다. 편집자가 수상 소식을 전화로 알려줬는데 처음에는 장난 전화인 줄 알고 화를 냈다. 내가 이 황당무계한 소식을 부모님과 친구들에게 전하자 그들도 모두 장난치는 줄 알고 벌컥 화를 냈다. 공부에 전념해야 할 놈이 별로 재미도 없는 장난을 치고 있다는 것이었다. 그들은 내가 시상식에서 상패를 받은 다음에야 이 모든 게 나와 심심해서 환장한 출판사 사장이 짜고 벌인 거대한 장난이 아니었다는 걸 깨닫고는 충격에 빠졌다.

충격 받은 건 나도 마찬가지였지만 난 수상 소식을 들은 다음 날 아침에 이미 충격을 극복했다. 이상한 소리지만, 나는 결국 이렇게 되고야 말 거라는 예감을 느꼈던 것 같다. 섀클턴 박사의 목소리를 들었을 때였을까? 아니면 더 거슬러 올라가서 강 교수에게서 네가 찾을 수 있는 한마디가 있지 않겠냐는 소리를 들었을 때였을까? 혹시 혜진의 강요로 독서에 매진하던 그 시절이었을까? 특정한 시기를 지목하기는 어렵지만 하여튼 뭔가 예감한 것 같다. 아마도 말이다.

인터뷰하러 출판사에 가서 나는 그 소설이 평생 처음 써본 소설인데 어디까지나 심심풀이로 쓴 거였고, 문학상에 응모한 건 순전히 돈이 탐나서였다고 솔직하게 고백했다. 편집자는 아주 호탕하게 웃은 다음 시상식에서도 그딴 소리를 지껄였다가는 재미없을 줄 알라고 했다. 나는 편집자의 경고를 엄중하게 받아들여 시상식에서는 부족한 제게 상을 주셔서 감사하다는 둥, 더 정진하라는 뜻으로 알겠다는 둥, 심각한 지적장애가 있는 사람만이 진담으로 받아들일 법한 소리만 나불대고 돈 얘기는 일절 하지 않았다. 시상식에 참석한 사람들 중에 지적장애인은 없었다. 사람들은 알았으니까 이제 끝났으면 밥이나 먹자는 표정으로 박수를 쳐주었다.

나는 박수갈채를 받으며 마음속으로 섀클턴 박사를 불렀다.

'이봐요, 아저씨. 내가 실패하고 패배할 거라면서요? 이게 도대체 어떻게 된 사태입니까?'

박사는 아무 말도 하지 않았다.

32

1997년에 섀클턴 박사는 50세였다. 조엘 모리슨은 그보다 두 살 많은 52세였다. 둘 다 초로의 나이였고 우울한 시기를 보내고 있었지만 나이보다 폭삭 늙은 건 조엘 모리슨뿐이었다. 박사는 그의 목소리를 듣자마자 그걸 알 수 있었다.

"이보게, 새클턴. 혹시 내 목소리를 기억하는가?"

시각장애인은 원래 청각이 발달하기 마련이고 박사는 기억력도 비상했지만 목소리의 임자가 누구인지 바로 알아차리지는 못했다. 공립학교를 졸업한 게 벌써 30여 년 전의 일이었다.

"나일세. 조엘 모리슨."

"아, 모리슨. 오랜만이군."

모리슨이 손을 내미는 기척이 느껴졌다. 박사는 잠시 머뭇거린 끝에 마주 손을 내밀었다. 30년도 더 지난 옛날의 원한으로 옹졸하게 구는 건 영국 신사답지 않은 일이었다. 모리슨의 목소리도 마음에 걸렸다. 기억이 정확하다면(물론 정확했다) 불과 52세밖에 안 되었을 사람이 목소리를 듣자니 기력이 쇠해 죽어가는 사람 꼴이었다.

그들이 재회한 장소도 예사롭지가 않았다. 새클턴재단이 운영하는 점자책 도서관에 맹인도 아닌 모리슨이 왜 왔단 말인가? 모리슨이 사고나 질병으로 시력을 잃은 건 아니었다. 그랬다면 박사를 알아보지 못했을 테니까. 박사는 아무래도 얘기를 들어봐야겠다고 생각했다.

두 사람은 별실로 자리를 옮겨서 대화를 나누었다. 모리슨은 두서도 없이 학창 시절의 기억을 이것저것 주워섬겼고 박사는 건성으로 맞장구를 쳐주었다. 마침내 본론으로 들어갔을 때는 박사의 비서가 내온 홍차가 다 식어 있었다.

"모리슨. 옛 추억을 되새기는 건 이제 그쯤 하지. 사실 나는 좋은 추억도 없었고 말이야. 그보다 자네가 나한테 하고 싶은 말이 있는 것 같은데 어서 들려주게나."

"아, 미안하네. 자네는 바쁠 텐데 내가 시간을 빼앗고 있었군. 나는 그저…… 자네에게 인사를 하고 싶었네. 예전부터 말이야. 자네에게 신세를 지고 있으니까."

박사가 무슨 소리냐는 뜻으로 고개를 갸웃하자 모리슨은 몸을 움츠렸다. 박사는 기척으로 알 수 있었다.

"그래, 자네는 모르겠지. 자네는 이사장이지 실무자는 아니니까. 실은 내 아들 녀석이…… 이름은 윌리엄이라고 한다네. 그 녀석이 자네 재단의 후원을 받아서 학교를 다니고 있다네. 도서관에도 거의 매일 들르고. 그 녀석이 책을 아주 좋아해. 사실은 오늘도 아들 녀석을 도서관에 데려다주러 왔다가 자네를 보고 말을 건 거야."

윌리엄이라. 박사는 무슨 운명 같은 걸 느끼지는 않았다. 사소하고 무의미한 우연에 코웃음을 쳤다. 한순간 윌리엄을 생각하고 감회에 젖기는 했지만.

"자네 아들이 시각장애인인가?"

"응. 선천성녹내장으로 그만……. 앞을 전혀 보지 못한다네."

"몇 살인가?"

"열한 살이라네."

모리슨은 잠시 우물거리다가 덧붙였다.

"우리가 처음 만났을 때 자네와 같은 나이지."

이때만은 어지간한 박사도 한동안 말을 잊었다. 모리슨이 은근히 암시한 운명을 느낀 게 아니었다. 소년의 불행이 안타까웠을 따름이었다. 이 무렵에는 영국도 복지 시스템이 발달해 장애인이 살기에 괜찮은 나라가 되어 있었지만 그렇다고 그깟 시스템이 불행을 불행이 아닌 것으로 바꾸어줄 수는 없는 법이니까.

그러나 박사는 감상적인 사람은 아니었다. 그는 곧 평소의 냉철한 태도로 돌아갔다. 모리슨이 무슨 말을 하고 싶은지 알 것 같았고, 그래서 그는 냉철해져야만 했다. 냉철해질 수밖에 없었다.

"모리슨. 자네 혹시……."

"그래, 다 짐작하고 있군. 자네 같은 천재 앞에서 속내를 감출 수는 없겠지. 인사를 하고 싶었다는 건 핑계고 사실은…… 자네에게 사과를 하고 싶었다네."

"모리슨."

박사는 탄식조로 말했다. 그만하라는 뜻이었지만 모리슨은 그만하지 않았다.

"새클턴. 어릴 때 내가 자네에게 참 못되게 굴었지. 진심으로, 진심으로 미안하게 생각하네. 머리 숙여 사과하겠네."

"그만두게. 그때는 자네나 나나 철이 없었어. 단지 그뿐이야."

"단지 그뿐……. 그런가? 나는 그렇게 생각할 수가 없어. 나는 아들이 태어났을 때를 잊을 수가 없어. 자네가 나보다 잘 알겠지만, 선천성녹내장에 걸린 아이들은 눈이 커다랗지. 안압이 높아서 눈이 부풀어 오른 거야. 그 눈을 보고서 나는…… 어쩔 수 없이 자네를 떠올렸다네. 그리고 내가……."

"그만."

박사는 일어섰다. 모리슨이 황급히 박사의 옷깃을 잡았다. 매달리는 몸짓이었다.

"어릴 때의 잘못으로 천벌을 받았다는 건가? 맙소사. 자네는 통속소설의 주인공처럼 구는군. 천벌 따위는 없어. 자네 인생도 통속소설이 아니라 현실이야. 제발 정신 좀 차리게."

"섀클턴. 자네는 나를 용서하지 않을 셈인가?"

"용서? 그런 게 필요하단 말인가?"

모리슨은 흐느끼기 시작했다.

"필요해. 그게 너무나 필요해. 나는 아들이 그렇게 태어난 이후 한시도 자네를 잊은 적이 없어. 섀클턴, 제발……."

"자네 정말 한심하군!"

"나를 그토록 증오했나? 그야 증오할 만하지만……."

"그게 아니야. 아니라고. 천벌도 없고 증오도 없어. 단지 모든 게 우스울 뿐이야. 모르겠나? 우스운 거라고. 언젠가 결국 이 모든 게 끝날 텐데 자네는 그 우스꽝스러운 것들에 그렇게도 구애된단 말인가?"

"무슨 말인지 모르겠어. 나는 그저……."

"더 이상 시간을 낭비할 수가 없군. 나는 바쁘네."

박사는 모리슨의 손길을 뿌리치고 돌아섰다.

그때는 그랬지만 박사라고 심장이 차가운 사람은 아니었다. 모리슨은 그렇다 치고 그의 아들에게는 은근히 신경이 쓰였다. 그게 바로 모리슨에게 신경 쓰고 있다는 증거일 수도 있었지만 박사는 아무래도 좋았다. 그의 아들을 한번 만나서 대화를 나누고 싶었다. 박사 자신이 어릴 때 어른들에게서 어떤 말을 듣기 원했던가? 위안이나 격려? 그런 건 듣고 싶지 않았다. 아무 말도 듣고 싶지 않았다. 그냥 내버려두었으면 좋겠다고만 생각했었다. 박사 자신이 그렇게 성장했으면서도 그는 모리슨의 아들을 만나고 싶었다. 어쩌면 그렇게 성장했기 때문에 만나고 싶었는지도 모르겠다.

며칠 후 박사는 다시 도서관에 갔다. 모리슨의 아들이 거의 매일 도서관에 온다고 했으니 따로 약속을 잡지 않아도 만날 수 있을 거라고 예상했는데 과연 그랬다. 그날도 모리슨 부자는 도서관에 있었다.

박사는 우선 모리슨에게 아들과 대화를 나눠도 되겠느냐고 물었다. 모리슨은 잠시 당황한 듯했지만 이윽고 오히려 이쪽에서 부탁하고 싶었다고 했다. 그는 아들을 데려와서는 말했다.

"인사드리렴, 윌리엄. 섀클턴재단의 이사장인 섀클턴 교수님이시다. 아버지의 친구지. 아주 훌륭한 분이야. 옥스퍼드 대학의 교수님이라고. 세계적으로 저명한 경제학자이시고. 너처럼 눈이 안 보이는데도 이렇게 훌륭한 분이 되셨어. 교수님이 너와 얘기를 하고 싶다고 하시는구나. 너도 교수님 말씀을 듣고 싶지?"

언제 친구가 된 걸까. 박사는 어이가 없었지만 굳이 걸고넘어지지는 않았다.

세 사람은 지난번처럼 별실로 자리를 옮겼다. 박사는 윌리엄에게 어른들이 좋아하는 뻔한 질문을 던졌다. 학교생활은 어떤가, 공부는 열심히 하고 있는가, 장래 희망은 무엇인가 등등. 윌리엄도 어른들이 좋아하는 대답을 내놓았다. 학교생활은 즐겁고, 공부는 물론 열심히 하고 있고, 장래 희망은 교수님처럼 학자가 되는 것이라고.

알맹이 없는 대화가 오가는 동안 모리슨은 입가에서 웃음이 떠나지를 않았다. 섀클턴 박사는 볼 수는 없었지만 그가 즐거워한다는 걸 알 수 있었다. 아들에게 좋은 역할모델이 생겼다고 좋아하는 걸까? 어리석은 생각이었다. 너무나 어리석은 생각이었다. 그는 남과 다른 죄를 지은 사람의 마음을 몰랐다.

사실은 섀클턴 박사도 완전히 알지는 못했다.

윌리엄은 총명했다. 너무 총명했다. 그 아이는 밝은 기색으로 밝은 대답만 했다. 어른들이 좋아하는 태도였다. 어쩌면 총명한 게 아니라 멍청한 건지도 몰랐다.

잠시 후 모리슨이 화장실에 다녀오겠다며 자리를 떴다. 마침내 기회가 오자 박사는 잠시도 망설이지 않았다.

"별 같잖은 소리는 집어치우자. 우리는 서로 속을 털어놓을 수 있을 게다. 그 결과가 서로에게 좋을지 나쁠지는 아직 알 수 없지만. 윌리엄 모리슨. 너는 행복하니?"

내내 명랑한 목소리로 대답하던 윌리엄이 목소리를 착 깔았다.

"그건 왜 물으세요?"

"난 네가 행복할 거라고는 생각할 수가 없거든. 장애인은 모두 불행하다는 뜻은 아니란다. 나도 장애인이다. 장애인은 무조건 불행할 수밖에 없다는 식으로 지껄이는 사람들을 보면 지팡이로 정수리를 갈겨주고 싶단다. 그 유혹에 몇 번 굴복한 적이 있다는 걸 고백해야겠구나. 내 변호사가 고생 좀 했지. 아무튼 내가 하고 싶은 말은 이거다. 네가 불행하다 해도 그냥 있는 그대로 받아들여야 한다는 거다. 네 아빠가 너 때문에 가슴이 아프다는 건 알겠다. 너도 그래서 가슴이 아프겠지. 아빠를 위해서 명랑한 척할 필요가 있겠지. 나는 사람이 어느 정도는 연기를 하며 살아야 한다고 생각한다. 하지만 자기 자신을 속이면 안 되는 거란다."

윌리엄은 조소했다. 소리도 없는 조소였지만 박사는 보고 들은 것만 같았다.

"횡설수설하시는군요. 옥스퍼드의 교수님이 겨우 그 정도밖에 안 되시나요?"

"……그래, 그렇구나. 내가 횡설수설했구나. 미안하다. 나도 어쩐지 이 만남이 당혹스럽구나. 내가 의도했는데도 그렇단다. 네가 날 바보라고 비웃어도 할 말이 없다만, 나는 솔직히 내가 왜 너를 만나고 싶어 했는지도 잘 모르겠다."

"혹시 동병상련 때문인가요?"

"글쎄, 그럴지도 모르지."

윌리엄이 박사 앞으로 다가왔다. 박사는 소년의 숨결을 느낄 수 있었다. 소년이 속삭였다.

"잘나신 교수님. 당신이 우리 아빠의 친구라고요? 바보 같은 소리. 난 그런 말 믿지 않아요. 아빠 말로는 두 분은 아주 어린 시절에 같은 학교에 다녔다는군요. 난 어린애들이 얼마나 잔인한지 알고 있어요. 아빠는 틀림없이 교수님을 괴롭혔겠죠. 아니라면 아니라고 해보시죠."

"아니라고 하고 싶지만 그럴 수가 없구나. 그래, 맞다. 네 아빠와 나는 친구가 아니다. 네 아빠는 나를 못 잡아먹어서 안달이었지."

"근데 이제 와서 아빠는 교수님을 친구라고 하는군요. 당신은 그걸 부정하지도 않고요."

"부정할 필요가 있을까?"

"말해보세요. 아빠가 무릎 꿇고 빌던가요? 예전에는 자기가 나빴다고, 진심으로 사과한다고?"

"그러지는 않았다."

"정말로?"

"그래. 최소한 무릎은 꿇지 않았어."

윌리엄은 뜻 모를 한숨을 내쉬고는 자기 자리로 돌아갔다.

"교수님. 나한테 용기를 잃지 말고 힘내라, 같은 머저리들이 참 좋아하는 소리를 하지 않은 건 고마워요. 진심이에요. 교수님 같은 어른은 처음이에요. 아까 질문에 대답해드리죠. 나는 행복하지 않아요. 하지만 그게 별일이라고는 생각하지 않아요. 언젠가 이 모든 것이 끝날 테니까요. 참 다행 아닌가요?"

박사는 아무 말도 하지 않았다. 윌리엄이 일어섰다.

"그럼 이제 끝내죠. 가서 읽던 책이나 마저 읽을래요."

윌리엄이 지팡이로 바닥을 두드리며 걸어갔다. 박사는 쿵, 쿵 하는 소리가 멀어지기 전에 서둘러 말했다.

"윌리엄. 그래도 살아야 한다."

윌리엄은 돌아서서 박사를 노려보았다. 언젠가 박사가 어리석은 교사를 노려본 것처럼 그렇게.

"이 얘기는 하고 싶지 않았는데 해야겠네요. 난 교수님이 싫어요. 아빠는 바보라서 교수님이 장애를 극복하고 엄청난 업적을 이루어낸 위인이라도 되는 것처럼 지껄였지만 난 그렇게 생각하지 않아요. 교수님은 귀족이잖아요. 부자잖아요. 우리가 같은 장님이라는 소리는 하지 말아요. 우리는 달라요. 솔직히 말해보시죠. 교수님이 귀족 출신에 부자가 아니었다면 그 자리에 오를 수 있었을까요? 아, 그래요. 교수님은 앞이 안 보이고 나도 그렇죠. 하지만 우리가 지고 있는 짐은 달라요. 나만 그렇게 생각하는 게 아니에요. 이 도서관에 오는 사람들 모두 말은 안 해도 속으로는 그렇게 생각한다고요. 교수님은 우리하고는 다르다고."

윌리엄은 박사를 그냥 싫어하는 게 아니었다. 매우, 무척, 그리고 아주 적극적으로 싫어하는 거였다. 그동안 수많은 사람들에게서 발견할 수 있었던 이 태도를 같은 시각장애인에게서 보았다고 박사가 놀라거나 상처 입지는 않았다. 그도 이미 알고 있었다. 재단 활동을 열심히 하고 도서관에서 아이들에게 점자책을 읽어주어도 자기가 그들 무리에 섞일 수 없다는 것을. 그들이 용납하지 않는다는 것을. 놀라지도 상처 입지도 않은 박사는 다만 지금 여기도 자기가 있을 곳은 아니라고만 생각했다. 그리고 윌리엄에게 뭔가 한마디 해야 한다는 생각도.

"살아야 한다."

"교수님은 할 수 있는 말이 그것뿐인 모양이죠?"

그때 모리슨이 돌아왔다. 둔감한 그도 뭔가 심상찮은 분위기를 느꼈는지 아들에게 무슨 일이냐고 물었다. 윌리엄은 대화가 끝났을 뿐이라고 하고는 열람실로 걸어갔다. 모리슨은 완전히 당황해서는 섀클턴 박사에게 사죄했다.

"저 아이가 뭔가 실례되는 말을 했나? 가끔 이상한 소리를 하기는 하는데……. 정말 미안하네."

"아니야."

박사는 고개를 가로저었다. 한 번, 두 번, 그리고 세 번.

"모리슨. 자네는 아들을 자랑스럽게 여겨도 되겠군. 아주 똑똑한 아이야. 내가 어리석어서 자네 아들에게 해줄 말을 찾지 못했던 게 부끄럽군."

"그게 무슨 소리인가? 자네 같은 천재가……."

"천재 같은 소리 좀 집어치우게."

박사는 자리에서 일어나 지팡이로 모리슨을 겨누었다.

"조엘 모리슨. 이거로 자네를 한 대 때려도 되겠나?"

"뭐라고?"

"된다면 지팡이 끝을 자네 어깨 위에 올려놓게. 조준을 잘못해서 머리를 때리고 싶지는 않으니까. 안 그래도 내 변호사가 나 때문에 신경쇠약증으로 몸져누울 지경이라고."

모리슨은 잠시 멍하니 있다가 지팡이 끝을 자기 오른쪽 어깨 위에 올려놓았다. 박사는 지팡이를 힘껏 쳐들었다가 수직으로 내려쳤다. 통렬한 일격이었다. 모리슨은 윽 하며 비틀거렸다. 그가 간신히 자세를 바로잡았을 때 박사는 그에게 손을 내밀고 있었다.

"모리슨. 자네를 용서하네."

"섀클턴……."

"내가 자네를 용서하는 건 나도 자네와 수준이 똑같기 때문이야. 이 나이를 먹고서야 비로소 깨달았네. 사람에게 용서가 필요한 건 우리가 다 거기서 거기인 잡것들이기 때문이라는 것을. 나 자신도 결코 예외가 아니라는 것을. 자네 아들이 내가 얼마나 어리석은 인간인지 깨우쳐주었지. 고맙고도 다행스러운 일이야. 정말 다행이지 않은가? 우리가, 다시 한 번 말하지만 우리가 이 모양 이 꼴이라는 것 말일세."

"무슨 말인지 모르겠군."

"그런 게 있어. 그런 게 있다네."

박사는 활짝 웃었다. 설마 조엘 모리슨에게 보여줄 수 있을 거라고는 생각도 못 했던 환한 웃음이었다. 성정이 단순한 모리슨은 그 웃음에 감격해서 박사를 끌어안았다. 박사는 그의 등을 두드려주면서 생각했다.

떠나야 한다고. 언제가 될지는 모르겠지만 반드시 떠나야 한다고. 지금 여기가 아닌 그 어딘가로.

33

나는 작가가 되었다. 그리고 임용고시는 떨어졌다.

너무 당연해서 할 필요도 없는 얘기지만 나는 작가가 되고 싶은 마음이 없었다. 신인문학상에 응모한 건 돈이 필요해서였다. 반면 임용고시에 응시한 건 체육 교사가 되고 싶어서였다. 나는 되고 싶지 않은 것이 되었고 되고 싶었던 것은 되지 못했다. 내가 옛날에 별 생각 없이 내뱉은 말이 떠오른다.

좋아하지 않는 일도 잘할 수 있고, 좋아하는 일은 못할 수도 있다.

언어에는 저주의 힘이 있는 걸까? 부메랑 같은 걸까? 말한 사람에게 반드시 돌아오는…….

임용고시를 쉽게 포기한 건 아니었다. 체육 교사가 되고야 말겠다는 일념으로 다시 공부를 시작했는데 이번에도 돈이 문제였다. 부모님은 돈 걱정은 하지 말고 공부나 열심히 하라고 하셨지만 어떻게 돈 걱정을 하지 않을 수 있단 말인가. 사람이 다른 걱정은 다 잊을 수 있어도 돈 걱정은 잊을 수가 없는 법이다.

공부하는 틈틈이 또 소설을 썼다. 이번에는 장편이었다. 처음부터 장편을 쓸 생각은 없었는데 쓰다 보니 길어졌다. 내용은 이번에도 나사 풀린 것들이 좌충우돌하는 그런 것이었다. 헛소리도 열심히 구사했다. 다 쓰는 데 한 반년 걸렸던가. 퇴고를 하고 나니 처음부터 끝까지 헛소리로 일관하는 게 딱 내 취향이었다.

나는 그 소설을 내게 신인문학상을 안겨준 출판사에 보냈다. 퇴짜 맞을 각오를 하고 보냈는데 의외로 출판사는 흔쾌히 출간을 결정해주었다. 내게 상도 주고 책도 내주고, 범상치 않은 출판사였다.

초판은 2천 부를 찍었고, 나는 약간의 인세를 받았다. 책이 잘 팔릴 거라는 기대는 조금도 하지 않았다. 몇 달 치 학원비를 번 것으로 만족했다.

세상은 나를 배신했다.

어처구니없게도 책은 만 부가 넘게 팔렸다. 더 기가 막힌 건 모 문화재단에서 주관하는 장편문학상에 후보작으로 선정된 것이었다. 정말 기절초풍할 만한 사실은 내가 기어이 장편문학상을 받았다는 것이었다. 세상이 사람을 배신해도 이렇게 배신할 수가 있는 걸까.

수상 소식을 들었을 때 나는 임용고시에 또 떨어져서 좌절하다 못해 시름시름 앓던 중이었다. 이 부끄러운 인생을 이제 그만 끝낼까 생각하던 참에 수상 소식을 들었더니 명석하게 판단할 수가 없었다. 기왕 이렇게 된 거 체육 교사는 포기하고 글이나 계속 쓰기로 결심했다. 내 인생에서 가장 어리석은 판단이었다.

부모님은 내가 전업 작가가 되겠다고 선언하자 무척 기뻐하셨다. 네가 하도 임용고시에 목을 매서 그동안 말은 못 했지만 사실 우리는 네가 글쓰기에 재능이 있다고 생각했다고도 하셨다. 글쎄, 재능이라. 나한테 과연 그 재능이란 게 있었을까? 글 써서 먹고살기로 했지만 나는 재능 같은 건 믿지 않았다. 상식적으로 생각해봐도 독서량도 부족하고 문학에 관심도 없던 내게 문학적 재능이 있다니 말도 안 되는 소리였다.

나는 재능을 믿고 안주하지 않고 노력하기로 마음먹었다. 참 건전하고 바람직한 마음가짐이었지만 재능도 없는 놈이 아무리 노력해봐야 별로 의미가 없다는 것까지는 생각하지 못했다. 혜진 덕분에 책을 좀 읽었던 시절 이후 나는 처음으로 독서에 열중했다. 하루도 빠짐없이, 잠까지 줄여가며 읽었다. 말 그대로 수불석권(手不釋卷)의 시절이었다.

문장력을 갈고 닦으려고 필사도 해보았다. 습작도 열심히 썼다. 얼떨결에 된 거지만 어쨌든 작가가 되었으니 문학은 아니더라도 문학 비슷한 것 정도는 해야겠다는 생각에 날마다 읽고 썼다. 그러나 나는 문학은 물론이고 문학 비슷한 것도 할 수가 없는 놈이었다. 문학이 뭔지도 모르는 주제에 문학에 대한 강박관념에 빠져서 원래 가지고 있던 스타일까지 망가졌다.

내 스타일이란 게 별건 아니고 정신 나간 놈들이 등장해서 되는 대로 사고를 치고 헛소리나 찍찍 내뱉는 것이었다. 처음부터 끝까지 엉터리이고 헛소리로 일관하는 스타일이었다. 그래도 내게 문학상을 안겨준 심사위원들은 그런 스타일을 신인 작가의 패기라고 좋게 평가해주었고 독자들의 반응도 괜찮았다. 내 유일무이한 장점이었던 것인데 그게 망가져버린 것이다. 문학 비슷한 거라도 써보겠다는 생각에 초심을 잃고 진지하게 글을 쓰기 시작했더니 내 글은 무척 진지한 헛소리가 되고 말았다. 진지한 헛소리는 헛소리가 될 수 없었다. 재미도 없고 미학적 가치도 없는 쓰레기에 불과했다. 재미가 없다는 건 대중성이 없다는 얘기고 미학적 가치가 없다는 건 언어 예술이 아니라는 소리였다. 내 글은 대중소설도 아니고 문학도 아니고 어정쩡하기만 했다. 다시 말하지만 그건 쓰레기였다. 일고의 가치도 없는 쓰레기였다.

비평가들은 그 쓰레기를 매우 심각하게 받아들였다. 이런 작가가 출현하다니 한국문학이 미증유의 위기를 맞았다는 식이었다. 나는 인신공격에 가까운 비난을 받았지만 오래가지는 않았다. 얼마 안가서 비평가들은 내게 관심을 끊었다. 계속 관심을 주었다가는 한국문학이 끝내 위기를 극복하지 못하고 운명하실까 봐 걱정인 모양이었다.

독자들도 내게 등을 돌렸다. 내 신작에 대한 인터넷 서평은 딱 세 편뿐이었는데 아무래도 모두 자연보호 운동가들이 쓴 것 같았다. 이따위 책을 만들기 위해 희생 당한 죄 없는 나무들을 애도하는 내용이었던 것이다. 덕분에 나는 인터넷에서 '나무야 미안해'라는 말이 유행한다는 것을 알게 되었다.

내 글이 어느 한쪽에 분명히 속했다면 사정은 좀 나았으리라. 대중소설이거나 아니면 순수문학 작품이거나. 불행히도 내 글은 이쪽도 아니고 저쪽도 아니었다. 애당초 나는 대중소설을 쓰겠다는 생각도 없었고 순수문학 작품을 쓰겠다는 생각도 없었다. 내가 쓸 수 있는 글을 쓴다는 단순무식하고 용감무쌍한 생각이 전부였다. 그게 내 초심이었다.

초심을 잊은 게 잘못이었구나. 나는 초심으로 돌아갔다. 문학에 대한 관심도 접었다. 내가 쓸 수 있는 글에만 전념하려고 했는데 그게 잘 되지를 않았다. 내 스타일은 이미 돌이킬 수 없을 정도로 망가진 상태였다. 머리도 나쁜 주제에 쓸데없이 책을 꾸역꾸역 읽어서 두뇌에 먹물이 약간 스며든 것도 문제였다. 어떤 글을 써도 책을 어설프게 읽은 티가 나는 바람에 주제에 맞지도 않는 문학 흉내를 내는 글이 되고 말았다. 책은 무조건 많이 읽는 게 좋다고 주장하는 사람들이 참 많은데 나 같은 경우도 있다는 걸 부디 생각해주기 바란다. 머리 나쁘고 재능 없는 놈이 책을 많이 읽어봐야 남의 주관으로 판단하고, 남의 언어로 말하는 가짜밖에 되지 못한다. 내가 딱 그런 가짜다.

내 글은 연거푸 실패했다. 장편소설을 두 권 더 써내고 단편소설도 몇 편 발표했지만 비평가들은 나를 없는 사람 취급했고 독자들은 '나무야 미안해'를 되풀이했다. 인내심을 가지고 상대해주던 출판사도 나를 기피하기 시작했다. 나름대로 화려했던 데뷔가 무색하게도 나는 작가가 된 지 겨우 몇 년 만에 잊혀갔다. 나는 삼류작가보다 더 비참하다는 무명작가가 되었다. 수입은 뚝 끊겼다. 당시 내 형편은 과장 하나 안 보태고 당장 내일 먹을 쌀을 구할 길이 없을 정도였다.

여기서 잠깐 내 명예를 위해 밝혀둘 게 있다. 내 글을 꾸준히 읽어주는 사람들도 아주 없지는 않았다는 것이다. 요즘 세상에 대중소설(혹은 장르소설)과 순수문학을 칼로 베듯이 구분하는 짓이 우습다고 주장하는 사람들이었다. 그런 사람들은 경계문학이니 뭐니 하는 알쏭달쏭한 소리를 지껄이고는 했다. 나는 경계문학이 뭔지 당최 알 수가 없었지만 그 사람들이 내 글을 읽어주는 것만으로도 기분이 좋았다. 어디까지나 기분만 좋았다. 그 사람들은 아직 소수였고, 내 글을 읽어준다는 것뿐이지 나라는 작가를 적극적으로 밀어주고 지지해주는 건 결코 아니었기에 실제로 도움이 되는 건 없었다. 오해는 마시라. 서운하다는 건 아니다. 밀어주고 지지해줄 만한 작가가 되지 못한 내 잘못이니까.

어쨌든 도움이 되는 건 없기 때문에 호구지책은 내가 알아서 마련해야 했다. 임용고시에 다시 도전하거나 부모님께 손을 벌릴 나이는 이미 오래전에 지나갔기에 나는 평범한 일자리를 찾아보았다. 이제 생각해보면 웃기는 짓이었다. 학벌은 어디 가서 말 꺼내기도 부끄러울 정도고 경력이나 기술은 아예 전무한 주제에 나이는 많은 내가 무슨 수로 취직을 한단 말인가.

정규직 노동시장에서는 도저히 가망이 없었던 나는 얼마 안 가 아르바이트 시장으로 밀려났다. 다행히 아르바이트 자리는 구할 수 있었다. 처음 해본 일은 택배였다. 택배라고 해서 배달을 한 게 아니라 짐을 트럭에 싣고 내리는 일을 했다. 내가 자랑할 수 있는 건 어릴 때부터 단련해온 몸뚱이뿐이라 도전해봤는데 석 달하고 딱 이틀을 더 버틴 끝에 두 손을 들었다. 나는 그때도 조깅이나 팔굽혀펴기, 스쾃 같은 기본적인 운동은 꾸준히 하고 있었다. 그런나도 석 달하고 이틀을 버텼더니 척추와 무릎이 쩍쩍 갈라지는 것만 같아서 더는 버틸 수가 없었다. 그 바닥에서 오래 버티는 사람들은 전신이 쇳덩어리일 것이다. 아니면 악으로 깡으로 살아가야만 하는 사람들이거나. 나란 놈은 악도 깡도 없었다.

그 이후에도 별별 아르바이트를 다 해봤다. 시내의 커다란 피트니스 센터에서 청소 일도 해봤는데 새벽 여섯시면 손님들이 우르르 몰려오는 바람에 새벽마다 전쟁을 치렀다. 처음에는 그 손님들이 시간과 체력이 남아도는 것들인 줄만 알았는데 대부분 직장인이라는 걸 알고는 깜짝 놀랐다. 일하다 안면을 튼 어떤 손님은 이름만 대면 다 아는 대기업 직원이었는데 학원을 두 군데나 다녀서 새벽이 아니면 운동을 할 시간이 없다고 했다. 부끄러운 일이지만 세계적으로 유명한 대기업에 소속된 사람도 결코 편하게 살 수는 없다는 사실, 이쪽이든 저쪽이든 어느 한쪽에 속한다고 천국의 문이 활짝 열리는 건 아니라는 그 사실이 작은 위안이 되었다. 아주 작은 위안이.

그렇게 여기저기서 몸을 굴려도 생활은 빈곤했다. 그때는 이미 독립해서 반지하 월셋방에서 살고 있었는데 매달 월세 내고 생활비 쓰면 남는 게 없었다. 아르바이트로 버는 돈이라 해봐야 뻔했고 인세 수입은 백 원 한 푼도 없었다. 나 때문에 하나 남은 적금까지 깨먹은 부모님은 환갑이 훌쩍 넘은 연세에 맞벌이를 하고 계셨다.

두 분이 나처럼 빈곤한 건 아니었다. 아버지 연금만으로도 그럭저럭 괜찮게 생활할 수 있었다. 두 분이 일을 그만두지 않은 건 일도 없이 집에서 놀기만 하는 생활은 상상도 할 수 없는 성실한 분들이기 때문이었다. 그리고…… 나 때문이었다. 대놓고 말씀하신 적은 없지만 나는 두 분이 하나뿐인 자식에게 남겨줄 재산을 모으고 계시다는 걸 알고 있었다. 부모님을 생각하면 나 같은 놈은 차라리 죽는 게 나았다.

때때로 자살을 생각했다. 하루는 날 잡고 고민을 해봤는데 한강다리에서 뛰어내리는 건 너무나 많은 사람을 피곤하게 만드는 짓이어서 도저히 할 수가 없었다. 청산가리를 구할 수 있다면 좋겠지만 그건 아무나 구할 수 있는 물건이 아니었다. 손목을 긋자니 용기가 안 났다. 뒤에 남은 사람들이 되도록 덜 피곤하고, 자살하는 당사자인 나도 쉽고 편하게 죽을 수 있는 방법은 산에 들어가서 나무에 목을 매는 것뿐이라는 결론이 나왔다. 하필이면 산에서 목을 매야 하는 이유는 자취방에서 그랬다가는 집주인 할머니가 식겁할 것 같아서였다. 월세를 몇 번 밀린 것도 죄송한데 그런 폐까지 끼칠 수는 없었다.

나는 이따금 산속에서 바람을 맞아 흔들리는 내 시체를 상상하다가 푸히히, 바보처럼 웃었다. 그리고 글을 썼다.

왜 쓰는지 그 이유는 나도 알 수가 없었다. 써봐야 돈이 되는 것도 아니고 명예가 생기는 것도 아니었다. 대중을 만족시킬 수도 없었고 비평가들을 흐뭇하게 해줄 수도 없었다. 나 하나라도 만족할 수 있다면 그나마 다행이겠는데 그마저도 아니었다. 내 글은 내가 봐도 쓰레기였다.

나는 쓰레기를 쌓아가며 살아갔다. 아르바이트 때문에 바쁘고 피곤했지만 하루에 한 줄이라도 썼다. 그렇게 쓰레기가 매일 조금씩 불어났다. 나는 어느새 쓰레기 속에 파묻혀서 쓰레기를 만들어내고 있었다.

참으로 묘한 소리로 들리겠지만, 나는 그렇게 써야만 하는 이유를 굳이 찾으려고 하지 않았다. 세상이 알았다면 저 철딱서니 없는 놈이 아직도 주제파악을 못 하고 지랄이라고 비난하거나, 아니면 빈곤 속에서도 꺼지지 않는 창작의 불꽃이 어쩌고 하는 근사한 소리를 해주었을지도 모르겠다. 어느 쪽이든 그럴듯한 이유는 될 수 있었다. 나는 지랄을 하는 걸 수도 있었고, 아니면 창작의 불꽃에 영혼을 불사르는 중인 줄도 몰랐다. 그러나 나는 세상이 만들어준 이유가 필요치 않았다. 내가 만들어낸 이유도 필요가 없었다. 나는 그냥 썼다. 별생각 없이 썼다. 어쩌면 글쓰기가 아무 이유도 필요 없는 유일한 행위라서 썼는지도 모르겠다.

그 무렵 내가 알고 싶었던 건 쓰는 이유가 아니라 나는 어디로 떠나야 하는가였다. 지금 여기는 내가 있을 곳이 아니었다. 예전부터 내 무의식의 바다를 가득 채우고 의식 언저리까지 사로잡고 있던 생각이 글을 쓰면서 점점 더 뚜렷해지고 확고해졌다. 이상한 일이지만 글을 쓰면 쓸수록 나는 어딘가로 떠나야만 한다는 강박에 시달렸다. 나는 지금 여기에 있어서는 안 되었다. 결코 안 되었다.

지금, 여기. 내가 있을 곳이 아닌 곳.

그렇다면 나는 어디로 가야 하는가.

어쩌면 내가 끝내 자살하지 않은 것도 의지가 강해서가 아니라 지금 여기의 문제 때문인지도 몰랐다. 아니, 분명히 그럴 것이다. 어차피 언젠가는 죽을 것이었다. 강 교수의 말대로 우리는 죽음의 먹이로 태어났으니까. 하지만 바로 그렇기 때문에 지금 여기에서 죽을 수는 없었다. 언젠가 이 모든 것이 끝나겠지만 지금 여기에서 끝나서는 안 되었다. 이것도 결코 안 될 일이었다.

어디로 떠나야 할지 끝내 알 수 없다면 무작정 발길 닿는 데로 가볼까. 그런 생각까지 하던 어느 날이었다. 나는 강 교수와 재회했다.

34

1998년 섀클턴 박사는 태어나서 처음으로 한국을 방문했다.

한국 사람이라면 다들 알겠지만 그 시절 우리나라는 외환위기 사태로 난리였다. 우리나라 사람들은 순진한 건지 아니면 멍청한 건지, 해외여행 자주 가고 자가용 굴리고 했더니 나라가 망했다며 '내 탓이오'를 연발했다. 섀클턴 박사는 순진하지도 멍청하지도 않은 사람이라 IMF와 한국 정부가 내놓을 정책들에 관심을 기울였다.

우리나라가 쫄딱 망하기 훨씬 전에 그는 신자유주의 체제 안에서 자유를 얻은 투기자본이 아시아 각국을 휩쓸고 다니며 거품을 만들어대는 짓거리를 예의주시하고 있었다. 거품이 터지면 어떻게 될지는 너무나 자명한 일이었다. 박사는 한국에서 유학 온 제자들에게 너희 조국도 무사하지 못할 거라고 예언했고 다들 알다시피 예언은 적중했다.

재앙은 이미 벌어졌고 문제는 수습이었다. 박사는 IMF가 한국 정부에 강요하는 긴축정책이 지나치게 극단적이라고 생각했고 이 정책을 비판하는 칼럼을 한 언론에 발표했다. 한국의 모 경제연구소가 이 칼럼을 주목했다. 경제연구소는 IMF의 정책에 찬성하는 쪽과 반대하는 쪽의 목소리를 다양하게 수렴하자는 취지로 국제 세미나를 주최하기로 했고 섀클턴 박사에게도 초청장을 보냈다.

박사는 초청장을 받았을 때의 기분을 딱 네 음절로 표현했다. 귀찮았다. IMF가 어떻게 나올지 매우 궁금했지만 생전 가본 적도 없는 나라, 그것도 머나먼 극동의 작은 나라까지 가고 싶지는 않았다. 한류 등으로 우리나라의 위상이 크게 올라간 지금과는 다른 시절임을 생각해야 한다. 당시에 한국에 관심을 가진 영국인은 보기 드물었다. 박사가 칼럼을 발표한 것도 IMF의 정책을 비판하는 게 목적이었지 한국에 무슨 관심이나 애정이 있어서는 아니었다.

박사는 비서에게 바빠서 갈 수 없으니 그렇게 회신하라고 지시했다. 거짓부렁을 늘어놓으라는 건 아니었다. 박사는 실제로 바쁜 몸이었다. 그는 경제학자이자 대학 교수이고 재단 이사장이며 저

술가이기도 했다. 몸이 열 개라도 모자란 사람이었다.

그런데 요상하고도 해괴한 일이 일어났다. 2주일쯤 지나서 한국의 그 경제연구소에서 비행기 티켓을 보내온 것이었다. 초청에 응해주셔서 감사하며 숙식은 이쪽에서 모두 제공한다는 정중한 내용의 편지가 동봉되어 있었다. 박사는 비서가 실수한 줄 알고 불같이 화를 냈다. 비서는 분명히 갈 수 없다고 회신했다며 자기 아버지의 명예를 걸고 맹세할 수 있다고 했다. 박사는 누군지도 모르는 양반의 명예를 존중해서가 아니라 언뜻 떠오른 것이 있어서 비서를 내보냈다.

비서가 나가자 집무실은 조용해졌다. 유령이든 뭐든 나올 수 있을 것 같았다. 박사는 마음속으로 그를 불러보았다.

'당신이 한 짓입니까?'

'그래, 맞아. 이제야 눈치챘군.'

'아이고, 맙소사. 당신은 도대체 누구십니까? 누구신데 남의 스케줄을 꼬이게 하는 겁니까? 난 바쁜 사람이란 말입니다.'

'그만 툴툴거리고 한국에 갈 준비나 하게.'

'왜죠? 왜 내가 한국에 가야 하는 겁니까?'

'자네는 지금 여기 있어서는 안 되니까.'

박사는 한동안 침묵했다.

'내가 언젠가 가야만 했던 그곳이 한국이었단 말인가요?'

'그건 아니야. 한국에서 만나야만 하는 사람이 있어서 그래.'

'그게 누굽니까?'

'가면 알게 될 걸세.'

'그럼 이거라도 말해주세요. 당신은 도대체 누굽니까?'

'아직도 나를 모른단 말인가? 자네와 같은 이름을 가진 나를?'

박사는 잠깐 생각에 잠겼다. 어니스트 헨리 섀클턴이라는 이름은 영국에서 아주 유명했다. 경제학자 섀클턴도 유명했지만 그보다 훨씬 더 유명한 섀클턴이 있었으니…….

"오, 블러디 헬! 탐험가 섀클턴 경입니까? 정말 당신입니까?"

경악해서 부르짖는 박사 앞에 섀클턴이 나타났다. 박사는 그를 볼 수 있었다. 말도 안 되는 일이지만, 박사는 그를 두 눈으로 또렷하게 볼 수 있었다.

탐험가 섀클턴이 상큼하게 웃으며 말했다.

"이봐, 친구. 나와 함께 남극으로 가자고!"

35

강 교수와 재회한 건 내가 이런저런 아르바이트를 전전하다 동네 편의점에서 일하고 있을 때였다. 편의점 아르바이트는 보통 젊은 사람들이 하는 일이라 벌써 아저씨 소리를 들을 나이가 된 내게는 맞지 않았지만 점주가 부모님과 아는 사이인 덕에 일할 수 있었다. 나는 첫 출근 하던 날에 보무도 당당하게 편의점으로 들어가면서 '인맥에 힘입어 낙하산 타고 내려온 기분이 이런 것이군' 하고 중얼거렸다.

그날도 야간 근무를 마치고 아침에 퇴근했는데 모 출판사의 편집자가 전화를 걸어왔다. 아는 작가들 몇 명이 이번 주말에 술자리를 가지는데 끼지 않겠느냐는 것이었다. 나는 어처구니가 없었다. 무명작가가 되기 전에도 나는 작가들 모임 같은 데는 나가본 적이 없었다. 문학에 대한 사명감과 소명 의식으로 똘똘 뭉친 작가들 사이에 나처럼 얼떨결에 작가가 된 놈이 낄 수 없다는 자격지심 때문이었다. 한편으로는 지금 여기도 내가 있을 자리가 아니라는, 나 스스로도 이해할 수 없는 생각 때문이기도 했다. 나는 문단 내에서 사교 활동이라는 걸 아예 하지 않았다. 어떤 작가들은 무슨 시상식이 있을 때마다 참석해서 유명 작가며 비평가들에게 눈도장을 찍느라고 열심이라는데 그런 짓도 한 적이 없었다. 내가 고결해서는 아니었고 문단이고 뭐고 간에 내가 있을 곳이 아니라고 여겼기 때문이었다.

그런 내가 이제 와서 무슨 작가들과의 만남인가. 얼른 거절하고 끊으려는데 편집자가 묘한 소리를 했다. 날 꼭 만나고 싶어 하는 작가가 있다는 것이었다. 만나주기만 하면 술이고 밥이고 자기가 다 사준다고도 했다나. 나는 옛날부터 공짜에 약했지만 그 무렵에는 아르바이트로 근근이 먹고사는 처지여서 공짜 술과 밥을 거부할 여유가 없었다. 나는 그럼 나가겠다고 했다.

그렇게 해서 내가 주말에 만나게 된 작가가 누구인지는 다들 짐작할 것이다. 그렇다. 강 교수였다. 나는 낯선 작가들 사이에 끼어

앉아서 헤벌쭉 웃고 있는 강 교수를 보고서야 그 인간도 작가였다는 사실을 상기했다.

"여, 야구 선수! 아니, 이제 야구 선수가 아니라 작가 선생님이지. 그간 잘 지내셨는가?"

"잘 지냈습니다. 교수님도 잘 지내시는 것 같네요."

강 교수는 새치가 조금 생긴 것만 빼면 나이 든 티가 나지 않았다. 여전히 30대라고 해도 믿을 법했다. 잘 먹고 잘 사는지 피부가 반짝반짝했다.

"지금도 무광대학에서 일하세요?"

"아니, 교수 노릇도 지겨워서 때려치웠어. 지금은 그냥 놀고먹는 백수야."

"근데 저는 왜 보고 싶어 하셨어요?"

"네 얼굴 좀 보고 싶어 하면 안 돼? 네 얼굴이 그렇게 비싸? 도금했어?"

물론 도금한 건 아니었기에 나는 강 교수가 내 얼굴을 잘 볼 수 있도록 그의 정면에 앉은 채 자리를 옮기지 않았다. 혜진이 소식을 물을까 하다가 그만두었다. 이제 와서 다 끝난 인연에 구질구질하게 얽매이고 싶지 않았다.

강 교수도 혜진이 얘기는 꺼내지 않았다. 그는 내 얼굴을 보고 싶었다면서 나는 내버려두고 여자 작가들에게 별 같잖은 수작을 부리는 데 열을 올렸다. 여자 작가들은 이 징그러운 놈은 누가 데려왔느냐는 표정을 감추지 않았다.

1차가 끝나고 나는 집에 가려고 했다. 강 교수가 나를 붙잡았다.

"어디 가? 오랜만에 만났는데 얘기 좀 나눠야지."

"여자들한테 수작이나 계속 부리시죠."

"지난 몇 시간 동안 열과 성을 다해 수작을 부린 결과 여자들은 나 같은 놈 싫어한다는 결론을 내렸어."

"교수님도 지성이 있긴 있군요."

강 교수가 내 어깨에 팔을 둘렀다.

"그러지 말고 우리 거기 가자. 끝내주게 맛있는 술이 있는 데. 끝내주게 재미있는 것도 볼 수 있는 데."

"그런 데가 어디인데요?"

"어디긴 어디야. 우리 집이지. 마이 스위트 홈."

강 교수는 다른 작가들에게 꽥꽥 소리를 질렀다.

"너희는 안 끼워줘. 난 이제 얘하고만 놀 거야. 얘가 누군지 알아? 문학상을 두 개나 받은 천재적인 작가라고. 셰익스피어와 도스토옙스키도 울고 갈 공전절후의 천재란 말이다. 내가 얘를 길러냈어. 내 제자란 말이다. 난 얘가 노벨문학상 받으러 갈 때도 따라갈 거야. 그때 너희는 안 끼워줘."

난 강 교수의 집에 가고 싶어서가 아니라 그만 입을 닥치게 하고 싶어서, 그게 너무 절박해서 그를 따라갔다. 어쩌면 혜진의 소식을 듣고 싶었던 건지도 모르지만.

강 교수는 시내의 커다란 오피스텔에서 혼자 살고 있었다. 어찌나 넓은지 거실에 120인치짜리 스크린이 포함된 영상기기들을 설치해놨는데도 공간이 넉넉했다. 내 평생에 그런 집은 처음 구경해 보았다.

강 교수는 끝내주게 맛있는 술이 있다고 한 주제에 내게 겨우 맥주 한 캔을 던져주었다. 나는 맥주는 그렇다 치고 끝내주게 재미있는 건 어디 있냐고 물었다.

"이제부터 보여줄게."

강 교수가 빔 프로젝터로 영화를 틀었다. 여기까지 와서 웬 영화인가 싶었지만 이 인간이 제멋대로 구는 게 어제오늘 일도 아니고 일일이 항의하는 것도 피곤했다. 120인치짜리 스크린으로 영화를 보면 어떤 기분인지 궁금하기도 했다.

우리는 〈인터스텔라〉라는 영화를 봤다.

영화는 재미있었다. 원래 재미있는 영화였지만 내가 평소에 바쁘고 피곤해서 영화 한 편도 못 보고 살았기 때문에 더욱 재미있었다. 120인치짜리 스크린에 펼쳐지는 거대한 영상과 큼직한 스피커 네 개가 토해내는 생생한 사운드도 인상적이었다. 나는 아무 말도 않고 영화에만 집중했다. 쉬지 않고 종알대는 걸 숙명으로 알고 있는 강 교수도 웬일로 조용해서 집중하는 데 어려움이 없었다.

영화가 끝났을 때는 벌써 새벽이었다.

"너무 늦었지? 여기서 자고 가. 나 사실은 예전부터 너랑 꼭 같이 자보고 싶었어."

"한 대 쳐도 돼요?"

"같이 자준다면 열 대 쳐도 돼."

강 교수는 침대 옆에 내 이부자리를 깔아주었다. 나는 피곤하기도 했고 혜진에 대한 미련도 떨쳐버릴 수가 없어서 자리에 누웠다. 만약 강 교수가 나를 덮친다면 불알을 뽑아버리겠다는 각오를 하고서. 다행히 강 교수는 내 이불 속으로 기어 들어오지는 않았다. 그는 불을 끄고 얌전히 자기 침대에 누웠다.

어둠 속에서 강 교수가 졸린 목소리로 중얼중얼했다.

"야, 앤 해서웨이 예쁘지?"

"그게 누구예요?"

"우리가 방금 본 영화의 여주인공."

"아, 브랜드 박사요. 예쁘더군요."

"그렇게 몸살 나게 예쁜 여자는 도대체 어디를 가야 만날 수 있는 걸까?"

"할리우드 가면 만날 수 있겠죠."

"너 왜 작가가 됐냐?"

강 교수는 여전히 졸린 것 같았다. 나도 졸렸다.

"팔자가 꼬여서요."

강 교수가 킥킥거렸다.

"나하고 똑같네. 나도 팔자가 꼬여서 작가가 되었는데."

"똑같긴 뭐가 똑같아요. 교수님은 작가 노릇 예전에 때려치우고 교수님 됐잖아요. 이제는 교수님도 아니지만."

"너한테만 고백하는 건데, 나 아직도 작가야. 세상은 나를 작가로 인정해주지 않지만 그래도 나는 작가야. 여전히 글을 쓰고 있거든. 발표를 안 했을 뿐, 아니 못 했을 뿐 글은 쓰고 있다고."

"그렇다고 우리 처지가 똑같은가요?"

"나도 네 소식 대충 들어서 알아. 너한테 연락한 편집자가 내 대학 후배거든. 너 이제 완전히 잊힌 작가잖아. 나랑 똑같은 무명작가라는 거 다 안다고."

"저 반지하 월셋방에서 살고 있어요. 편의점 아르바이트 하면서 근근이 먹고살죠. 이 집은 월세가 얼마예요?"

"월세 안 내. 내 거거든."

"그럼 시세는 얼마예요?"

"내가 샀을 때는 40억이었는데 지금은 떨어져서 38억쯤 할 거야."

"그런데도 우리 처지가 똑같다고요?"

"돈이 그렇게 중요해?"

"중요하지 그럼 안 중요한가요?"

"돈은 별로 중요하지 않아. 돈이 있어봐야 좋은 건 '돈은 별로 중요하지 않아'라는 개소리를 하면서 똥폼을 잡을 수 있다는 것뿐이야."

"지금 하신 말씀을 곰곰이 따져보면 돈이 이 세상에서 제일 중요하다는 뜻인 것 같은데요?"

"응. 사실은 그런 뜻이었어. 난 이사장 마누라의 아들로 태어난 덕분에 일도 안 하면서 40억짜리 집에서 살고 있지. 유산 상속으로 인한 부의 불평등한 분배는 정당하지 못하다고 한 경제학자가 누구였지?"

"존 메이너드 케인스."

"난 케인스가 싫어. 그놈 아무래도 빨갱이 같아."

"빨갱이 아니거든요. 케인스는 마르크스주의를 혐오한 사람이에요. 케인스를 빨갱이라고 하는 우파들은 바보 멍청이예요. 케인스는 자본주의의 결함을 수정해서 자본주의를 더 튼튼하게 만들어준 사람이라고요."

"그럼 좌파들에게는 케인스가 원수겠네?"

"꼭 그런 건 아니지만 좌파들이 케인스를 오해한 부분이 있는 건 사실이죠. 우파도 오해했지만."

강 교수는 잠시 침묵했다. 그가 돌아눕는 소리가 들려왔다.

"케인스도 외로웠겠구나. 꼭 나처럼."

"케인스는 그렇다 치고 교수님은 왜 외로우세요?"

"네가 나를 밀어내서."

"품에 안고 달래드릴까요? 뽀뽀도 해주고?"

"진짜?"

"진짜 맞기 전에 잠이나 주무세요."

"너 왜 혜진이 소식 안 묻냐?"

강 교수는 더 이상 졸린 것 같지 않았다. 나도 잠이 싹 달아났다.

"혜진이 잘 지내죠?"

"네 생각에는 잘 지낼 것 같아?"

"잘 지내지 못할 이유는 뭔데요?"

"너 같은 놈도 작가가 되었는데 혜진이는 작가가 되지 못했으니까. 결혼 생활도 실패했고."

나는 하마터면 벌떡 일어날 뻔했다.

"혜진이 결혼했어요?"

"얼마 전에 이혼해서 지금은 혼자 살아."

"왜 이혼했어요?"

"바람피웠거든."

"저런 나쁜 놈."

"혜진이 남편 말고, 혜진이가 피웠다고."

나는 이번에야말로 벌떡 일어났다. 강 교수는 내게 등을 돌리고 있었다.

"혜진이가 바람을 피웠다고요?"

"자칭 시인이라는 건달이 혜진이를 꼬셨어. 세상에 진짜 시인도 많지만 그런 가짜도 많단 말이지. 여자들도 문제야. 시인이라고 하면 아주 그냥 환장을 해요. 시 쓰는 남자는 뭐 거시기에서 번쩍번쩍 빛이 나기라도 한대? 왜 그렇게 시 쓰는 남자에게 목을 매는 거야. 젠장. 내 거시기도 걸작이란 말이야. 왜 나한테 목을 매는 여자는 없는 거냐고."

"그런 소리는 됐고요, 그래서 혜진이 요즘은 어떻게 지내요?"

"잘 먹고 잘 살아. 돈이 이 세상에서 가장 중요한 거라는 우리의 지론에 따르자면 말이지. 남편한테 위자료를 뜯겼지만 혜진이도 물려받은 재산이 많아서 생활하는 데 아무 지장도 없지. 걔도 나처럼 좋은 집에서 살아. 월세 같은 건 내본 적도 없고 앞으로도 낼 일 없고. 약 오르지?"

"요즘도 시인이라는 그 놈팡이 만나요?"

"아니. 혜진이도 아주 바보는 아니어서 그놈이 가짜라는 걸 알아채고는 헤어졌지. 사귀는 동안에 빌려준 돈을 한 푼도 못 받았지만 그야 아무래도 상관없는 일이고. 혜진이는 가짜의 말에 홀렸던 대가라고 생각하고 잊기로 했다는군."

"가짜의 말에 홀리다뇨?"

"혜진이는 예전부터 꼭 듣고 싶은 말이 있었거든. 그 시인이라는 놈이 그런 말을 들려줄 수 있다고 생각했던 모양이야. 결국 가짜였지만."

혜진이 어떤 말을 듣고 싶어 했는지 나는 묻지 않았다. 대답을 들어도 이해할 수 없을 것 같았고 한편으로는 대답을 듣지 않아도 이해할 수 있을 것 같았다. 헛소리 같지만 정말로 그랬다.

"근데 혜진이가 작가가 되려고 했다고요?"

"신춘문예에 도전해보고, 신인문학상에도 응모해봤지만 다 떨어졌지."

"저한테는 작가가 되고 싶다는 소리는 한 적이 없는데요."

"이런 구제불능의 바보를 봤나. 말하지 않아도 눈치챘어야지. 남자 친구가 뭐 그래?"

"저는 작가가 되고 혜진이는 되지 못하다니……."

"그러게 말이다. 세상 참 웃기지."

"그럼 혜진이는 무슨 일을 하면서 사는 거예요?"

"놀고먹지. 어쩌면 나처럼 아무도 읽어주지 않는 글을 끼적거리는지도 모르고. 애가 생기기 전에 이혼해서 아주 한가하거든."

"정말로 잘 지내요? 그런 거예요?"

"잘 지낸다니까. 돈이 가장 중요하다는 우리의 지론에 따르자면 그렇다니까."

나는 강 교수에게 다가가 그를 똑바로 눕혔다. 어둠 속에서 그의 눈동자를 내려다보며 소리쳤다.

"그딴 소리 집어치우고 똑바로 말해요. 혜진이 잘 지내요? 정말로 잘 지내냐고요?"

강 교수가 어떤 표정이었는지는 어두워서 알 수가 없었다. 어쩌면 웃고 있었는지도 모르겠다. 어쩌면.

"너 먼저 대답해봐. 아직도 혜진이 사랑해? 네가 먼저 헤어지자고 했으면서?"

그렇다. 내가 먼저 헤어지자고 했다. 이유도 없이.

난 말문이 막혔다. 열이 뻗쳤던 머리도 조금 식었다. 누가 시키지도 않았는데 스스로 첫사랑을 홈런 치듯이 날려버린 주제에 이제 와서 뭐 하는 짓인가. 나는 강 교수를 놓아주고 내 자리로 돌아가 웅크려 앉았다.

강 교수가 침대에서 일어났다.

"네 손을 봤지. 결혼반지가 없는 걸 보니 미혼이군. 설마 혜진이를 못 잊어서 정절을 지키고 있는 건 아니겠지?"

"설마요. 제가 무슨 여자들이 좋아하는 드라마 주인공인 줄 아세요? 팔자가 하도 더럽게 꼬여서 연애고 결혼이고 할 짬이 없었어요."

"짬이 없어? 핑계가 좋다. 능력이 없었던 거겠지."

"남의 아픈 데를 꼭 그렇게 찌르셔야겠어요?"

강 교수가 어딘가로 걸어갔다. 나는 굳이 그가 어디로 가는지 바라보지 않았다. 잠시 후 강 교수가 돌아와 내게 담배 한 개비를 건넸다. 그도 입에 담배를 물고 있었다. 어둠 속에서 담뱃불이 빨갛게 빛났다.

"피울래?"

"피워보죠."

"큰 결심이라도 한 것 같네."

"큰 결심이거든요?"

나는 담배를 입에 물었다. 강 교수가 기름 냄새가 나는 지포라이터로 불을 붙여주었다. 연기를 한 모금 들이마시자 속이 뒤집혔다. 내가 헛구역질을 하는 꼴을 보고 강 교수는 낄낄거렸다.

"너도 참 별나다. 무슨 작가가 담배도 안 피워?"

"작가라고 꼭 담배를 피워야 한다는 법이 어디 있어요?"

나는 세상에서 가장 역겨운 연기를 뿜어내는 담배를 쏘아보다가 문득 깨달았다.

"그러고 보니 교수님이 담배 피우는 거 오늘 처음 보네요. 예전에는 많이 피우지 않으셨어요?"

"헤비스모커였지. 전성기 때는 하루에 여섯 갑씩 피웠다고."

"전성기라는 단어가 '죽고 싶어서 환장했던 시기'라는 뜻으로 바뀐 모양이죠? 언제 바뀌었어요?"

"나이를 먹으니까 정말 죽을 것 같더라고. 그래서 요즘은 금연 중이야. 책상 서랍에 딱 한 갑만 넣어두고 정히 못 참겠다 싶을 때만 한 개비씩 피우고 있지."

"그건 금연이 아니라 절연이죠."

"따지지 마라. 그 담배 못 피우겠으면 이리 내."

나는 담배를 한 모금 또 빨았다. 허파가 홀라당 뒤집히는 기분이었다. 기침이 어찌나 세게 나오는지 하마터면 담배를 이부자리에 떨어뜨려 시가 40억짜리 집을 불태울 뻔했다. 나는 정말로 집을 불태워서 평생 벌어도 못 갚을 빚을 지기 전에 황급히 강 교수에게 담배를 건넸다. 강 교수는 담배 두 개비를 양손에 쥐고 하나씩 빨았다. 금연이든 절연이든 성공할 가능성은 희박해 보였다.

"혜진이 지금도 담배 많이 피워요?"

"지난번에 집에 갔을 때 보니까 서랍장에 담배가 종류별로 한 보루씩 쌓여 있더라. 해외여행 갔다가 사온 담배도 잔뜩 있었어. 심심해서 세어봤는데 백 보루가 넘었지."

강 교수는 잠시 뜸을 들였다가 덧붙였다.

"혜진이도 전성기를 달리고 있지."

나는 그만 드러누웠다. 졸리지 않았지만 자야 했다. 내일은 일을 쉬는 날이지만 자야 했다. 혜진이가 신경 쓰였지만 자야 했다. 지금 여기는 내가 있을 곳이 아니었기 때문에 꿈나라에라도 가고 싶었다. 강 교수는 조용히 담배를 피웠다. 담배연기 때문에 숨쉬기가 어려워서, 아마도 그래서 나는 잠을 이루지 못한 듯하다.

다음 날 날이 밝자 나는 세수하고 용변 본 다음 그 집을 떠나려고 했다. 밥까지 얻어먹을 생각은 추호도 없었다. 강 교수와 함께 식탁에 앉은 것은 순전히 그 작자가 하룻밤을 같이 보낸 임에게 밥 한 끼는 차려드리고 싶사옵니다, 어쩌고 하며 들러붙어서는 떨어지지를 않았기 때문이었다.

강 교수가 밥 먹다 말고 뜬금없이 꼬부랑말을 지껄였다.

“It's like we've forgotten who we are. explorers, pioneers, not caretakers.”

“뭐 잘못 드셨어요? 혹시 밥에 약 탔어요?”

“이 친구 기억력하고는. 어제 우리가 본 영화에 나오는 명대사잖아.”

“저 영어 못해요. 무슨 뜻이에요?”

“우리는 우리가 누구인지 잊어버렸다. 우리는 탐험가였고 개척자였지 관리자가 아니다.”

그러고 보니 〈인터스텔라〉에 그런 대사가 나온 것도 같았다. 강 교수는 내게 깊은 인상을 주고 싶었던 모양이지만 난 별 감흥이 없었다. 무슨 맛인지도 모르겠는 밥을 먹어치우고 빨리 이 집을 떠나는 게 급선무였다.

내가 마침내 밥을 다 먹고 집을 나서려는데 강 교수가 말했다.

"〈인터스텔라〉에서 주인공이 탄 우주선 이름 기억해?"
"기억 안 나요."
"기억력 진짜 나쁘네. 그럼 내가 들려주지."
"저 갑니다."
"좀 들어라!"
"그까짓 게 중요한가요?"
"중요해. 다른 사람들은 몰라도 너한테는 중요해. 너는 아직도 그 한마디를 찾지 못했으니까. 그 한마디를 기다리고 있는 사람이 있으니까."
나는 잠시 생각에 잠겼다.
"옛날부터 궁금했던 건데 교수님이 이사장 마누라의 아들이라는 건 무슨 소리예요?"
"그게 중요해?"
"안 중요해요. 그러니까 말해보세요."
강 교수는 빙긋 웃었다.
"그래, 중요하지 않으니까 말해주지. 이사장은 내 계부야. 우리 엄마는 내 생부를 버리고 그 남자랑 결혼했지. 나는 엄마가 아버지를 배신했다며 분노했고 버림받은 아버지를 불쌍히 여겼어. 하지만 엄마 덕분에 부잣집 도련님이 되고 편하게 사는 즐거움을 알게 되니까 더 이상 화가 나지도 않았고 아버지가 불쌍하지도 않았지. 나는 분노도 동정심도 없이 글을 쓰고 작가가 되었어. 지금도 분노도 동정심도 없이 글을 쓰고 있어. 분노도 동정심도 없는 작가의 글을 독자들이 외면한 걸 보면 이 세상에 약간은 희망이 있을지도 모르겠다는 웃기지도 않는 생각을 하면서. 정말 중요하지 않은 이야기지?"

"예, 하찮고 통속적인 이야기네요. 근데 그럼 혜진이는요?"

"혜진이는 이사장의 친손녀야. 혜진이 아버지는 내 의붓형이고. 그러니까 혜진이랑 나는 말이 좋아서 삼촌 조카 사이지 사실은 피 한 방울 안 섞인 남이야."

"그러고 보니 교수님도 결혼반지가 없네요."

"통속적이고 저질스러운 상상력을 발휘하고 싶은 모양이지?"

"소설 하나 쓸 수도 있을 것 같지만 그만두렵니다. 저 바쁜 사람이라서요. 이제 그 우주선 이름이나 말해주세요."

"인듀어런스."

강 교수는 내게 휴대전화를 달라고 하더니 전화기에 자기 전화번호를 찍어주었다.

"혜진이 소식이 궁금하거나 뭔가 전하고 싶은 말이 있으면 언제든지 전화해. 나랑 같이 자고 싶을 때도 언제든지……."

나는 집을 나서서 문을 쾅 닫았다.

지하철을 타고 집으로 돌아가며 스마트폰으로 '인듀어런스'가 무슨 뜻인지 검색해보았다.

Endurance. 지구력, 인내, 내구성.

알고 보니 인듀어런스는 영국의 탐험가 어니스트 헨리 섀클턴이 남극 탐험을 떠났을 때 탄 배의 이름이었다. 영화 〈인터스텔라〉

의 우주선 이름도 거기에서 따온 거였다. 나는 섀클턴이라는 이름을 그때 처음 알았지만 어쩐지 깊은 인상을 받았다. 강 교수도 주지 못했던 인상이었다.

멍하니 스마트폰을 들여다보는데 내 안에서 뭔가가 톡 깨졌다. 그리고 걷잡을 수 없는 기세로 울음이 터져 나오려고 했다.

나는 앞에서 담배연기 때문에 잠을 이루지 못했다고 했다. 눈 밝은 독자들은 참으로 유치하고 한심한 기법이라며 혀를 찼으리라. 과장되게 냉정한 척하다가 오히려 감상적인 문장이 되고 말았으니까. 알면서도 나는 일부러 그렇게 썼다. 실제로 그때 나는 잠을 이루지 못한 게 담배연기 때문이라고 생각하려고 애썼으니까.

섀클턴이라는 이름을 발견한 순간 나는 비로소 솔직해질 수 있었다. 나는 혜진이 걱정되었다. 혜진을 만나고 싶었다. 그녀에게 무슨 말이라도 하고 싶었다. 내가 그녀를 이유도 없이 버렸다는 사실이 뭐 어쨌단 말인가. 그게 벌써 10년도 넘은 옛일이라는 게 뭐 어쨌단 말인가. 내가 아직도 그녀를 사랑하는 건 결코 아니었지만 그건 또 어쨌단 말인가. 그녀도 나를 사랑할 리 없었지만 그래서 뭐가 어쨌단 말이냐.

그 모든 게, 도대체 뭐가 어쨌단 말이냐.

나는 울고 싶었다. 대성통곡을 하고 싶었다. 옷을 찢고 바닥을 구르며 울부짖고 싶었다. 지하철이 정차하고 외국인 노신사 한 명이 올라타지 않았다면 정말로 그랬을 것이다.

노신사는 선글라스를 끼고 지팡이를 짚은 맹인이었다. 어디서 많이 본 것 같은 사람이었다. 그가 손으로 주위를 더듬거리는 걸 보고 나도 모르게 손을 내밀었다.

"여기 앉으세요."

노신사는 내 옆에 앉더니 유창한 한국말로 말했다.

"고맙네. 이것도 인연인데 우리 통성명이나 할까? 나는 어니스트 헨리 섀클턴이라고 하네."

내가 무슨 말을 할 수 있었겠는가? 그때나 지금이나 나는 이렇게 말할 수밖에 없었다고 생각한다.

"마침내 만났군요."

"그래, 마침내 우리가 남극으로 떠날 때가 온 거지."

36

그리하여 우리는 남극으로 떠났다.

이야기가 너무 비약하는 거 아니냐고 짜증 내는 사람들이 있을 것 같다. 이야기를 너무 질질 끈다고 짜증 내는 사람들도 있을 것 같다. 이쪽과 저쪽을 다 만족시키기 위해 절충안을 마련했다. 중간 과정을 되도록 간략하게 설명하는 것이다. 이쪽도 저쪽도 다 만족하지 못하겠지만 절충안이라는 게 원래 그런 법이다. 아니, 이쪽과 저쪽으로 갈린 사람들이 원래 그런 법이라고 해야 정확하겠다. 나도 섀클턴 박사도 이쪽과 저쪽을 다 만족시키는 방법을 모르는 사람들이니까 당신들이 참아주기 바란다.

이제 와서 또 말할 것도 없겠지만 섀클턴 박사와 내가 처음 만났을 때 박사는 경제연구소의 초청을 받아 방한한 것이었다. 두 번째 만났을 때, 그러니까 지하철에서 재회했을 때 박사는 아예 한국에 눌러앉아 있었다.

때는 2015년이었다. 박사는 벌써 68세의 고령이었다. 그 나이에 이역만리 타향에서 혼자 살고 있었다. 비서가 있었지만 같이 살지는 않았다. 옥스퍼드 대학에는 이미 오래전에 사직서를 제출했다. 남들 다 부러워하는 명문대 교수 자리, 그것도 종신교수직을 제 발로 걷어찬 건 누가 봐도 미친 짓이었고 실제로 주위에서도 다들 미쳤다고 했지만 박사는 개의치 않았다. 여기까지 참고 읽어준 이들은 다 알겠지만 박사가 어디 남이 하는 소리를 귓등으로나 들을 사람이던가?

"한국에 와보니까 좋더라고. 김치도 맛있고 불고기도 맛있고 사람들은 백인한테만 친절한 게 아닌가 싶긴 하지만 어쨌든 친절했고. 무엇보다도 좋은 건 찜질방이었어. 찜질방에서 땀을 쫙 빼낸 다음 마시는 차가운 식혜란! 맥반석 계란도 빼놓을 수가 없지. 요즘은 자제하고 있지만 한때는 찜질방에 미쳐서 거의 매일 살다시피 했다니까."

한국 생활이 뜻밖에 즐거웠지만 첫 방한 때는 세미나만 마치고 바로 귀국했다. 언제 또 시간 나면 한국에 가야지 했는데 하루하루가 지날수록 한국이 그리워져서 참을 수가 없었단다. 박사는 그해 다시 한 번 한국을 방문했고, 이후 2009년까지 매년 두 차례 한국행 비행기를 탔다. 2009년에는 아예 한국에서 살기로 작정을 하고 집까지 구했다. 옥스퍼드 대학을 그만둔 것도 그때였다.

2009년이면 미국발 금융위기로 세계경제가 바닥을 모르고 추락하던 시기였다. 유로존 재정 위기도 불거졌고 신자유주의는 악마의 사상쯤으로 치부되었다. 금융업에 국가의 존망을 걸다시피 했던 영국도 만신창이였다. 반면 고부가가치 제조업에 꾸준히 투자해왔던 독일은 저 혼자 승승장구했다. 우파 언론들까지 자본주의를 수정해야 한다고 조심스럽게 주장했고 좌파 언론들은 신이 났다. 좌우를 막론하고 언론들은 박사의 사상을 뒤늦게 재조명했다. 박사는 이미 오래전부터 금융업이 지나치게 비대해졌고, 전문가들도 그 실체를 알지 못하는 복잡한 파생상품이 언젠가 재앙을 불러올 것이라고 예견한 바 있었다. 신자유주의 체제가 한계를 맞았고 이제 자본주의가 수정되어야 한다고도 했었다. 언론들은 그를 무슨 경제학계의 노스트라다무스처럼 치켜세우기 바빴다. 박사와 비슷한 주장을 펼쳐온 경제학자들이 여럿 있었지만 유독 그가 주목을 받은 이유는 누구보다도 먼저, 그리고 누구보다도 오랫동안 꾸준하게 신자유주의에 문제를 제기해왔기 때문이다. 그리고 마침내 그의 경고가 모두 맞아떨어지는 시기가 온 것이었다.

마음만 먹었다면 인생 최고의 영광을 누릴 수 있었던 시기에 박사는 영광이고 뭐고 뻥 차버리고 한국에 왔다. 미친놈 취급을 당해도 싸다.

"찜질방에서 재미있는 아줌마들도 많이 만났어. 화투를 아주 좋아하는 아줌마들인데 그 아줌마들하고 화투 치면서 신나게 놀았지. 눈이 안 보이는데 어떻게 화투를 쳤냐고? 처음에는 아줌마 한 사람이 나 대신 패를 읽어주었고, 나중에는 나만 읽을 수 있는 점자를 새긴 전용 화투를 만들었지. 그 아줌마들하고는 지금도 친해. 나만 보면 어니 박사 왔다고 반가워하지. 그 아줌마들한테 내가 뜯긴 돈이 어마어마하다는 건 넘어가지. 도박에 약한 내 잘못이니까. 아, 그래도 내게도 영광의 순간이 있었지. 삼광에 고도리에 흔들고 피박까지 씌워서 판을 싹쓸이했는데……."

아이고, 맙소사. 두 번째 만났을 때 섀클턴 박사는 아주 명랑한 수다쟁이가 되어 있었다. 그를 원래 알던 사람들, 그리고 이 이야기를 읽어준 사람들은 당혹스럽겠지만 사람은 변하는 법이다.

"지금까지 내 얘기를 들었으니 알겠지만 난 원래 이런 성격이 아니었지. 내가 변한 건 섀클턴 경을 이 두 눈으로 본 이후였어. 그때부터 어쩐지 인생이 즐거워지더라고. 매일 마시던 홍차가 갑자기 예전보다 훨씬 맛있고 향기로웠지. 정원에서 차를 마시며 느끼는 바람은 또 얼마나 싱그럽던지. 예전에는 역겹기만 하던 매연이나 사람들 땀 냄새도 향긋하더라니까. 한국에 오니까 신선한 자극이 많아서 하루하루가 짜릿하고 흥겨웠어. 자네도 짐작할 수 있겠지만 나처럼 앞을 못 보는 사람에게 낯선 환경은 굉장히 위험하네. 외국에 나와본 게 처음은 아니었어. 유럽 안에서는 많이 돌아다녔지. 미국도 가봤고. 하지만 한국은 서구와는 인종, 언어, 문화, 종교

등등 모든 게 다른 아시아였지. 근데 그 다름이 오히려 나를 행복하게 해주었네. 전혀 두렵지 않았다고 하면 거짓말이겠지. 두려움도 조금은 있었어. 하지만 두려움을 극복하고 보면 다름은 우리가 미워하거나 무서워할 대상이 아니라 사랑의 근원이었다네. 나 지금 끝내주는 명언을 말했지? 그렇지? 수첩에 적어두고 싶지 않은가? 눈치 보지 않아도 되니까 어서 적게. 아니면 외우든가."

"시끄럽습니다. 그보다 저 흔들었어요."

우리는 주로 박사의 집에서 화투를 치면서 대화를 나누었다. 박사가 만들었다는 전용 화투를 사용했는데 박사는 고스톱은 물론이고 요즘은 하는 사람도 없는 섯다까지 할 줄 알았다. 할 줄만 아는 수준이 아니라 고수였다. 나도 친구들과 놀이 삼아 화투 좀 쳐보았지만 박사 같은 고수는 처음이었다. 박사에게 화투를 가르쳐줬다는 아줌마들이 타짜였던 모양이다.

우리가 놀이를 했을 뿐이라면 참 좋았겠는데 우리가 한 짓은 실제로 돈을 걸고 벌이는 엄연한 도박이었다. 박사는 화투에 대한 철학이 확고한 사람이었다.

"화투는 그냥 치면 안 돼. 반드시 뭘 걸어야 돼. 돈이 없으면 팔뚝 맞기라도 해야 하는 거라고."

나는 박사와 재회한 그날 지갑에 있던 돈을 모두 털리고 말았다. 나도 승부욕은 있는 사람이라 은행계좌에 있던 얼마 안 되는 돈을 모두 출금해서 재도전을 했고, 그 결과 사흘 만에 거지가 되었다. 박사는 손에 침까지 발라가며 지폐를 세고는 해맑게 웃었다. 어찌나 해맑게 웃는지 화도 나지 않았다.

하긴 화를 낼 이유도 없었다. 박사가 나를 먹여살려 주었으니까. 나는 집에서 간단한 짐만 챙겨서는 박사의 집으로 옮겼다. 박사는 마침 딱 둘이 살면 좋은 크기의 아파트를 세내어 살고 있었다. 일주일에 두 번 가사도우미를 불렀지만 도우미가 불성실했는지 집이 지저분했다. 나는 집안일을 해주고 대신 공짜로 먹고 잤다. 가끔 용돈도 받았다. 받은 지 얼마 안 되어서 도로 박사의 지갑 속으로 돌아가고 말았지만.

박사는 교수직을 그만둔 것이지 학자 노릇을 그만둔 건 아니라 매일 사무실로 출근을 했다. 개인 사무실이었는데 시내의 번듯한 오피스텔이 아니라 바로 옆집이었다. 옆집에 입이 딱 벌어질 정도로 많은 자료 서적을 쌓아두고 연구 활동과 저술 활동을 병행하고 있었다. 내가 보기에는 사무실이라기보다는 도서관 같았다. 그것도 사서들이 죄다 파업을 하는 바람에 엉망진창이 된 도서관이었다. 장서가 만 권이 넘는다고 했는데, 별로 넓지도 않은 사무실(사실은 아파트)에 그 많은 책이 어떻게 다 들어가겠는가. 가구라고는 책상과 의자 두 개만 빼면 모두 책장이었는데도 책을 꽂을 공간이 없었다. 방바닥에 책이 담긴 박스가 어찌나 많이 쌓여 있는지 현관문을 열고 들어가면 박사의 책상이 있는 자리까지 딱 한 사람만 간신히 지나갈 수 있는 공간밖에 없었다. 비서는 책상도 없어서 책이 담긴 박스를 책상 삼아서 쓰고 있는 형편이었다.

비서는 케이트 베넷이라고 하는 금발의 아름다운 여성이었다.

이름만 봐도 알 수 있듯이 그녀는 마리아 베넷의 친척이다. 정확히는 조카손녀다. 할머니를 닮았는지 키가 크고 힘도 셌다. 성격도 만만치 않은 사람이었다. 그녀는 나와 처음 만난 자리에서 분명하게 못을 박았다.

"난 보다시피 이렇게 예쁘답니다. 미혼이고 남자 친구도 없어요. 그렇다고 나를 쉽게 보고 수작을 걸었다가는 정권지르기를 맞고 병원에 실려 갈 테니까 조심해요."

그녀도 한국말을 아주 잘했다. 어릴 때부터 태권도를 배웠고 그 영향으로 한국에 관심을 갖게 되어 모 대학의 교환학생으로 2년간 한국에 체류한 적이 있다고 했다.

"케이트. 그러지 말고 이 친구랑 잘해보지그래. 내가 겪어보니까 이 친구 아주 괜찮은 남자야."

"박사님. 여자들에게는 원시시대부터 전해져 내려오는 여자들만의 지혜가 있답니다. 남자가 추천하는 괜찮은 남자는 절대로 믿지 말라는 것이죠. 알았으면 그만 닥치시고 일이나 하세요."

케이트가 박사의 비서가 된 건 본의가 아니었다. 제 발로 한국까지 따라와서 이 고생을 하고 있는 건 아니었다고 한다. 처음에는 대학 시절에 아르바이트 자리를 찾다가 할머니의 소개로 박사 밑에서 잠깐 일한 게 전부였다. 그런데 박사가 2009년에 한국까지 따라와서 일할 수 있고 기왕이면 한국말도 할 줄 아는 비서를 찾다가 그녀를 재발견했다. 케이트는 난감해했지만 박사가 월급도 많이 주고 개인 사무실도 마련해주고 휴가 역시 이제 제발 일하고 싶다는 소리가 나올 때까지 주겠다고 꼬드기는 바람에 넘어가고 말았다.

그녀는 굉장히 냉소적인 미소, 아니 미소라기보다는 송곳니를 드러내며 으르렁대는 듯한 표정을 짓고는 이렇게 말했다.

"조상님 한 분이 전생에 저 인간한테 무슨 죄를 지은 모양이에요. 그러니까 할머니에 이어 나까지 대를 이어서 저 인간한테 붙잡혀서 이 고생을 하고 있는 거겠죠."

하나뿐인 비서에게 책상도 안 내주면서 부려먹기는 또 심하게 부려먹고 있으니 박사가 무슨 할 말이 있겠는가. 그는 두 손을 모은 매우 다소곳한 자세로 아무 소리도 못 들은 척했다.

어쨌든 그녀는 매우 유능하고 성실한 비서였다. 박사의 사무실을 채운 점자 서적과 자료는 모두 그녀가 구해왔거나 점자프린터로 인쇄한 것이었다. 활자로 된 글은 직접 읽어주었다. 박사의 글을 교정하고 학회와 연락을 주고받는 것도 모두 그녀의 일이었다. 박사가 외출할 때 동행하기도 했다. 거의 하루 종일 박사 곁에 붙어 있는 셈이었다. 나도 박사랑 같이 살다 보니 그녀와 매일 마주쳤고, 그만하면 정이 들 법도 했건만 그녀는 우리와 사적으로 어울리려고 하지는 않았다.

"당신들이 원빈처럼 잘생겼나요? 물론 아니죠. 나는 원빈과 어울릴 수 있을 만큼 예쁜가요? 물론 그렇죠. 그런데 내가 왜 당신들하고 놀아야 됩니까? 내 얼굴을 볼 수 있다는 것만으로 만족하고 그 이상은 꿈도 꾸지 말아요."

나는 그녀가 일과 사생활을 엄격하게 구분하는 사람이라고 여기기로 했다.

박사와 나는 넉 달쯤 같이 살았다. 당장에 남극으로 떠나지 않은 건 박사에게 마쳐야 하는 일이 있기 때문이었다. 경제학자로서 영원히 은퇴하기 전에 끝내야 하는 논문과 책이 있었다. 반면 나는 꼭 끝마쳐야 하는 일 같은 건 없었다. 매일 글을 쓰기는 했지만 그거야 쓰는 이유도 모르고 습관적으로 쓰는 거였고 출간 계획도 없었다. 그게 우리의 결정적인 차이점이었다. 우리는 남극으로 같이 떠날 동료였지만 그런 점에서는 목표가 달랐다. 박사는 인생을 정리할 생각이었고 나는 아무것도 정리할 생각이 없었다.

나는 글을 쓰는 한편 날마다 피트니스 센터에서 몸을 단련했다. 박사도 일주일에 닷새는 반드시 운동을 했다. 그는 나이가 무색하게 체력이 좋았다. 눈만 빼면 아주 건강한 사람이었다.

박사가 마침내 최후의 논문과 저서를 완성했을 때는 초겨울이었다. 박사는 한국 생활을 정리하고 영국으로 돌아갔다. 물론 나도 따라갔다. 평생 처음 해보는 해외여행이었지만 이미 이야기가 쓸데없이 길어졌으니 딱 세 가지만 이야기하겠다.

하나. 나는 새클턴 가문의 보트를 빌려서 날마다 보트 모는 연습을 했다.

둘. 보트 조종에 익숙해진 다음에는 스키장으로 갔다. 박사도 동행했다. 우리는 스키 타는 법을 배웠다. 나만 혼자서 스노모빌을 운전하는 법도 배웠다.

셋. 박사의 어머니 에이미 섀클턴 여사를 만났다.

여사는 그때 90세였는데 20년은 더 젊어 보였다. 하나 있는 아들놈이 머리가 어떻게 됐는지 어느 날 갑자기 교수직도 던져버리고 한국에 눌러앉는 바람에 섀클턴재단의 이사장직을 맡고 있었는데 나이가 믿기지 않을 만큼 정력적으로 활동하고 있었다. 한국말도 조금 할 줄 알았다. 아들이 한국의 어떤 점에 홀랑 빠진 것인지 궁금해서 한국말을 공부했다고 한다.

그녀는 내가 어릴 때 야구를 했다고 하자 무척 반가워했다. 앞에서도 말했듯 그녀는 미국 출신이라 야구를 좋아했고 로스앤젤레스 다저스의 팬이었다. 류현진 선수도 좋아한다고 했다. 우리는 한동안 야구로 이야기꽃을 피웠다. 섀클턴 가문의 저택은 넓고 웅장했고 정원도 화려했다. 대접 받은 홍차는 내가 구경도 해본 적이 없는 최상품이었다. 하지만 나는 그런 것들보다는 90세 할머니에게서 더 깊은 인상을 받았다.

그녀를 한마디로 표현하면 기품이 있는 사람이었다. 명문 귀족가의 일원다운 기품도 있었겠지만 내가 느낀 건 한 개인의 기품이었다. 90년을 살아왔기에 더 이상 아무것에도 미련이 없고 모든 걸 내려놓을 준비가 되어 있는 이의 기품이었다. 장애인 자식을 키우면서 수많은 상처를 입었지만 이제는 그것도 삶의 일부였다고 담담하게 말할 수 있는 어머니의 기품이기도 했다.

그녀는 박사가 화장실 간다며 잠시 자리를 비운 사이 단 둘이 할 얘기가 있다고 했다. 그녀는 서툰 한국말로, 나는 그보다 더 서툰 영어로 대화를 나누었지만 뜻은 충분히 통했다. 그녀가 한 말을 그대로 옮기면 문법이 엉망진창이기 때문에 내가 정리했다.

"어니는 남극에 관광하러 간다고 말했지만 그게 거짓말이라는 건 나도 알아요. 어니는 또 내가 알고 있다는 걸 알고 있고요. 그래도 우리는 그 이상의 말은 나누지 않았어요. 나눌 필요가 없었죠. 어니는 이미 오래전에 신앙을 잃었지만 나는 신을 믿어요. 교회에서 말하는 신과는 좀 다른 신이죠. 그 신은 바보예요. 질투하지도 않고 분노하지도 않고 인간에게 벌을 내리지도 않죠. 그렇게 바보이기 때문에 그 신은 바보를 위해서 존재해요. 인간이 평범한 바보짓이 아니라 모든 것을 버린 바보짓을 하면 살포시 웃으며 품어주는 신이죠. 어니가 떠나면 나는 이사장직에서 물러날 거예요. 그리고 모든 재산을 장애인들을 위해 기부할 거예요. 우리 가문의 어른들께서 못마땅해하시겠지만 상관없어요. 그 정도 바보짓은 해야지 죽은 다음에 바보들을 위한 신의 품에서 어니와 재회할 수 있겠죠. 남편도 틀림없이 우리를 기다리고 있을 거예요."

그녀는 내 손을 살며시 잡았다. 놀랍도록 따스한 손이었다.

"하지만 당신은 아직 신의 품에 안기면 안 돼요. 나이도 젊고, 무엇보다도 아직 할 일이 있어요. 나는 알아요. 당신을 처음 본 순간 바로 알았어요. 세상이 당신을 기다리고 있다는 것을. 오해하지는 않겠죠? 그래요. 당신이 그렇게 대단한 사람은 아니에요. 위대한 사람도 아니죠. 당신은 그저 평범한 사람이에요. 어쩌면 조금 못난 사람인지도 모르죠. 하지만 바로 그렇기 때문에 세상은 당신을 기다리고 있어요. 혹시 세상을 증오하나요? 그래도 세상을 위해 돌아와요. 아무리 힘들고 어려운 일이 있어도 이겨내고 반드시 돌아와요. 당신이 증오하는 세상 속에는 나도 있답니다. 나는 늙었지만 당신을 기다릴 힘은 있어요. 기다리고 있을게요. 꼭 돌아와요. 약속해주겠죠?"

내가 세상을 증오했던가? 어쩌면 그럴 수도 있었다. 솔직히 말하면 나도 내 마음을 잘 알지 못했다. 정말 증오한다면 큰일이겠지만 그 순간만은 큰일이 아니었다. 어떤 사람은 증오에 목숨을 바치고, 어떤 사람은 사랑에 목숨을 바친다.

그래서 그게 뭐 어쨌단 말이냐. 도대체 뭐가 어쨌단 말이냐.

그따위 건 대단한 일이 아니었다. 양쪽 다 펄쩍 뛰겠지만 나는 증오의 편에 선 사람도 사랑의 편에 선 사람도 모두 어리석다고 생각했다. 당신들은 마음껏 증오하라. 마음껏 사랑하라. 나는 어느 쪽에도 서지 않겠다. 나는 다만 이 사람을 위해 약속하겠다.

나는 에이미 여사의 손을 꼭 잡고 약속했다. 반드시 돌아오겠다고. 그리고 우리의 탐험 이야기를 들려주겠다고.

남극으로 떠날 준비는 케이트가 해주었다. 항공편과 배편을 예약하고 남극을 횡단하는 데 필요한 각종 도구를 사들였다. 그게 박사의 비서로서 처리한 마지막 업무였다면 좋았겠지만 그건 아니었다.

"당신들이 떠나면 나는 박사님이 남긴 논문을 정리해서 발표하고 책도 출간해야 되죠. 뒤치다꺼리를 맡은 셈입니다. 당신네 남자들은 항상 그러는군요. 여자한테 뒤치다꺼리를 떠넘기고 저 멀리로 떠나버리죠."

박사는 진심으로 미안해했다.

"나 때문에 고생이 많았네. 마지막까지 고생시키는군. 정말 미안해."

"됐습니다. 돈 받고 하는 일인걸요. 남자들은 항상 여자한테 뒤치다꺼리를 맡기지만 그것도 합당한 보수만 지불한다면 나쁜 일은 아니죠. 그런 의미에서 월급을 많이 주신 박사님은 좋은 남자였습니다. 내 걱정은 마세요. 당신네 남자들은 쓸데없는 걱정을 하는 거예요. 여자들은 강하답니다. 구체적으로 말하면, 떠나버린 남자 따위는 죽거나 말거나 신경 끄고 남자가 남기고 간 돈이나 세면서 깔깔거릴 수 있을 만큼 강하답니다. 알았으면 그만 꺼지세요."

공항에서 나는 비행기에 오르기 전에 강 교수에게 전화를 걸었다. 한국은 새벽이었는데도 강 교수는 벨이 울리자마자 전화를 받았다.

"혜진이한테 전해주세요. 마침내 떠날 때가 왔다고. 저는 남극으로 간다고."

강 교수는 웬일로 군소리 없이 알겠다고만 했다. 나는 전화를 끊고 새클턴 박사와 함께 비행기에 탑승했다. 박사가 좌석에 앉으며 말했다.

"For hazardous journey, small wages, bitter cold, long months of complete darkness, constant danger, safe return doubtful. honor and recognition in case of success."

"뭔 소리예요?"

"섀클턴 경이 남극 횡단 탐험을 떠나기 전에 탐험대를 모집하려고 신문에 낸 광고문일세."

"영어 못하는 저를 위해 번역 좀 해주시죠."

"어렵고, 보수는 적고, 혹한의 추위와 몇 달이나 지속되는 어둠, 끊임없는 위험에 귀환을 보장할 수 없는 모험. 성공하면 영광과 명예를 얻을 수 있다."

그리하여 우리는 드디어 남극으로 떠났다.

37

자, 이제 탐험가 섀클턴 경의 이야기를 할 차례다. 우리가 다른 데도 아니고 하필이면 남극으로 떠난 건 섀클턴 경이 남극으로 떠났기 때문이니까. 섀클턴 경에 대해 알려준 사람은 박사였다.

"어니스트 헨리 섀클턴 경은 실패한 탐험가일세. 실패했기 때문에 위대한 사람이지."

"시작하자마자 헛소리군요."

"처음부터 끝까지 헛소리로 일관하도록 하세. 그게 자네의 스타일이고 이제는 우리의 스타일이지. 그렇지 않은가?"

섀클턴 경이 처음으로 남극에 간 해는 1901년이었다. 이때 탐험대 대장은 저 유명한 탐험가 로버트 스콧이었다. 섀클턴 경은 젊고 용감했지만 병에 걸려서 중도에 영국으로 돌아가야만 했다.

두 번째 남극 탐험은 1907년의 일이었다. 이때는 섀클턴 경이 탐험대 대장이었다. 목표는 남극점에 도달하는 것이었는데 아쉽게도 실패했다.

"그래도 성과가 없지는 않았지. 남극점에서 156킬로미터 떨어진 지점까지 도달했는데 당시에는 최고 기록이었어. 그 탐험에서 석탄도 발견했다네. 식물이 없는 남극에서 석탄을 발견한 거야. 남극이 예전에는 극지가 아니었고 또 다른 대륙이었다는 대륙이동설을 뒷받침하는 강력한 증거였다네."

섀클턴 경은 인류 최초로 남극점에 도달하는 영광을 꿈꿨지만 다들 알다시피 그 영광은 노르웨이의 탐험가 아문센이 차지했다. 절치부심한 경은 1914년 8월 8일에 인듀어런스 호를 타고 생애 마지막이 될 남극 탐험을 떠났다. 목표는 남극 횡단이었다.

"원대한 목표를 품고 떠난 탐험은 그러나 시작하자마자 좌절되었지. 남극에 상륙하기 전에 바다가 얼어붙어서 배가 갇혀버린 거야. 인듀어런스 호는 1915년 1월 20일부터 10월 27일까지 무려 9개월이나 남극해를 표류했다네."

그 상황에서 9개월이나 버틴 걸 보면 인듀어런스 호는 굉장히 튼튼한 배였던 모양이다. 이름값을 했다고나 할까. 그러나 결국 그 튼튼한 인듀어런스 호도 한계를 맞아 부서지기 시작했다. 봄이 오자 얼음이 녹아 배를 짓눌러댄 것이었다. 10월 27일, 섀클턴 경은 결단을 내렸다. 배를 버리기로 한 것이다. 탐험대는 보트와 최소한의 짐만 가지고 배에서 내렸다. 11월 21일에는 배가 완전히 침몰했다.

"어떻게든 육지로 가야 했지. 하지만 그들이 배에서 내린 장소는 거대한 얼음덩어리가 둥둥 떠다니는 남극해였네. 기록에 따르면 하루에 1~2킬로미터밖에 전진하지 못했지."

바다에서 그 정도라도 전진할 수 있었다는 게 이해가 안 될지도 모르겠다. 남극해를 태평양처럼 생각하면 안 된다. 남극해에는 아주 넓은 얼음덩어리가 많이 떠다닌다. 그런 얼음을 부빙(浮氷)이라고 한다. 탐험대는 이 부빙에 캠프를 설치하면서 아주 조금씩 이동했다. 하나마나한 소리지만, 이 상황에서 이미 남극 횡단은 물 건너 간 거였다.

"그들은 남극해에서 무려 반년을 헤매었네. 4월 8일, 캠프가 있던 부빙이 갈라졌네. 탐험대는 보트를 타고 탈출했지. 사방에 얼음덩어리가 깔려 있고 날씨는 험악했네. 거기서 모두 바다에 빠져 죽지 않은 것만 해도 기적이었어. 4월 15일, 탐험대는 갖은 고생 끝에 마침내 육지에 도착했어. 엘리펀트 섬이었지."

그러나 섬은 무인도였다. 그들을 도와줄 사람은 아무도 없었다. 먹을 것도 없었다. 바다표범이나 펭귄을 사냥할 수는 있었지만 그것만으로 버티기에는 한계가 있었다. 더구나 연료는 대체할 수단도 없었다. 얼마나 버틸 수 있을까? 고작 몇 달? 구조선이 오지 않으면 모두 거기서 굶어 죽거나 얼어 죽을 게 분명했다. 물론 구조선이 올 가능성은 없었다. 그들이 거기 있다는 걸 누가 안단 말인가?

“구조선이 오지 않는다면 이쪽에서 부르러 갈 수밖에. 섀클턴 경은 4월 20일에 또다시 결단을 내렸네.”

자기가 직접 사우스조지아 섬에 가서 구조대를 불러오기로 한 것이었다.

세계지도가 있다면 펼쳐보시라. 없다면 인터넷 검색이라도 해보시라. 사우스조지아 섬은 사람이 사는 섬이긴 하지만 남극에서 상당히 멀다. 탐험대가 머물고 있던 엘리펀트 섬에서 무려 천 킬로미터가 넘게 떨어져 있다. 지중해같이 비교적 작은 바다에서도 인간이 만든 배 따위는 너무나 쉽게 침몰하는데 거기는 남극해였다. 좋은 배를 탈 수 있다면 또 모르겠는데, 섀클턴 경이 그때 타고 가기로 한 배는 6미터 길이의 작은 보트였다. 요즘처럼 보트에 엔진이 달려 있는 시대도 아니었다. 경은 노를 젓고 가야만 했다.

지도를 보았다면 사우스조지아 섬보다는 포클랜드 제도가 더 가깝다는 것을 알 수 있을 것이다. 섀클턴 경이 그쪽을 택하지 않은 건 무시무시한 편서풍 때문이었다. 노를 저으면서 편서풍을 뚫고 포클랜드 제도에 가는 것보다 사우스조지아 섬에 가는 게 그나마 쉽다고 판단한 것이다.

“그나마 쉬운 길도 사실은 지옥행이었지. 사우스조지아 섬까지 가려면 드레이크 해협을 통과해야 되는데 거기는 밤낮으로 폭풍이 불고 집채만 한 파도가 몰아치는 곳이었네.”

그러니까 섀클턴 경은 이왕 죽을 거 도전이라도 해보고 죽기로 결심한 것이었다. 그를 따르기로 한 사람이 다섯 명 있었다. 경과 마찬가지로 죽을 각오를 한 사람들이었다.

4월 22일, 섀클턴 경은 엘리펀트 섬을 떠나면서 뒤에 남은 대원들에게 말했다. 한 달 후에도 자기가 돌아오지 않으면 기다리지 말고 탈출하라는 것이었다. 말은 그렇게 했지만 탈출해서 갈 데가 없다는 건 모두가 알고 있었다. 보트를 타고 무작정 바다로 나가는 건 자살행위에 지나지 않았다. 섀클턴 경이 그 자살행위를 할 참이었다. 실패도 이렇게 처참한 실패가 다 있을까.

"그리고 기적이 일어났지."

38

참 뒤늦은 설명인데, 남극은 여행이 제한된 지역이다. 그렇다고 아예 못 가는 건 아니고, 외교부의 허가를 받아야 갈 수 있다. 관광 목적이라면 쉽게 허가 받을 수 있다. 다만 관광객들의 자연 훼손이 문제가 되어서 실제로 여행할 수 있는 지역은 제한되어 있다.

우리는 비행기를 타고 칠레 최남단 푼타아레나스까지 간 다음 거기서 배를 타고 킹조지 섬으로 갔다. 관광객들이 많이 찾는 코스다. 킹조지 섬에서 또 유람선을 타고 남극대륙으로 향했다. 이 유람선은 8박 9일 동안 남극대륙을 도는 배였다. 해안선을 따라 빙

돌다가 항구가 있으면 정박하고 관광객들을 내려주었다. 관광객들은 제 돈 주고 여기까지 온 사람들이었지만 제멋대로 우르르 내릴 권리는 없었다. 한 번에 최대 백 명까지만 하선해서 구경도 하고 사진도 찍은 뒤 다시 배에 오르고, 그다음에 기다리고 있던 사람들이 교대해서 구경하러 가는 식이었다. 일단 남극에 발을 내디디면 어떤 것도 버려서는 안 된다. 관광객들이 남극에 남겨도 되는 건 발자국뿐이라는 말도 있을 정도로 아주 엄격히 지켜야 하는 규칙이니까 혹시 남극 관광을 계획 중인 사람이 있다면 참고하기 바란다.

새클턴 경의 시대와는 달라서 남극 여기저기에 항구가 많았지만 실제로 우리가 정박한 항구는 네 군데뿐이었다. 다른 항구들에 도착했을 때는 날씨가 좋지 않아서 정박할 수가 없었다. 남극해는 아주 사납고 날씨는 하늘이 미쳤나 싶을 정도로 이랬다 저랬다 한다. 남극 관광을 왔다지만 실제로 남극 땅을 밟을 수 있는 시간은 얼마 되지 않았다. 대부분의 시간은 배 위에서 보냈다.

그렇다고 불만이었다는 건 아니다. 갑판에서 바라본 남극도 충분히 아름다웠으니까. 내가 막연히 상상했던 남극은 순백의 세계였다. 직접 본 남극은 순백도 아니고 세계도 아니고 영원이었다.

새하얀 설빙은 인간이 감히 더럽힐 수 없을 것만 같았다. 실제로는 인간이 더럽혀왔고 지금도 더럽히고 있었지만 나는 어쩐지 믿을 수가 없었다. 70억이 넘는 인류가 모조리 몰려와서 남극에 진을 친다고 해도 이 대륙은 깨끗할 것만 같았다. 오히려 인간들이 버티지 못하고 달아날 듯했고, 그래야만 마땅한 것처럼 느껴졌다. 칼바람을 맞으며 바라본 설원은 뜨거워 보였다. 얼어붙은 땅이기 때문에 오히려 뜨거운 곳이었다. 이 세상의 부질없는 모든 것들을 능히 녹일 수 있을 듯했다.

박사는 남극의 풍경이 어떤지 설명해달라고 했다. 기왕이면 작가답게 참신하면서도 마음에 확 와 닿는 표현을 써달라고 했다. 무리한 요구에 나는 한참이나 머리를 싸쥐고 고민한 끝에 겨우 이렇게 말했다.

"박사님. 제가 한강에 오줌을 눈다면 한강이 더러워질까요?"

"자네가 싼 양만큼 더러워지겠지."

"세월이 흘러 제가 죽은 다음에도 한강은 여전히 더러울까요?"

박사는 생각에 잠겼다. 나는 잠시 간격을 두고 말했다.

"이 아름다운 자연환경을 소중히 여겨야겠죠. 쓰레기 하나도 함부로 버리면 안 되겠죠. 조금도 이의가 없습니다. 없는데…… 그런 생각도 드는군요. 인간이 남극을 더럽혀봤자 남극은 코웃음도 치지 않을 거라고. 결국 세월이 흐르면 인간은 모두 죽어서 사라질 테고 남극은 다시 깨끗해질 거라고. 남극은 영원할 것 같습니다."

과학적인 사고방식에 따른 결론이 아니라는 건 나도 안다. 세월이 흐르고 또 흐르면 남극조차도 버티지 못하고 변해버리고 말 테니까. 남극이 처음부터 이런 극지였던 것도 아니니까. 영원한 것은 없다. 아무것도 없다. 모든 것은 언젠가 끝난다. 하지만 나는 남극만은 영원할 수도 있을 것 같은 기분을 느꼈다.

남극대륙과 빙해뿐만 아니라 살아 있는 것들도 많이 보았다. 고래, 바다표범, 그리고 무엇보다도 펭귄.

처음 항구에 정박했을 때 우리 관광객들을 열광케 한 게 바로 남극의 신사 펭귄이었다. 펭귄들이 우리를 보고 뒤뚱뒤뚱 달려온 것이었다. 여자들이 귀엽다며 비명을 지르는 바람에 나는 그 여자들 되게 시끄럽다고 투덜거렸다. 그리고 잠시 후 나도 비명을 지르고 있었다는 사실을 깨달았다.

펭귄들은 사람을 전혀 무서워하지 않았다. 가이드의 설명에 따르면 사람들을 엄격하게 단속하기 때문에 저 펭귄들은 인간에게 해코지를 당한 적이 없다고 했다. 펭귄들은 의외로 호기심이 많다고도 했다. 사람들을 보면 무서워하긴커녕 호기심을 느끼고 달려온다는 것이었다.

펭귄들이 우리를 둘러싸고 이리 기웃, 저리 기웃 하는 게 우리가 놈들을 구경하는 게 아니라 놈들이 우리를 구경하는 것 같았다. 아니, 그런 것 같은 게 아니라 정말로 그랬다. 유난히 자그마한 펭귄 한 마리가 코앞에서 나를 올려다보며 이 아저씨는 누구일까 하듯이 고개를 갸웃하는 바람에 나는 하마터면 규칙도 잊고 펭귄을 만질 뻔했다. 관광객은 절대로 펭귄을 만지면 안 되었다. 먹을 것도 줄 수 없었다. 펭귄을 보호해야 한다는 당위에 동의했지만 그 순간만은 규칙이고 뭐고 그 펭귄을 한 번 껴안을 수만 있다면 수명을 10년 정도는 내놓을 수 있을 것 같았다.

펭귄을 볼 수라도 있는 나는 그나마 행복한 거였다. 박사는 숫제 울부짖었다. 펭귄이 바로 앞에 있는데 볼 수도 없고 만질 수도 없다니! 시각장애인은 볼 수 없는 대신 손으로 더듬어서 형태를 가늠한다. 박사에게 펭귄을 만지지 말라는 건 멀쩡한 사람에게 안대를 한 채 펭귄을 감상하라는 소리였다.

박사는 가이드에게 시각장애인을 배려해줄 수 없겠느냐고 물었다. 가이드는 몹시 상냥한 말투로 당신이 앞을 볼 수 없어 유감이지만 나는 시각장애인보다 펭귄을 더 배려해야 하는 입장이라고 대답했다. 박사는 좌절한 나머지 편법을 쓰려고 했다.

"이봐, 가이드가 우리를 지켜보고 있나?"

"아주 그냥 눈을 부릅뜨고 지켜보고 있는데요."

"자네가 가서 가이드를 때려눕히게. 나는 그 사이에 펭귄을 껴안고 빙글빙글 돈 다음 펭귄의 온몸에 백만 번의 키스를 퍼붓겠네."

"기분은 알겠는데 제발 참으세요."

"가이드를 때려눕히는 게 힘들다면 자네가 홀딱 벗고 춤을 추는 건 어떨까. 그럼 사람들이 자네만 쳐다볼 테니까 그 틈에……."

"참으시라고요."

"천만 원 줄 테니까 나 좀 살려주게!"

내가 돈의 유혹에도 꿈쩍하지 않자 박사는 풀이 죽었다. 어찌나 심하게 풀이 죽었는지 배로 돌아간 후에도 하루 종일 우울증 환자처럼 굴었다. 내가 들으라는 듯이 큰 소리로 중얼거리기도 했다.

"천만 원이나 주겠다는데 그것도 못 해주냐. 저런 놈을 믿고 여기까지 온 내가 바보지."

유쾌한 여행이었지만 그것도 끝을 고할 때가 왔다. 8박 9일의 일정을 마치고 우리는 킹조지 섬으로 돌아갔다.

여행은 끝났고, 이제는 탐험을 할 때였다.

39

사우스조지아 섬으로 향한 섀클턴 경과 다섯 명의 대원들이 겪은 고난을 어떻게 설명할 수 있을까.

우선 이것부터 말하겠다. 폭풍이 불었다. 지치지도 않고 불었다. 당신이 작은 보트를 타고 바다로 나갔는데 폭풍이 분다고 생각해보라. 그것도 16일 동안 하루도 쉬지 않고 불었다고 생각해보라. 어떨 것 같은가? 목숨을 건질 수 있겠는가?

하루는 웬일로 폭풍이 그치고 날이 갰다. 경과 대원들은 푸른 하늘을 보고 환호했고, 잠시 후 그것이 하늘이 아니라 사실은 꿈에서도 본 적이 없는 거대한 파도라는 걸 알고는 경악했다. 하늘로 착각할 만큼 거대한 파도를 상상할 수 없다면 영화 〈인터스텔라〉를 꼭 보기 바란다. 그 영화에도 엄청난 파도가 치는 장면이 있는데 섀클턴 경과 대원들이 겪은 실화를 모티프 삼은 것이라고 한다.

"그렇게 폭풍이 불고 파도가 쳤으니 배 안의 모든 것이 흠뻑 젖은 건 당연한 일이지. 다른 데도 아니고 남극해에서 물건이 젖으면 순식간에 얼음덩어리가 되는 것도 지극히 당연한 일이지. 경과 대원들은 필사적으로 성냥을 지켰고 그 덕에 얼어 죽는 꼴을 면할 수 있었지. 하지만 짐은 많이 버려야 했네. 침낭은 겨우 두 개만 남아서 교대로 자야 했고 심지어 노도 두 개나 버려야 했지. 파도에 배가 흔들릴 때마다 균형을 잡으려고 사투를 벌인 건 말할 것도 없는 일이지. 폭풍우는 밤새도록 몰아치고, 보트는 금방이라도 뒤집힐 것 같고, 불과 여섯 명밖에 안 되는 사람들은 목이 터져라 서로를 부르며 보트 이쪽과 저쪽을 왔다 갔다 하는 광경을 상상해보게. 상식적으로 생각해도 그들이 살아남는 건 말도 안 되는 일이었지."

그 말도 안 되는 일이 일어났다. 5월 10일, 그들은 단 한 명의 사망자도 없이 사우스조지아 섬에 도착했다. 기적이라는 표현을 이럴 때 쓰지 않으면 언제 쓴단 말인가. 기적이 일어난 것이었다. 아니, 그들이 기적을 일으킨 것이었다.

그러나 고난은 끝나지 않았다.

40

우리는 킹조지 섬으로 돌아와 보트를 한 척 구입했다. 섀클턴 경보다 한참 늦게 태어난 덕분에 모터 엔진이 달린 쌩쌩한 보트를 구할 수 있었다. 그리고 호텔에 보관해두었던 짐과 임대한 창고에서 잠자고 있던 스노모빌을 보트로 옮겼다. 창고는 케이트가 빌려놓은 것이었다. 스노모빌도 그녀가 구입해서 창고로 배달되도록 처리해두었다.

짐을 모두 옮긴 뒤 우리는 보트 안에 몸을 숨기고 밤이 올 때까지 기다렸다.

생각해보면 좋은 보트를 그렇게 쉽게 구입할 수 있었던 것도, 그 보트를 타고 남극대륙에 도착할 때까지 남들 눈에 발각되지 않은 것도, 유빙과 충돌해 조난 당하지 않은 것도 섀클턴 경이 보우한 덕이었다. 말도 안 되는 일이라고? 따지기 좋아하는 사람들에게는 미안한 일이지만 우리는 처음부터 말이 안 되는 존재에게 이끌려 말이 안 되는 짓을 저지르고 있었다.

솔직히 말하면 나는 떠나기 전 단단히 겁을 먹은 상태였다. 항구를 벗어나기도 전에 해안경비대에 걸릴 거라고 생각하고 있었다. 박사는 내게 이렇게 말해주었다.

"이 세상은 정합성이 지배하는 곳이야. 쉽게 설명하자면 말이 되는 일만 일어나는 세상이라는 것이지. 사람이 죽을 수는 있어도 죽은 사람이 되살아날 수는 없어. 근데 그게 뭐 어쨌단 말인가. 도대체 뭐가 어쨌단 말이야. 말이 되는 일만 일어나는 세상이기 때문에 말도 안 되는 일이 일어날 수도 있는 거야. 섀클턴 경이 내 앞에 나타난 것처럼. 사람들이 이 세상은 말이 되는 일만 일어날 수 있는 세상이라고 한다면 우리는 아니라고 하세. 왜냐하면 사람들이 모두 이 세상은 말이 되는 일만 일어날 수 있는 곳이라고 하면 누군가는 아니라고 해야 하기 때문이네."

박사의 말을 듣자 용기가 생겼다. 엔진은 꺼둔 채 노를 저어서 킹조지 섬의 항구를 벗어났을 때는 더 이상 아무것도 두렵지 않았다.

항구에 정박할 수는 없기 때문에 우리는 배를 댈 만한 장소를 찾아야 했다. 유람선을 타고 돌아다닐 때 눈여겨 봐둔 곳이 있었다. GPS로 좌표도 미리 확인해두었다. 일단 엔진의 시동을 걸자 보트를 그 장소까지 몰고 가는 일은 자동항법장치 덕에 어렵지 않았다. 보트를 모는 것도 영국에서 많이 연습해봐서 쉽게 할 수 있었다. 파도가 심하게 쳤다면 내 솜씨로는 도저히 버티지 못하고 보트가 뒤집혔겠지만 바람은 잠잠하고 바다도 조용했다. 남극해가 그렇게 얌전하다니 놀라운 일이었다.

낮에는 보트를 멈추고 잠을 잤고 밤에만 이동했다. 킹조지 섬을 출발하고 닷새 만에 남극대륙에 도착했다. 배를 육지에 대는 건 쉬운 일이 아니었지만 그것도 어떻게든 해냈다.

마침내 남극대륙에 우리 단 둘이 발을 내디뎠을 때는 12월 22일 오전 여섯시 십사분이었다. 우리는 우선 젖은 옷부터 갈아입고 방한복도 한 벌 더 껴입었다. 그동안 추위에 웬만큼 익숙해진 줄 알았는데 단 둘이 남극에 발을 딛고 서 있자니 뼈가 쪼개지는 기분이었다. 남극은 이때가 여름인데도 그랬다. 겨울에 왔다면 그 자리에서 얼음 조각이 되었을지도 모르겠다. 기온은 영하 35도였다.

우리가 상륙한 곳은 파머 반도였다. 섀클턴 경이 처음에 목표로 했던 바셀 만(灣)보다 서쪽으로 치우친 지역이었다. 여기서 출발해 남극점을 통과한 다음 남극대륙을 횡단하는 게 우리의 목표였다.

섀클턴 경에게는 많은 대원들이 있었지만 우리는 그저 서로를 의지할 뿐이었다. 섀클턴 경에게는 썰매 여러 대와 썰매 끄는 개들과 많은 장비가 있었지만 우리는 썰매나 썰매개 대신 스노모빌이 달랑 두 대 있었고 장비라고는 휴대용 GPS와 배낭, 그리고 배낭 안에 든 잡다한 것들뿐이었다. 우리는 거의 맨몸이나 다름없는 상태로 남극을 횡단할 작정이었다.

말도 안 되는 짓이었다. 그래서 우리는 하기로 했다.

오전 일곱시에 탐험을 시작했다. 남극점을 향해 일단 남동쪽으로 떠났다. 내가 스노모빌 앞자리에 앉아 운전을 하고 박사는 뒤에 탔다. 나머지 한 대의 스노모빌은 비상용으로, 내가 운전하는 스노모빌 뒤에 밧줄로 묶어서 끌고 다녔다. 텐트와 식량을 비롯한 대부분의 짐은 뒤쪽 스노모빌에 실었다.

나는 체력이라면 자신이 있었다. 어릴 때부터 운동을 해왔으니까. 술은 거의 안 마시고 담배는 아예 안 피웠으니까. 서른이 넘었지만 웬만한 20대보다 훨씬 더 체력이 좋다고 자부했다.

남극에서 세 시간을 달리고서 나는 체력에 대한 자신감을 송두리째 잃고 말았다. 숨만 쉬어도 허파에 고드름이 달릴 지경인 추위 속에서 달리는 건 예상보다 훨씬 힘겨운 중노동이었다. 내 다리로 달리는 것도 아니고 스노모빌을 타고 있는데도 힘들었다. 젊고 튼튼한 내가 그랬으니 박사는 어땠겠는가. 그는 세 시간 만에 녹초가 되었다.

"조금만 쉬었다 가지."

"그럼 쉬는 김에 식사나 하죠."

무게와 부피를 줄여야 했기 때문에 우리가 챙겨온 식량은 모두 비스킷을 비롯한 건조식량이었다. 맛은 없지만 열량은 높았다. 박사는 영국인답게 홍차를 챙겨왔다. 물을 끓여서 홍차를 마시자 몸이 조금 풀렸다.

식사를 마치고 다시 출발했다. 날은 화창했고 길은 평탄했다. 시간이 지나자 날은 여전히 화창했는데 길은 점점 가팔라졌다. 엄청 긴 오르막길이었다. 다 올라가는 데 무려 두 시간이 걸렸다. 틈틈이 휴식을 취하며 올라간 걸 감안해도 오래 걸렸다.

오르막길은 곧 내리막길이다. 다 올라가자 우리는 내려가야 했다. 뒤에 커다랗고 무거운 스노모빌을 매단 채 내려갈 수는 없었다. 나는 혼자서 스노모빌을 타고 내려간 다음 다시 올라와서 당신을 데려가겠다고 박사에게 말했다. 박사는 안 된다고 했다. 내가 올라오다가 지쳐서 뻗을 게 틀림없다는 것이었다.

"그렇다고 박사님이 스노모빌을 운전할 수도 없잖아요."

"안 되나?"

"예?"

"그게 말이 안 되는 짓이냐고."

박사는 야릇한 웃음을 머금었다. 나는 그 얼굴을 멍하니 보다가 발작하듯이 웃음을 터트렸다.

내가 짐을 실은 스노모빌을 타고 박사는 다른 스노모빌을 타기로 했다. 우리는 셋까지 센 다음 동시에 출발했다. 경사가 꽤 가팔라서 우리 둘 다 조심해야 했다. 처음에는 조심했지만 조금 내려오자 흥분되기 시작했다. 바꿔 말하자면 머리가 맛이 가기 시작했다. 나는 웃었고 박사도 웃었다. 우리는 미리 짠 것처럼 동시에 속도를 높였다.

장소는 막막한 설원이었다. 사람은커녕 펭귄 한 마리 안 보였다. 하늘은 푸르렀고 공기는 죽을 것처럼 차가웠지만 오히려 그래서 숨을 쉴 때마다 살아 있다는 실감이 났다. 우리는 단 둘이었다. 우리를 봐줄 사람도 없었고 말릴 사람도 없었다. 우리는 질주했다. 미친 것처럼 질주했다.

"이야아아아아호오오오!"

박사와 나는 한목소리로 외쳤다. 내리막길을 다 내려왔을 때는 속도가 하도 빨라서 멈추기 어려울 정도였다. 수백 미터나 더 미끄러져 간 다음에야 간신히 멈출 수 있었다. 내가 박사에게 다가갔을 때 그는 스노모빌 위에 벌렁 드러누워 하늘을 향해 큰 소리로 웃고 있었다.

"내가 질주를 했어. 이런 젠장. 앞도 못 보는 내가 질주를 했다고!"

박사는 어린애처럼 내 어깨를 두들겨대며 계속 웃었다. 나도 눈물이 쏙 빠지도록 웃었다.

오후 일곱시에 우리는 그만 쉬기로 하고 텐트를 쳤다. 해가 질 무렵이었지만 백야 때문에 온 세상이 환했다. 불을 피워서 식사를 한 다음 침낭 속으로 들어갔다. 주위가 밝아서 잠을 자려면 안대를 해야 했다.

“참 즐거운 첫날이었지?”

“즐거워 죽을 지경이었죠.”

농담이 아니라 그날이 탐험을 시작하고 가장 즐겁고 편안한 날이었다. 그후로 다시는 그런 날이 없었다.

다음 날에도 박사가 스노모빌을 운전하겠다고 할까 봐 걱정이었는데 다행히 그는 만족을 아는 사람이었다. 그는 얌전히 내 뒤에 탔다. 전날과 달리 종일 날이 흐렸고 기온도 영하 38도까지 떨어졌다. 그다음 날에는 눈이 내렸고 바람이 세게 불었다. 기온은 영하 37도였다. 그날 우리는 겨우 40킬로미터쯤 전진하고 텐트를 쳤다.

탐험 4일째는 12월 25일, 그러니까 크리스마스였다. 박사는 내 평생 이렇게 추운 크리스마스는 처음이라고 했다. 나는 한여름의 크리스마스가 춥다니 이상한 일이라고 농담 아닌 농담을 했다가 지팡이로 맞을 뻔했다. 그날은 하루 종일 눈보라가 몰아쳐 우리는 텐트 밖으로 나가지 않았다.

이튿날은 날이 갰다. 그날 우리는 처음으로 난관다운 난관에 부닥쳤다. 폭설 때문에 땅바닥이 안 보였던 게 문제였다. 땅바닥이 아니라 사실은 얼음 바닥이었지만 어쨌든 바닥에 얼음덩어리가 바위처럼 불룩 튀어나와 있었다. 그걸 알았을 때는 이미 우리가 탄 스노모빌이 공중으로 점프한 다음이었다.

우리는 맨몸으로 하늘을 난다는, 많은 사람들이 꿈꾸었지만 막상 해보니까 별로 유쾌하지 않은 경험을 잠깐 하고는 땅바닥에 곤두박질쳤다. 눈이 워낙 두껍게 깔려 있어서 다치지는 않았다. 내가 운전한 스노모빌은 비상용 스노모빌 바로 옆에 처박혀 박살이 나고 말았다.

다행히 비상용 스노모빌은 무사했다. 그놈은 짐을 많이 실어서 무거웠기 때문에 점프를 할 수가 없었다. 우리가 타고 있던 스노모빌이 그놈 옆에 떨어진 것도 그놈이 무게추가 되었기 때문이었다. 재수 없었으면 두 스노모빌이 충돌해서 둘 다 박살날 수도 있었는데 그런 일이 일어나지 않은 건 역시 섀클턴 경이 도왔기 때문일까. 아무튼 넘어져 있는 비상용 스노모빌을 일으켜 세운 다음 시동을 걸어보니 쌩쌩했다.

우리 둘이 타려면 짐을 줄여야 했다. 그동안 식량을 꽤 먹어치웠지만 아직도 짐이 많았다. 그렇다고 식량이나 연료를 버릴 수는 없었다. 비상용 텐트나 침낭, 방한복도 버리면 안 되는 품목이었다. 머리 나쁜 내가 이 사태는 참으로 심각하옵니다, 하고 우는 소리를 하자 나와 달리 머리가 좋은 박사는 대수롭지 않다는 투로 말했다.

"부서진 스노모빌을 짐수레처럼 쓸 수 있지 않을까?"

부서진 놈을 살펴보니 앞부분이 심각하게 파손됐고 스키도 찌그러졌지만 좌석과 짐칸은 멀쩡했다. 유동바퀴도 잘 돌아갔다. 나는 공구를 꺼내서 떼어낼 수 있는 부분은 다 떼어내고 스키도 마구 두들겨서 최대한 곧게 폈다. 그리고 짐을 모두 그쪽에 싣고 밧줄을 연결했다. 작업을 마쳤을 때는 벌써 저녁이라 그만 쉬기로 했다. 자려고 누우니까 온몸이 욱신거렸다. 어디 부러진 데는 없지만 멍은 단단히 든 모양이었다. 박사도 앓는 소리를 내다가 한참 후에야 겨우 잠들었다.

다음 날 아침 우리는 다시 출발했다. 이제부터는 속도를 줄이고 천천히 가기로 했다.

그 이후 며칠은 별 일이 없었다. 하루는 웬 베이스캠프를 지나쳤다. 캠프에 나부끼는 깃발을 보니 뉴질랜드 국기였다. 그 나라 과학자들이 연구 목적으로 나온 모양이었다. 우리는 그때 이미 내륙으로 꽤 전진한 상태라 사람을 만날 거라고는 미처 생각하지 못했다. 남극에는 세계 각국의 연구 기지가 많은데 그게 무슨 소리냐고 하는 사람들이 있을 것 같다. 연구 기지는 대부분 남극권의 섬이나 반도에 있다. 우리나라의 세종기지도 킹조지 섬에 있다. 남극 내륙에도 기지가 없지는 않지만 드물다. 남극대륙은 또 광활하다. 일부러 사람들 눈에 띄려고 갖은 수를 써도 눈에 띄기 어려운 환경이었다. 그런 환경에서 갑자기 사람들과 마주쳤으니 얼마나 놀랐겠는가.

숨으려고 해도 숨을 데가 없었다. 주위는 설원이었다. 박사는 긴장하지 말고 태연히 행동하라고 했다. 캠프 밖에 나와 있던 외국인들이 우리를 보더니 손을 흔들었다. 나도 손을 흔들어주었다. 아마 그들은 우리가 다른 나라의 캠프에서 나온 사람들이라고 생각하지 않았을까. 우리는 잘 살펴보면 이상한 점이 한두 가지가 아니었고, 실제로 이상하게 여긴 사람도 있었겠지만, 우리가 설마 단 둘이 남극 횡단 탐험을 하는 정신병자들이라고 생각한 사람은 없었으리라.

12월 31일. 2015년의 마지막 날 우리는 다시 한 번 난관에 부닥쳤다. 이번에는 정말 심각한 난관이었다. 스노모빌이 픽, 픽 방귀 뀌는 듯한 소리를 내더니 멈춰버린 것이었다. 나는 영국에서 스노모빌 운전을 연습하며 기본적인 정비 기술도 배워두어서 천만다행이라고 생각하며 자신만만하게 공구를 꺼냈다. 두 시간 동안 진땀을 흘린 끝에 다시 시동을 걸 수 있었지만 2분도 안 되어서 그놈은 다시 사망하고 말았다. 두 시간의 고생이 2분 만에 물거품이 되자 나는 광분할 뻔했다. 간신히 평정심을 유지하며 다시 스노모빌을 뜯어보았지만 뭐가 문제인지 알 수가 없었다.

그놈의 스노모빌 때문에 우리는 나흘이나 허비했다. 나흘 동안 그 자리에서 꼼짝도 못 하고 스노모빌만 뜯었다가 다시 조립했다가를 되풀이한 것이었다. 그렇게 애썼는데도 스노모빌은 부활해주지 않았다. 나는 그래도 미련을 버리지 못했지만 섀클턴 박사가 결단을 내렸다.

"할 수 없네. 스노모빌은 포기하자고."

"그럼 스키 타고 가자고요? 스키는 비상용입니다."

"지금이 비상 상황이지 않은가. 그리고 이걸 생각해봐. 단 둘이 스키 타고 남극을 횡단했다고 하면 사람들이 뭐라고 할까?"

"헛소리 한다고 하겠죠."

"바로 그거야."

곰곰이 생각해보니 정말 '바로 그거'였다. 나는 이제 무용지물이 된 스노모빌을 발로 뻥 차고는 그놈과 연을 끊었다.

이제야말로 짐을 줄여야 할 때였다. 우리는 식량을 제외한 잡다한 물건들을 조금씩 버렸다. 그래도 커다란 배낭이 네 개나 되었다. 두 개는 우리가 하나씩 등에 메고 나머지 두 개는 내가 밧줄로 묶어서 질질 끌면서 갔다. 내가 앞장서고 박사가 뒤따랐다.

그날은 2016년 1월 3일이었다. 우리가 본격적으로 말도 안 되는 짓을 시작한 날이었다. 남극의 무서움을 비로소 실감한 날이기도 했다. 그날 우리는 겨우 두 시간 전진하고 주저앉았다. 한 시간을 쉰 다음 다시 한 시간을 나아갔다. 그다음에는 두 시간을 쉬고 삼십 분을 움직였다. 다음에는 전진이고 뭐고 포기하고 텐트를 쳤다. 겨우 오후 세시였지만 도저히 더는 움직일 수가 없었다.

나는 침통하게 말했다.

"하늘에서 스노모빌이 뚝 떨어지면 얼마나 좋을까요."

"썰매와 썰매개가 뚝 떨어져도 좋겠군. 아니면 북극곰이든지."

"뜬금없이 무슨 곰 타령이에요?"

"노르웨이의 탐험가 아문센이 남극점을 정복하러 떠나기 전에 그런 아이디어를 떠올렸거든. 북극곰을 길들여서 썰매를 끌게 한다는. 곰은 워낙 힘이 세니까 개보다 더 도움이 될 거라고 생각했던 모양이야."

"생각만 했다는 거겠죠? 설마 실행한 건 아니겠죠?"

"그럴 리가. 아문센은 바보가 아니었네. 말도 안 되는 아이디어라는 걸 금방 깨닫고 포기했지. 그러니까 남극점 정복에 성공할 수 있었던 거지."

다음 날 나는 혹시나 싶어서 일어나자마자 하늘을 올려다보았다. 하늘은 나를 분통 터져 죽게 할 작정이었는지 눈을 펑펑 쏟아냈다. 그날 우리는 한 걸음도 전진할 수 없었다.

이튿날 눈은 그쳤지만 우리는 쉬기로 했다. 스노모빌도 없는데 무리할 수는 없었다. 체력을 아껴야 했다. 1월 3일에 우리가 너무나 쉽게 지친 것도 그동안 체력이 떨어진 탓이었다. 우리는 일주일이나 텐트 안에서 꼼짝도 하지 않았다. 체력도 체력이지만 솔직히 말하면 슬슬 겁이 났다.

추웠다. 텐트에 방한복에 침낭도 있었고 무엇보다도 배터리 달린 전기스토브가 있었지만 그래도 추웠다. 최저기온이 영하 43도까지 떨어졌다. 내륙으로 갈수록 더 추워진다는 건 이미 알고 있었지만 겪어보니 이건 사람이 견딜 수 있는 추위가 아니었다. 용변 보러 잠깐만 밖에 나갔다 와도 머리카락이며 눈썹에 얼음이 맺혔다. 손발이 시려서 이러다 가죽이 벗겨지겠다 싶을 정도로 손발을 비비고는 했다. 백 년 전의 탐험가들은 도대체 어떻게 남극을 탐험한 건지 알 수가 없었다. 그 시절 사람들은 다 슈퍼맨이었던 걸까.

백야도 괴로웠다. 잘 때 안대를 한다고 괴롭지 않은 건 아니었다. 정오에도 환하고 자정에도 환하다는 건 상상했던 것 이상으로 끔찍한 일이었다. 밤과 어둠이 그토록 그리울 수가 없었다. 시간이 지나면 익숙해지려니 했는데 익숙해지기는커녕 정신이 피폐해졌다. 엄살 부리는 게 아니다. 해를 보면 그게 꼭 신의 손전등 같았다. 우리는 죄를 짓고 이 극지로 도망친 자들이었고, 신은 그런 우리를 찾아내서 영원히 꺼지지 않을 전등을 들이댄 것이었다.

하긴 우리는 죄인이었다. 말이 되는 일만 일어나는 세상에서 말도 안 되는 일을 저지른 죄인이었다. 바른 소리만 해야 되는 세상에서 헛소리를 하는 죄인이었다. 신은 우리를 용서하지 않을 것 같았다. 온 세상이 우리를 단죄할 것 같았다.

책을 몇 권 가져왔지만 별로 위안은 되지 않았다. 박사가 화투도 챙겨왔지만 화투 칠 기분이 들지 않았다. 우리는 서로의 존재를 위안 삼아야 했지만 그마저도 마음대로 되지 않았다. 우리는 점점 더 신경이 날카로워졌다. 첫날 스노모빌을 타고 질주하면서 배꼽 빠지게 웃었던 경험은 이제 가물가물했다. 우리는 어깨를 부딪쳤다는 사소한 일로 서로에게 신경질을 부렸다. 본격적인 싸움이 벌어지지 않은 건 우리가 아슬아슬하게 인내심을 유지했기 때문이다. 우리는 아직 목표 의식은 잃지 않았다. 남극 횡단. 우리는 반드시 해내야만 했다.

일주일 만에 휴식을 마치고 1월 11일, 우리는 다시 전진했다. 그동안 체력을 비축했다지만 혹한 속에서 걷는 건, 그것도 무릎까지 쌓인 눈밭을 헤치며 걷는 건 너무나 힘겨웠다. 그날 우리는 다 합쳐서 여섯 시간을 간신히 걸었다. 걸어온 거리가 얼마인지는 계산해볼 가치도 없었다.

1월 12일, 우리는 네 시간 남짓 걸었다. 짐이 너무 무거웠다. 그동안 식량을 많이 먹어치웠지만 여전히 무거웠다. 어처구니없게도 나는 나 혼자 짐을 끌어야 한다는 사실에 화가 났다. 냉정히 따져보면 박사는 배낭 하나를 메고 있는 것으로 제 역할을 충분히 하는 것이었고 그 이상 무리해서는 안 되었다. 눈도 안 보이는 노인을 고생시키면 안 된다는 도덕적인 이유 때문이 아니었다. 박사가 무리했다가 쓰러지기라도 하면 우리 둘 다 끝장난다는 현실적인 이유 때문이었다. 그걸 잘 알면서도 나는 화가 났다. 최소한의 이성은 남아 있어서 박사에게 화를 내지는 않았지만 박사는 예민한 사람이었다. 그는 하루 종일 아무 말도 하지 않았다. 나를 자극하지 않으려는 게 분명했다.

1월 13일. 우리는 남은 식량을 계산해보았다. 아껴 먹으면 넉 달은 버틸 수 있는 정도였다. 넉 달 후에 어떻게 될지는 생각하지 않기로 했다.

1월 14일. 박사가 넘어져서 발목을 삐었다. 심하게 다친 건 아니었지만 며칠은 걷지 않는 게 좋을 터였다. 나는 왜 그렇게 조심성이 없냐고 짜증을 부리다가 뒤늦게 왼발 발가락 몇 개에 감각이 없다는 걸 깨달았다. 동상이었다. 양말이 젖어 있었다. 항상 양말이 젖지 않도록 우리 둘 다 조심하고 또 조심했는데 언제 젖었는지 알 수가 없었다. 박사는 조심성이 없는 게 누구인지 모르겠다며 비아냥거렸다. 불행 중 다행으로 심한 동상은 아니었다. 조직이 괴사하지는 않고 발가락에 물집이 몇 개 생긴 정도였다. 텐트 안에서 물을 데우고 발을 담갔다. 한동안 그러고 있자 억 소리 나는 통증이 밀려왔다. 가벼운 동상도 이렇게 아프다는 건 처음 알았다. 발가락에 동상 연고를 발랐다. 물집은 터트리지 않고 가만두었다. 그날 나는 밤새 앓았다. 섀클턴 박사는 비아냥대서 미안하다며 내 어깨를 토닥여주었다. 나도 짜증 내서 미안하다고 사과했다. 어색한 화해 끝에 우리는 웃었지만 그다지 즐겁지는 않았다.

며칠 몸을 추스르다가 1월 19일에 다시 길을 떠났다.

20일. 크레바스를 만났다. 영화에서나 보던 깊고 거대한 크레바스였다. 우리는 빙 돌아갔다. 다 돌아가는 데 꼬박 하루가 걸렸다.

21일. 아침부터 폭설이 쏟아졌다. 우리는 이참에 쉬자며 텐트에서 나오지 않았다. 한참 후에야 사태가 심각하다는 걸 깨달았다. 눈은 전에 없던 기세로 쏟아지고 있었다. 온 세상을 덮어버릴 것만 같았다. 이대로 가만있다가는 텐트가 우리의 관이 될 판이었다.

황급히 짐을 챙겨서 텐트 밖으로 나왔다. 눈이 벌써 1미터쯤 쌓여 있었다. 텐트 밖으로 나올 때도 삽으로 눈을 퍼내야만 했다. 텐트를 접는 건 불가능했다. 비상용 텐트를 믿기로 하고 우리는 전진했다. 전진이 아니라 사실은 후진인지도 몰랐지만 아무래도 좋았다. 극심한 눈보라 때문에 방향을 알 수 없었고 알 필요도 없었다. 눈에 깔려 죽는 것만은 피하려고 필사적으로 움직였다.

우리는 눈이 곧 그칠 거라고 믿었다. 아무런 근거도 없는 믿음이었지만 어쨌든 믿었다. 눈은 그치지 않았다. 눈이 그치기 전에 우리의 심장박동이 그칠 것 같았다. 눈밭을 헤치며 나아가는 게 너무 힘겨웠다. 그 와중에 우리는 서로의 이름을 외쳐야 했다. 1미터 앞도 안 보일 지경이라 자칫했다가는 각자 엉뚱한 방향으로 갈 수도 있었다. 단 몇 미터만 멀어져도 끝장이었다. 우리는 목청이 터지도록 서로를 부르고 내가 여기 있다고 소리쳤다. 섀클턴 경과 그 대원들이 바다에 빠져 죽지 않으려고 사투를 벌인 것처럼 우리는 눈에 빠져 죽지 않으려고 사투를 벌였다.

눈밭은 점점 높아졌다. 이제는 밭이라는 수수한 표현으로는 부족했다. 그것은 늪이었다. 우리는 눈으로 된 늪에 목까지 빠져 있었다. 걷는다기보다는 숫제 헤엄을 쳐야 했다. 온몸을 허우적거리며 간신히 한 발짝씩 나아갔다. 열 발짝 걷는 데 한 시간은 걸린 기분이었다. 실제로 얼마나 걸렸는지는 알 수 없었다. 위치도 알 수 없었다. 시계도 GPS도 살펴볼 틈이 없었다.

박사의 목소리가 먼저 잦아들었다. 내가 아무리 불러도 그는 더 이상 대답하지 않았다. 나도 더는 소리칠 기운이 없었다. 나는 그때까지도 짐을 끌고 있었는데 짐을 포기할 수가 없어서가 아니라 허리에 묶은 밧줄을 풀 여유가 없어서였다. 늪은 우리를 완전히 삼키기 직전이었다. 턱까지 눈이 닿았다. 얼마 후에는 입안으로 눈이 쏟아져 들어왔다. 눈 속에서 익사할 지경이었다.

그만 포기하고 싶었다. 지금 여기도 내가 있을 곳은 아니었다. 내가 찾아야 하는 한마디는 처음부터 존재하지 않았다. 다 포기하고 드러눕고 싶었다. 고통은 길지 않을 것 같았다. 눈에 질식하거나 혹은 동사하거나 하여튼 잠깐이면 될 것 같았다. 잠깐만 참으면 영원한 안식이 찾아올 텐데 왜 이렇게 억지를 부려야 하는가.

그렇다. 그것은 억지였다. 살고자 하는 억지였다. 죽을 게 분명한데도 살 수 있다며 부리는 억지였다. 언젠가 모든 것이 끝날 게 자명한데도 지금은 살아야 한다며 부리는 억지였다. 나는 움직였다. 아니, 내 몸이 저절로 움직였다. 내 몸이 억지를 부렸다.

어느 순간 늪이 낮아졌다. 늪 위로 머리가 온전히 드러났다. 숨쉬기 한결 편했다. 잠시 후에는 목까지 나왔다. 나는 주위를 두리번거렸다. 놀랍게도 박사가 바로 옆에서 걷고 있었다. 우리는 눈이 마주쳤다. 대화를 나눌 기운은 없었고 그럴 필요도 없었다. 우리는 움직였다. 아직도 움직일 수 있다는 게 믿기지 않았다. 더 이상 고통스럽거나 힘겹지는 않았다. 그냥 머리가 멍했다. 돌이켜보면 그때 우리는 반쯤 의식을 잃었던 게 아닌가 싶다. 정신은 이미 포기했는데 몸이 포기를 못 해서 제멋대로 움직이고 있었다.

정신이 돌아오기까지 얼마나 걸렸는지 모르겠다. 아무튼 정신을 차리고 보니 우리는 언덕을 오르고 있었다. 눈은 이제 눈밭이라는 수수한 표현이 그럭저럭 어울릴 정도의 두께로 깔려 있었다. 더는 올라갈 수가 없었다. 몸도 더 이상은 억지를 부리지 못했다.

지형이 불안정하기도 했지만 그게 아니더라도 텐트를 칠 기운이 없었다. 우리는 짐에서 간신히 스토브만 꺼내서 켠 다음 모여 앉았다. 박사가 온몸을 덜덜 떨면서 말했다.

"눈사태…… 사태가 난 거야. 우리가 언덕을 오르기 전에 언덕에 쌓여 있던 눈이 쓸려 내려갔고…… 방향을 못 잡고 이리저리 헤매던 우리는 눈사태가 난 다음에 우연히 언덕 쪽으로 방향을 잡고 무작정 전진……. 기적이야."

"그만 말하세요. 대답할 기운도 없다고요."

눈발이 약해지기 시작했다. 우리는 몇 시간쯤 쉬다가 다시 올라갔다. 조금 올라가고 쉬고, 조금 올라가고 쉬고, 그렇게 반복하다가 평지를 만났다. 눈은 여전히 내렸지만 더 이상 폭설은 아니었다. 무슨 정신으로 텐트를 쳤는지 기억도 안 난다. 하여튼 우리는 텐트를 치고 침낭 속으로 기어 들어간 다음 곯아떨어졌다. 아니, 기절했다고 하는 편이 정확하겠다. 그 순간만은 자다가 눈더미에 깔려 죽는다고 해도 어쩔 수 없다고 생각했다.

끔찍한 통증에 잠이 깼다. 눈을 뜨고 보니 박사도 신음을 흘리고 있었다. 우리는 침낭에서 나와 손발을 살펴보았다. 나는 오른손과 두 발에, 박사는 왼손과 두 발에 동상을 입은 상태였다. 물집이 잡히고 빨갛게 부어 있었다. 욕 나오게 아팠다. 물을 데워서 손발을 녹이고 연고를 발랐다. 응급처치만 겨우 마치고 다시 침낭에 들어가 기절했다.

겨우 정신을 차렸을 때는 23일이었다. 눈이 그쳤고 하늘은 파랗게 개어 있었지만 우리는 전진할 수 없었다. 감당할 수 없는 피로와 동상의 통증, 그리고 그것들 때문에 미처 의식하지 못했던 근육통까지 밀려왔다. 우리에게 남은 기운은 식사하고 용변 보는 데 다 쓰고 말았다.

그후 1월이 다 갈 때까지 우리는 그 자리에서 꼼짝도 하지 않았다. 시간이 지나면서 몸은 조금씩 회복되었지만 정신은 회복되지 않았다. 텐트 밖으로 나가는 게 너무 무서웠다. 지금 여기가 우리가 있을 곳이 맞는지도 의심스러웠다.

하루는 내가 박사에게 물었다.

"섀클턴 경이 아직 보이시나요? 보이면 물어보세요. 우리가 앞으로 어떻게 해야 되는지."

박사는 침울한 표정으로 고개를 저었다.

"안 보여."

"그럼 불러보세요."

"불러봤어. 몇 번이나 불러봤어. 하지만 대답이 없군."

나도 모르게 버럭 소리를 질렀다.

"말해보세요. 정말로 섀클턴 경을 보았나요? 그 양반을 두 눈으로 보았냐고요!"

박사도 언성을 높였다.

"나를 믿지 못하겠다는 건가!"

"말도 안 되는 일이잖아요. 죽은 사람이 어떻게 나타난다는 거예요. 유령입니까? 젠장. 유령이라고 치죠. 유령이 왜 박사님에게 나타난 거죠? 왜 하필 박사님이죠? 이름이 같아서? 겨우 그런 이유로?"

"말이 되는 일만 일어나는 세상이니까 말도 안 되는 일이 일어날 수 있는 거야. 우리는 믿어야 해."

"박사님은 믿어요? 아직도요? 진심으로?"

"믿어. 믿는다고. 섀클턴 경이 우리를 인도했어. 다시 나타날 거야. 틀림없이 그럴 거야. 우리는 남극을 횡단해야 해. 해야만 한다고."

그러나 박사도 진심으로 믿는 것 같지는 않았다. 진심이었다면 그렇게 괴로운 표정을 지었을 리가 없다.

이제 희망은 다른 탐험대가 우리를 발견해주는 것뿐이었다. 요즘 세상에도 남극을 탐험하는 사람들이 간혹 있다. 우리처럼 막무가내로 떠나온 사람들이 아니라 극지에서 버틸 수 있도록 훈련을 받고 장비도 든든히 챙긴 진짜 탐험가들 말이다. 처음부터 그런 탐험대와 동행했어야 했다고 뒤늦은 후회도 했다. 노령의 시각장애인과, 몸은 건강하지만 탐험 경험은 전혀 없는 나를 동료로 받아줄 탐험대는 온 세상을 샅샅이 뒤져봐도 찾을 수 없었겠지만.

때때로 텐트 밖에 나가 쌍안경으로 주위를 살폈다. 일부러 불을 요란하게 피워서 연기가 보이게 하기도 했다. 그렇게 애를 썼지만 탐험대는 나타나지 않았다. 탐험대는커녕 개미 새끼 한 마리 찾아볼 수 없었다.

나는 죽는 일만 남았다고 생각했다. 말이 되는 일만 일어나는 세상에서 말도 안 되는 짓을 저지른 대가였다. 바른 소리만 해야 되는 세상에서 헛소리를 지껄인 대가였다. 정당한 대가라고도 생각했다.

하지만 내 마음 한구석에는 오기도 남아 있었다. 나는 그딴 게 무슨 정당한 대가냐고 생각했다. 말도 안 되는 짓을 저질러서 죽어야 한다면 기꺼이 죽겠다고 다짐했다. 헛소리를 지껄인 대가로 죽어야 한다면 기꺼이 죽겠다고 다짐했다. 죽음을 피하지는 않겠지만 나는 끝까지 말도 안 되는 짓을 저지르고 헛소리를 지껄이겠다고 다짐했다.

정합성이 지배하는 세계 따위는 엿이나 먹어라! 바른 말, 옳은 말만 해야 한다고? 똥이나 처먹어라! 나는 이렇게 살다가 이렇게 죽겠다.

한 가지 아쉽고도 안타까운 건 혜진에게 아무 말도 전해줄 수 없다는 거였다. 그녀가 지금 이 순간에도 담배를 뻑뻑 빨고 있을 거라고 생각하면 죽을 수 없다는 기분이 들었다. 그녀에게 뭔가 말해줘야 했다. 한마디라도. 단 한마디라도.

그러나 전진할 수가 없었다. 도대체 어떻게 나아가야 한단 말인가. 섀클턴 경도 사라졌는데 도대체 어떻게.

우리는 진지하게 논의했다. 이제 어떻게 할 것인가. 다 포기하고 여기서 가장 가까운 연구 기지를 찾아가 볼까. 지도가 있고 GPS도 있으니 기지를 찾아갈 수는 있었다. 쉬운 일은 아니겠지만 한 번 해볼 만한 일이었다. 문제는 다 포기해야 한다는 거였다. 말도 안 되는 짓을 포기하고, 헛소리를 포기하고, 이 세상의 정합성 앞에 굴복해야 한다는 것이었다.

"굴복할까?"

박사는 내가 바닥에 펼친 지도를 물끄러미 바라보며 그렇게 말했다. 아무것도 볼 수 없는 사람이지만 꼭 정말로 지도를 보고 있는 것만 같았다. 나는 잠시 가만히 있다가 그가 한 말을 되풀이했다.

"굴복할까요?"

"내가 먼저 물었잖아."

"먼저 물었으니까 대답도 먼저 해보세요."

"그건 매너가 아니지."

"누가 영국인 아니랄까 봐 매너를 따지시네요."

알맹이 없는 썰렁한 대화를 나눈 다음 우리는 누가 먼저라고 할 것도 없이 웃기 시작했다. 처음에는 킥킥대며 조용히 웃다가 이윽고 어깨를 흔들고 온몸으로 구르면서 웃어댔다.

우리는 왜 웃었을까. 그때도 알 수 없었고, 지금도 잘 모르겠다. 어쩌면 미쳐서 그랬는지도 모르겠다. 아니, 분명히 그럴 것이다. 우리는 미쳤다. 제정신이 아니었다. 대자연의 위엄이 두려웠고 우리의 나약함이 절망스러웠지만 우리는 근본이 미친놈들이라 웃었다. 웃으면서 결정했다.

"젠장. 무서워 죽겠어. 정말 죽을 지경이라고. 그러니까 오늘까지만 쉬고 내일 출발하지."

"그래요. 그렇게 하죠."

우리는 그날 밤 모처럼 편안하게 숙면을 취했다. 그리고 다음 날 그가 나타났다.

41

섀클턴 경과 탐험대는 천신만고 끝에 사우스조지아 섬의 킹하콘 만에 도착했지만 거기는 사람이 살지 않는 지역이었다. 사람이 사는 지역, 스트롬니스까지는 직선거리로 35킬로미터나 더 가야 했다. 배를 타고 해안선을 돌아가려면 무려 250킬로미터를 가야 했다. 다시 배를 타는 건 너무나 위험했다. 날씨도 험악하고, 폭풍우에 오랫동안 시달린 배가 버틸 수 있을지도 의문이었다.

섬을 가로지르는 건 상상하기도 어려운 모험이었다. 사우스조지아 섬에 사람이 산다니까 꽤나 살기 좋은 섬 같지만 실상은 전혀 아니었다. 사람이 살 수 있는 지역은 해안의 극히 일부에 지나지 않았다. 내륙은 인간의 접근을 허락하지 않는 지역이었다. 1년 내내 눈과 얼음으로 뒤덮여 있고 크레바스가 지뢰처럼 무수하게 깔려 있었다. 당연히 지도도 없었다.

"그렇다고 죽기만 기다릴 수도 없었지. 상상하기도 어려운 모험을 해야만 했어. 경과 대원들은 휴식을 취하는 한편 보트를 수리한 다음 다시 바다로 나갔네. 해안선을 돌려는 건 물론 아니었고 산길이 나 있는 지역을 찾기 위해서였지. 5월 15일 정오에 그들은 해변에 도착해서 캠프를 세웠네. 페고티 캠프지. 그곳에서 경은 섬을 가로질러 사람들이 사는 지역, 스트롬니스로 가기로 했네. 경은 물론이고 대원들도 모두 초주검 상태였지. 결국 대원 중 세 명은 페고티 캠프에 남기로 했네. 5월 19일, 경은 크린과 워슬리라는 두 명의 대원과 함께 출발했네. 인류 역사상 최초로 사우스조지아 섬의 내륙을 정복하는 데 도전한 거였네."

이때 이들이 챙겨간 식량은 겨우 사흘 치였다. 장비는 램프와 성냥, 밧줄, 얼음용 손도끼 정도밖에 없었다.

섬의 내륙이 평탄했다면 그나마 다행이었을 텐데 그것도 아니었다. 험준한 산맥이 그들을 가로막고 있었다. 가장 높은 산이 해발 3천 미터 정도다. 그냥 산도 아니고 눈과 얼음으로 무장한 산이다. 더구나 그들에게는 지도도 없었다. 지도 없이 산악지대를 통과하는 것보다는 차라리 나는 연습을 하는 게 나을 게다.

그들은 몇 번이나 산을 오르고 내려갔다. 말 그대로 산 넘어 산이었다. 가파른 절벽을 만나면 도끼로 찍어서 발 디딜 곳을 만들고 올라갔다. 길을 모르니까 일단 어떻게든 올라가고 봐야 했다. 내려갈 때의 고생은 말할 것도 없었다. 단련된 탐험가들인 그들도 이 무렵에는 탈진 상태라 겨우 삼십 분을 나아가고 지쳐 쓰러지고는 했다. 죄다 동사하지 않은 게 신기한 일이었다.

인간에게는 정말 불굴의 의지라는 게 있는 걸까. 대자연의 힘으로도 굴복시킬 수 없는 그런 의지가 있는 것인가.

세 사람은 처음 세 차례 등반을 무사히 마쳤다. 이제 네 번째이자 마지막이 될 등반을 할 차례였다.

커다란 계곡이 그들을 막아섰다. 그들은 힘겹게 계곡을 우회한 다음 능선을 타고 올라갔다. 다 올라가고 보니 위험천만한 곳이었다. 어두웠고 안개까지 깔려 있었다. 저 아래 뭐가 있는지 보이지도 않았다.

다들 너무나 지친 상태였지만 거기서 야영을 할 수는 없었다. 너무 높고, 너무 추웠다. 섀클턴 경은 잠시 고민하고는 반대쪽으로 내려가기로 결정했다. 절벽을 도끼로 찍어가며 한 발 한 발 내려갔다. 백 미터를 내려가는 데 삼십 분이 걸렸다. 그리고 비탈길이 나타났다. 백 미터 내려가는 데 30분이 걸린 속도로 그 비탈길을 내려갈 수는 없었다. 절반도 내려가기 전에 얼어 죽을 게 분명했다.

"섀클턴 경은 그때 인류가 탐험을 시작한 이래 가장 황당하고 무모한 결단을 내렸지."

경은 미끄러져 내려가기로 했다. 스키장에서 썰매 타는 것처럼 생각하면 안 된다. 깎아지른 듯한 산의 비탈길이었다. 경사는 가팔랐고 저 아래 뭐가 있을지는 아무도 알 수 없었다. 이쯤 되면 인간에게는 불굴의 의지가 아니라 자살 욕구가 있다고 하는 편이 타당할 것 같다.

어쨌든 그들은 내려가기로 했다. 밧줄을 묶어서 썰매처럼 만든 다음 셋이 나란히 앉았다. 섀클턴 경이 맨 앞에 앉았다. 그들은 서로를 꼭 끌어안고 출발했다.

세상에서 가장 위험한 썰매타기였다. 워슬리 대원은 썰매가 달리기 시작하자 우주 공간에 던져진 기분이었다고 회고했다. 이윽고 이들이 저지른 짓보다 더 황당한 일이 일어났다. 이 미친 사람들이 웃기 시작한 것이었다. 그들은 고래고래 소리 지르며 웃어댔다.

"가파른 산비탈을 썰매도 아니고 밧줄을 타고 미끄러져 내려가는 세 남자를 상상해보게. 그들의 미친 듯한 웃음소리를 상상해보라고."

그들은 무사히 비탈길을 내려갔고 서로 악수를 나누었다. 그들이 어떤 기분으로 악수를 나누었는지는 굳이 설명할 필요도 없겠다.

그 이후에도 어려움은 있었다. 시시하고 별것 아닌 어려움이었다. 비탈길을 또 내려가고(이번에는 두 발로 걸어서) 크레바스를 우회한 정도였다. 아, 한 번은 자다가 얼어 죽을 뻔하기도 했다. 두 대원이 한꺼번에 잠드는 바람에 섀클턴 경이 깨워야 했다. 그들은 겨우 오 분밖에 자지 못했지만 경은 삼십 분을 잤다고 거짓말을 해서 깨웠다. 거짓말쟁이라고 비난하지는 말자. 그런 거짓말이라도 하지 않았다면 대원들은 일어나지 못했을 테고 그대로 동사했을 테니까. 그다음에도 밧줄로 몸을 묶은 채 비탈길을 내려가야 했지만 그동안 겪어온 일에 비하면 아무것도 아니었다. 자세한 기록은 없지만 그때쯤에는 이 세 사람도 해탈해서 '목숨 걸고 나왔는데 뭐가 이렇게 쉬워? 시시하네' 하면서 걷지 않았을까.

오후 한시 삼십분쯤 그들은 능선 위에서 스트롬니스의 포경 기지를 내려다볼 수 있었다. 거기까지 갔으니 그들 몸에 거짓말 같은 힘이 솟아난 건 당연한 일이었다. 그들은 능선을 내려가서 오후 세 시, 드디어 포경 기지에 도착했다.

기지에는 섀클턴 경의 지인인 쇠를레라는 사람이 있었다. 그는 처음에는 경과 대원들을 알아보지 못했다. 남극에서 겪을 수 있는 최악의 고난을 모두 겪은 그들의 몰골이 너무나 처참했기 때문이다. 섀클턴 경이 자기 이름을 밝히자 쇠를레는 울음을 터트렸다. 경이 울었는지 어쨌는지는 알 수 없다.

42

그는 길을 잃은 게 분명했다. 그렇지 않고서야 북극곰이 남극에서 어슬렁거릴 리가 없으니까.

그를 발견했을 때 나는 오줌을 누던 중이었다. 나는 우선 오줌부터 다 눈 다음에 바지를 추스르고 내 뺨을 철썩 갈겼다. 남극은 굉장히 춥고 건조하기 때문에 틈날 때마다 로션을 바르지 않으면 피부가 쩍쩍 갈라진다. 그런 곳에서 뺨을 갈겼으니 얼마나 아팠겠는가.

두 눈에 눈물이 그렁그렁해서는 텐트로 돌아갔다. 섀클턴 박사는 점자책을 읽고 있었다.

"박사님. 제가 무식해서 그러는데, 혹시 남극에도 곰이 살던가요?"

"자네 어디 가서 대학 졸업 했다는 소리 하지 말게나."

"그러니까 남극에는 곰이 살지 않는다는 거죠?"

"차라리 펭귄이 하늘을 난다고 하게나. 헛소리 다 했으면 이제 그만 닥쳐주게. 출발하기 전에 이 책을 다 읽고 싶단 말이야."

나는 박사를 내버려두고 일단 밖으로 나왔다.

북극곰은 어느새 우리 텐트에서 3미터쯤 떨어진 지점까지 접근해서는 두 발로 서 있었다. 새하얀 털과 어마어마한 덩치 때문에 설산이 우뚝 서 있는 것처럼 보였다. 내 눈대중으로는 신장이 2미터 50센티미터쯤 되었다. 나는 한숨을 푹푹 쉬고 발을 구른 다음에 다시 텐트로 돌아갔다.

"박사님. 그 책으로 저를 때려도 좋으니까 들어주세요. 북극곰이 나타났습니다."

박사는 책으로 내 정수리를 때렸다. 눈도 안 보이는 사람이 조준은 어쩜 그리 정확한지.

"오늘이 만우절인가? 그래, 만우절이라고 치지. 2008년에 영국의 방송국 BBC에서 남극 다큐멘터리를 찍다가 하늘을 나는 펭귄을 발견했다네. 플라잉 펭귄이라는 새로운 종이었지. 대발견이었지만 방송국은 사람들이 이 놀랍고도 신비한 펭귄을 멸종시킬까 봐 우려해 다큐멘터리 필름을 폐기하고 펭귄의 존재를 비밀에 부쳤다네. 비밀인데 내가 어떻게 알고 있냐고? 글쎄, 어떻게 알고 있을까. 하여튼 알고 있다네. 자, 됐지? 이제 만족하지? 그럼 꺼져."

"신경질 부리시는 것도 이해는 됩니다만, 일단 저를 믿고 나와 보세요. 아, 글쎄 나와보시라고요."

박사는 툴툴거리며 나를 따라왔다. 나는 텐트에서 나오자마자 얼어붙었다. 추워서가 아니라 북극곰과 정면으로 딱 마주쳤기 때문이었다. 곰은 어느새 텐트 바로 앞에 서 있었다. 그 넓고 실팍한 가슴과 두 발의 발톱을 보니 피가 식는 기분이었다. 나는 멍하니 곰을 올려다보았고 곰은 나를 내려다보았다. 허공에서 우리의 시선이 딱 마주쳤고, 그 순간 나는 신기하게도 무서움이 싹 사라지고 될 대로 되라는 기분이 들었다. 심지어 웃음까지 나오려고 했다.

내가 웃음을 터트리기 전에 곰이 먼저 말했다.

"어머머, 얘들 좀 봐. 나를 보고 도망도 안 가네. 뭐 이런 애들이 다 있어."

간드러지는 여자 목소리였다. 그 소리에 나는 기어이 웃음을 터트렸다. 카하하핫. 내가 듣기에도 참 히스테릭한 웃음이었다. 박사는 짜증을 냈다.

"뭐야? 자네가 성대모사 한 거야? 진짜 여자 목소리처럼 들리는군. 실력은 인정해주겠는데 썰렁한 장난은 그만 치게. 응? 자네 왜 그렇게 웃어?"

"제가 성대모사를 한 게 아니라 곰이 말을 한 거예요."

"자네 실성했나?"

"그런 모양이네요. 극지의 혹한에 시달리다가 드디어 미친 모양입니다. 우리 둘 다 미쳤어요."

"무슨 소리야? 난 안 미쳤어. 멀쩡해."

곰이 앞발로 박사의 뺨을 톡 쳤다. 나는 그대로 박사의 머리통이 날아갈 줄 알았다. 그도 그럴 것이 그 앞발은 말이 좋아서 발이지 크기가 내 머리통만 했다. 다행히 곰이 힘 조절을 잘했는지 박사의 머리통이 날아가고 우리의 탐험이 황당무계한 끝을 맞이하는 비극적이면서도 희극적인 사태는 일어나지 않았다.

박사는 소스라쳤다.

"뭐야? 방금 뭐가 나를 만진 거야? 자네인가? 아닌데. 사람 손이 아닌 것 같았어."

곰이 차분하게 말했다.

"나야."

"자네 성대모사 좀 그만하게! 지금 이 상황에서 장난을 치고 싶은가!"

설명해봐야 믿어줄 것 같지도 않았고 애당초 설명할 말도 없었다. 도대체 뭘 어떻게 설명하란 말인가? 나는 입을 다물었다.

곰이 허리를 숙여 박사의 얼굴을 자세히 들여다보았다. 산더미가 움직이는 거나 진배없었다. 눈은 안 보여도 기척에는 민감한 박사가 그 자리에서 기절하지 않은 것만 해도 용한 일이었다. 박사는 부르르 떨었다. 곰이 잠시 더 그를 살펴보더니 고개를 갸우뚱했다.

"너는 눈이 안 보이는구나. 안됐네."

"어, 어……."

"애는 눈이 안 보여서 그렇다 치고 너는 왜 도망 안 쳐? 죽고 싶어서 환장했니?"

나는 심사숙고한 끝에 조심스럽게 물었다.

"우리를 죽일 작정이신가요?"

일부러 그런 건 아니었는데 나도 모르게 존댓말이 튀어나왔다. 말하고 보니 그게 또 적절했다. 신장은 2미터 50센티미터에 몸무게는 얼마나 나갈지 짐작도 안 되는 곰이라면 정중한 대접을 받을 자격이 충분했다.

"으응. 지금 배가 불러서 딱히 너희를 잡아먹고 싶지는 않은데. 사람을 먹어본 적도 없고."

"식인 곰이 아니시라니 무척 다행이군요."

"인간들은 총을 갖고 다녀서 성가시거든. 너희도 총을 갖고 있니?"

"사냥용으로 여러 자루 챙겨왔죠."

사실은 딱 한 자루 가져왔을 뿐이었지만 일단 그렇게 말했다. 곰은 나를 물끄러미 바라보았다.

"하지만 지금은 맨손이네."

"통렬한 지적이십니다."

곰은 침묵했다. 박사는 아까부터 입을 꾹 다물고 있었다. 나도 감히 입을 열 수가 없었다. 침묵이라기보다는 정적이고 고요였다. 사람을 짓눌러 죽일 수 있을 것 같은 정적이자 고요였다.

천년 같은 시간이 흐른 뒤 곰이 주둥이를 쩍 벌렸다. 육군훈련소에서 본 총검을 연상케 하는 이빨들이 드러나자 나는 다시 히스테릭하게 웃었다. 다행히 곰은 하품을 한 거였다.

"이렇게 만난 것도 인연이니까 죽이지는 않을게. 대신 너희도 나한테 총질은 하지 마. 하면 죽일 거야."

"절대로 하지 않겠습니다. 아니, 그놈의 총을 모조리 분질러버리겠습니다."

"그렇게까지 할 건 없고, 뭐 달달한 거 있으면 주라. 나도 손님인데 대접은 해줘야지? 아, 하는 김에 불도 피우고. 너희 인간들은 불을 다루는 재주가 있어서 부럽단 말이야. 아, 춥다."

나는 즉시 초콜릿 바를 대령했다. 포장지를 벗겨서 건네주자 곰은 흐흥, 하고 코웃음을 쳤다.

"그놈 자식 매너가 있네. 여자들이 너 좋아하지?"

"싫어하던데요. 딱 한 명만 빼고요."

불을 피우고 우리 셋은 불 앞에 모여 앉았다. 새클턴 박사는 드디어 정신을 차렸지만 의심은 버리지 못했다.

"그러니까 당신이 곰이라고요?"

"응, 곰이야. 뭐 불만 있어?"

"아뇨. 제가 눈이 안 보여서 상대가 곰인지 뭔지 알 수가 없어서 그럽니다. 실례가 안 된다면 당신을 만져봐도 될까요? 저 같은 맹인들은 손으로 더듬는 게 곧 보는 것입니다."

"그래, 만져봐."

박사는 앉은 자리에서 두 손을 쳐들었다. 아마 얼굴을 만지려고 한 것 같았다. 상대가 사람이었다면 앉아서 손을 뻗어도 얼굴을 만질 수 있었을 테고, 그래서 박사도 습관적으로 그랬던 거겠지만 유감스럽게도 상대는 곰이었다. 박사의 두 손은 곰의 가슴에 닿았다. 곰이 즉시 박사의 뺨을 갈겼다.

"이 자식이 처녀 가슴을 주무르고 지랄이야. 죽고 싶나."

곰은 굉장히 관대한 성격인 듯했다. 박사의 뺨을 갈겼다고 표현했지만 박사 입장에서 그렇다는 거고 곰은 아주 살살 때렸을 뿐이었다. 그것도 발톱에 상처를 입지 않도록 손등으로 때렸다. 그렇게 신경을 써주었지만 박사는 고개가 홱 돌아갔다. 곰이 조금만 더 힘을 줬으면 목이 부러졌을 게 분명했다. 박사는 한참 끙끙 앓은 다음에야 간신히 입을 열 수 있었다.

"당신은 처녀……, 그러니까 암컷, 아니 여자입니까?"

"응, 여자야. 아직 젊고 쌩쌩한 아가씨라는 거 잊지 마."

나는 목구멍까지 올라온 '말투는 아줌마 같네요'라는 소리를 꿀꺽 삼켰다. 박사는 숙녀분에게 참으로 큰 실례를 저질렀다며 정중하게 사과했고 곰은 품위 있게 받아주었다.

"다시 만져봐도 될까요? 얼굴 말입니다."

"그러렴."

박사가 다시 손을 뻗었다. 이번에는 내가 방향과 높이를 지시해주었고 곰도 자세를 낮추어주었다. 박사는 거의 오 분에 걸쳐 곰의 얼굴을 꼼꼼하게 만져본 다음 자리에 앉았다.

"만져보니까 소감이 어때?"

곰이 묻자 박사는 좀 전의 나처럼 웃어댔다. 히스테리로 충만한 웃음이었다. 곰은 너희 잘 웃는구나, 하더니 내게 손을 내밀었다. 나도 눈치는 있는 사람이라 초콜릿 바를 몇 개 더 꺼내왔다. 꺼내오는 김에 홍차도 끓여서 대접했다. 곰이 자기 앞발로 잔을 들 수는 없었으므로 내가 손으로 받쳐주었다.

곰은 킁킁 하면서 냄새를 맡은 다음 긴 혀를 내밀어 찻물을 할짝거렸다. 초콜릿 바는 벌써 다 먹어치운 다음이었다.

"향이 좋네. 이거 다르질링이지?"

"다르질링도 아세요?"

"어머, 얘가. 나 교양 있는 곰이야. 홍차 정도는 알아. 이렇게 추워 죽을 지경인 곳까지 홍차를 가지고 온 걸 보니 너희가 어디에서 왔는지 알겠다. 영국이지?"

박사는 아직도 웃어대고 있었기 때문에 내가 계속 대답했다.

"침을 질질 흘리며 마약중독자처럼 웃고 있는 저분이 영국 출신이고 저는 한국에서 왔습니다."

"아, 그래. 근데 너희는 지금 여기서 뭐 하고 있는 거야?"

"탐험 중이에요. 남극 횡단 탐험. 곰님은 지금 여기서 뭐 하세요?"

"나는 여행 중. 너희도 알겠지만 난 북극곰이야. 평생 북극에서만 살았더니 따분해서 여행을 떠났지. 발길 닿는 대로 가다 보니까 어느새 남극이었어."

세상에 지구 끝에서 끝까지 종단하는 여행도 있단 말인가. 그것 참 장대한 여행이었다. 나는 곰의 눈치를 살피며 말했다.

"죄송한 말씀이지만…… 혹시 여행 중이었던 게 아니라 길을 잃은 거 아닌가요?"

곰은 새침한 표정으로, 물론 곰의 안면 근육으로는 그런 표정을 지을 수 없지만 대충 그렇게 보이는 표정으로 고개를 돌렸다.

"여행 중인 거랑 길을 잃은 거랑 뭐가 달라?"

박사가 갑자기 무릎을 탁 쳤다.

"그거 좋은 말이군요. 여행을 떠난 사람은 곧 길을 잃은 것이고, 길을 잃은 사람은 여행을 떠난 것이죠."

"이제 다 웃은 모양이구나. 말을 그럴듯하게 꾸밀 줄 아는 거 보니까 배운 사람 같네. 어디서 들어본 소리 같기는 하지만."

"어니스트 헨리 섀클턴이라고 합니다. 경제학 박사죠. 이 친구는 소설가입니다."

"어머, 작가였어? 진작 말하지. 난 글 쓰는 남자가 좋더라."

곰이 호의가 가득 담긴 시선으로 나를 바라보았다. 혜진과 헤어진 이후 나를 그렇게 봐준 여자는 처음이었지만, 미안하게도 무척 부담스러웠다. 박사가 말했다.

"말하는 곰을 앞에 두고 이런 질문을 하자니 부끄럽습니다만 묻지 않을 수가 없군요. 곰이 원래 말을 할 수 있는 동물인가요? 아니면 여기 있는 곰님만 특별한 존재인가요?"

"곰은 원래 말할 수 있어. 읽고 쓰는 것도 자유자재야. 내가 지금 한국말로 지껄이고 있지? 나 영어도 할 수 있어. 불어, 스페인어, 독일어, 중국어도 할 수 있지. 곰들은 원래 언어에 재능이 있어."

"저도 꽤 박학다식하다고 자부하는 편이지만 말하는 곰은 듣도 보도 못했습니다."

"너희 인간들은 보고서도 보지 못하고 듣고서도 듣지 못하지. 우리 곰들은 원래부터 말할 수 있었는데 말이야."

곰은 우리의 얼굴을 새삼스레 찬찬히 살펴보았다.

"너희는 희한한 것들이야."

분위기가 풀리자 우리는 자연스럽게 대화를 나눌 수 있었다. 곰은 우리가 하필이면 이런 극지에 온 이유를 듣고 싶다고 했다. 박사와 나는 우리가 어떻게 살아왔고 어떤 과정을 거쳐 남극 탐험을 결심했는지, 그리고 남극에서 얼마나 심한 고생을 했는지 경쟁하듯이 들려주었다.

얘기가 길어져서 중간에 우리는 식사를 해야 했다. 식사, 하고 내가 말을 꺼낸 순간에 잠깐 분위기가 얼어붙었지만 잠깐이었을 뿐이다. 곰은 자기는 인간들과 달리 한 번 식사를 하면 꽤 오랫동안 아무것도 먹지 않아도 되니까 간식거리나 더 달라고 했다. 박사와 나는 비스킷을 먹고 곰은 초콜릿 바를 먹었다. 열량이 높은 음식이 필요할 것 같아서 초콜릿 바를 잔뜩 챙겨온 게 다행이었다.

얘기가 끝났을 때는 벌써 밤이었다. 곰은 재미있는 얘기 잘 들었다며 혹시 괜찮으면 텐트 옆에서 자도 되겠느냐고 물었다. 누가 감히 안 된다고 할 수 있겠는가? 우리는 곰님과 같은 자리에서 취침하는 인류 역사상 최초의 영광을 누리고 싶다고 대답했다. 곰은 얘들 왜 이렇게 말을 재미있게 하느냐며 또 호호 웃고는 땅바닥에 엎드렸다.

박사와 나는 침낭에 들어가서 대화를 나누었다.

"섀클턴 경은 아직도 안 보이나요?"

"안 보여. 하지만 안 보여도 괜찮을 것 같아."

그렇게 말하는 박사는 더 이상 괴로워 보이지 않았다. 나도 그랬다.

다음 날 아침 나는 눈을 뜨기 직전에 혹시 어제 일이 꿈은 아니었나 생각했다. 눈 뜨자마자 꿈이 아니라는 걸 알 수 있었다. 곰 그림자가 텐트를 뒤덮고 있었기 때문이었다. 나가 보니까 곰은 두 발로 우뚝 서서 주위를 두리번거리고 있었다. 우리는 잘 잤느냐고 인사를 나누었다.

“주위에 뭐가 보이나요?”

“그게 아니라 어디로 갈까 고민 중이야.”

“곰님은 어디든 갈 수 있지 않으세요? 얼어 죽지도 않을 텐데.”

“나한테도 남극은 추워. 남극은 원래 북극보다 춥다고. 넌 인간이 그런 것도 모르니?”

인간 여자들이 짜증 부리는 말투와 똑같았다.

박사를 깨워 아침식사를 마친 다음에도 곰은 언짢은 상태였다. 나도 박사도 곰이 무섭지는 않았다. 우리 둘 다 여자를 상대해본 경험이 별로 없었지만 이런 경우 여자가 왜 짜증을 내는지는 쉽게 짐작할 수 있었다. 우리가 앞으로 어떻게 해야 하는지도 이미 확실하게 알고 있었다.

우리는 말이 되는 일만 일어나는 세상에서 말이 안 되는 일을 벌일 것이다. 바른 말만 해야 되는 세상에서 헛소리로 일관할 것이다.

홍차를 끓여서 대접하자 곰은 맛있게 마셨다. 나는 잔을 들고 서 있다가 말했다.

“곰님. 딱히 정해진 목적지가 없으시다면 저희랑 같이 가지 않으실래요?”

“응? 너희랑?”

아이고 맙소사. 그런 일은 상상해본 적도 없다는 말투였다. 이 곰은 분명히 여자였다. 천상 여자였다.

“여행 나오신 김에 저희랑 같이 남극 횡단 탐험을 해보시죠. 서로 도움이 될 수 있을 것 같습니다. 이 넓은 남극대륙에서 딱 마주친 걸 보면 인연도 보통 인연이 아닌 것 같고요."

"음, 그러네. 인연이지. 보니까 너희는 짐도 많은 것 같고. 내가 짐은 끌어줄 수 있는데. 달달한 음식도 먹고 싶고. 그럼 그렇게 할까?"

그렇게 해서 2016년 2월 1일, 구성원이라고는 단 둘뿐이었던 새클턴 탐험대에 새로운 대원이 합류했다. 이 대원은 인간이 아니지만 인간보다 훨씬 더 쓸모가 있었다. 그녀는 당장에 그걸 증명해 보였다. 내가 모든 짐을 밧줄로 엮은 다음 밧줄 끝으로 매듭을 만들어서 오른발에 걸어주자 그녀는 그 많은 짐을 가볍게 끌었다. 덕분에 박사와 나는 체력적 부담을 덜 수 있었다.

GPS로 위치를 알아보고 남극점을 향해 출발했다. 박사와 나는 스키를 탔고 곰은 네 발로 기어갔다. 스키를 타고 남극대륙을 횡단하는 두 사람과 그 옆을 따르는 곰 한 마리를 누가 보았다면 어떻게 생각했을까. 퍽 궁금했지만 우리를 보아줄 사람은 아무도 없었다.

그동안 체력을 많이 회복했고 짐에서 해방된 덕도 있어서 우리는 꽤 오래도록 쉬지 않고 나아갈 수 있었다. 그래봐야 두 시간 정도였지만. 한참을 쉬고 다시 전진했다. 그날 우리는 스노모빌이 고장 난 이후 가장 긴 거리를 주파했다.

2월 2일. 새 대원이 심각한 문제점 하나를 지적했다. 자기도 이름이 있는데 동료들이 이름은 놔두고 곰님이라는 우스꽝스러운 호칭으로 부른다는 것이었다. 그럼 이름을 가르쳐달라고 하자 그녀는 끄와아오오오까아앙, 하고 울부짖었다. 대충 그렇게 들렸다는 얘기다. 도저히 인간의 언어로 번역할 수 없는 음성이었다. 곰도 인간의 성대로 자기 이름을 부를 수 없다는 건 알고 있다며 새 이름을 하나 지어달라고 했다. 박사가 즉시 치피라는 이름을 댔다. 곰은 그 이름이 마음에 든다고 했고 그렇게 해서 그녀는 치피가 되었다. 나는 치피, 치피 하면서 어감을 음미해보는 그녀를 보고서 하마터면 침이 튀도록 웃을 뻔했다. 치피는 섀클턴 경의 탐험대가 기르던 고양이의 이름이었다.

2월 3일. 우리는 절벽과 마주쳤다. 섀클턴 경처럼 도끼로 절벽을 찍어서 올라가는 재주는 없었기에 우회해야만 했다.

2월 4일. 협곡이 나타났다. 길이 좁아서 치피가 고생을 했다. 우리는 이제 산악지대에 들어가고 있었다.

2월 5일. 높고 험준한 산이 우리 앞을 가로막았다. 우회했지만 이미 산악지대에 들어왔기 때문에 아예 등산을 피할 수는 없었다. 그나마 넘어가기 쉬운 지점을 찾아야 했다. 돌고 돌면서 적당한 지점을 찾는 새 이틀이 흘렀다.

2월 7일. 우리는 등산을 시작했다. 박사와 나는 스키를 벗고 등산용 부츠를 신었다. 손에는 피켈을 들고 혹시 몰라서 밧줄로 서로의 몸을 묶었다. 치피가 큰 도움이 되었다. 짐을 대신 져준 건 물론이고 앞장서서 산을 올라가며 우리에게 길을 만들어주었다. 꽁꽁 얼어붙은 설산도 이 무지막지한 곰의 발톱 앞에서는 연약하기만 했다. 치피가 한 걸음 내디딜 때마다 박사와 내가 동시에 발을 딛고도 한참 여유가 있는 공간이 생겨났다. 경사가 가파른 비탈이 나타나자 그녀는 우리를 묶은 밧줄을 물고 먼저 올라가서는 우리를 끌어올려 주기도 했다. 예전에 하늘에서 스노모빌이나 썰매가 뚝 떨어지기를 바랐던 게 기억나서 우리는 실소했다. 이제 보니 스노모빌이나 썰매 따위는 곰에 비할 바가 못 되었다.

그날 밤 우리는 산 정상에서 텐트를 치고 차를 마셨다. 박사가 아문센이 북극곰을 길들이려고 했다는 이야기를 들려주었다. 치피는 새침하게 반응했다.

"어머, 얘가. 그래서 너희가 나를 길들였다는 거니?"

"그런 뜻은 아니었습니다. 그냥 갑자기 생각나서 얘기해본 겁니다."

"나 쉬운 여자 아니야. 길들일 생각 하지 마."

치피는 콧방귀를 뀌었다. 크흐흐흥! 아주 우렁찬 콧방귀였다. 박사는 콧바람에 흐트러진 머리카락을 정돈하고는 한동안 치피의 눈치를 살폈다.

2월 8일. 우리는 능선을 타고 내려갔다. 그나마 덜 험준한 지점을 택해서 올라온 거였지만 내려가기는 역시 힘들었다. 치피도 올라올 때처럼 대활약을 할 수는 없었다. 덩치가 워낙 큰 데다 몸이 무거워 내려갈 때는 그녀도 아주 조심해야 했다. 그래도 치피가 앞장서준 덕분에 일이 조금이나마 수월했다. 치피가 앞장서고 나는 그 뒤를 따르고 마지막으로 박사가 따라왔다. 치피와 나는 끊임없이 뒤를 돌아보며 박사에게 방향을 지시해주었다. 밤이 되었을 때

기다란 비탈길이 나타났다. 섀클턴 탐험대처럼 미끄러져서 내려갈 생각은 추호도 없었고 우리는 야영 장비도 충분히 갖추고 있었기 때문에 그만 멈추고 텐트를 쳤다.

2월 9일. 산을 무사히 내려갔다.

2월 10일. 또다시 산을 올라갔다. 이후 며칠 동안 오르고 내려가기를 반복했다.

2월 15일. 마침내 산악지대를 통과했을 때 박사와 나는 파김치 상태였다. 곧 죽는다고 해도 더는 움직일 수가 없었다. 텐트를 치고 휴식을 취하기로 했다. 남은 식량을 생각하면 오래 쉴 수는 없었다. 우리는 딱 이틀만 쉬기로 했다.

2월 16일. 우리 탐험대는 인류 역사상 그 어떤 탐험대도 겪은 적이 없는 그야말로 전대미문의 위기에 처했다. 북극곰이 남극에서 허기를 호소한 것이었다. 치피가 우리와 함께한 지 벌써 보름째였는데 그동안 먹은 건 초콜릿 바와 홍차뿐이었다. 그나마 초콜릿 바는 오래전에 다 먹어치웠다. 얼마 남지 않은 식량을 우리는 고민하지도 않고 그녀에게 나누어주었다. 그녀는 건조식량이 퍽퍽하고 맛없다고 투덜거렸지만 육포는 그럭저럭 먹을 만하다고 했다. 그것도 고기는 고기니까.

"나 육식동물이야. 포식자라고. 난 고기를 먹어야 돼."

우리가 얼굴에 핏기가 가셨다고 겁쟁이라고 비난할 사람은 없을 거라고 믿는다. 치피는 우리의 반응에 속이 상한 모양이었다.

"내가 너희를 잡아먹을 것 같니? 먹으려면 진즉에 먹었지, 여태까지 배고픈 걸 참고 있었겠니? 나도 이제 너희들 동료인데 너무 한다. 어쩜 그렇게 곰을 못 믿니?"

사람이 사람을 못 믿는다고 타박하면 무게가 있듯이 그 말에도 무게가 있었다. 우리는 황급히 사과했지만 치피는 이미 단단히 화가 나 있었다. 그녀는 콧방귀로 우리를 거의 자빠질 뻔하게 만들고는 홱 돌아서서 어딘가로 가버렸다. 우리는 그녀가 영영 떠났을까 봐 불안해서 어쩔 줄을 몰라 했다. 치피 말이 맞았다. 우리는 곰도 못 믿는 못난 것들이었다. 말도 안 되는 일을 믿지 못하는 것들이었다.

치피는 반나절 만에 돌아왔다. 기분 풀려고 산책하고 돌아왔다고 했다. 나간 김에 혹시 펭귄이 없나 찾아보았지만 없었다고도 했다. 이미 내륙 깊숙이 들어와서 펭귄은 볼 수 없었다. 펭귄 군락지는 해안에 있다.

치피가 기분이 풀린 건 다행이었지만 식량 문제는 심각했다. 치피는 우리보다 네 배나 더 먹었다. 그녀의 덩치를 생각해보면 안타까울 정도로 절식하는 거였으니 탓할 수도 없었다. 그녀는 우리를 동료라고 생각하고 동료를 위해 허기를 참고 있었다. 우리도 참아야 했다. 우리는 먹는 양을 절반으로 확 줄이기로 했다.

2월 18일. 휴식을 마치고 다시 출발했다. 길이 평탄해서 스키 타고 가기에 딱 좋았지만 우리는 우울했다. 산맥이 저 앞에서 우리를 기다리고 있었다. 돌아서 갈 수도 없는 기다란 산맥이었다. 먹는 것도 줄였는데 산을 오르락내리락 할 수 있을지 자신이 없었다.

2월 20일. 또다시 등산에 도전했다. 이번에도 치피가 우리를 살렸다. 저번보다 산세가 험했지만 그녀는 놀랍도록 날렵하게 산을 올랐다. 곰은 겉보기와 달리 나무도 오를 수 있다고 들었는데 사실인 모양이다. 그녀가 길을 만들어준 덕에 박사와 나는 비교적 편하게 산을 오를 수 있었다. 제대로 먹지도 못했으면서 등산을 할 수 있었던 건 오로지 그녀 덕이었다고 해도 결코 과언이 아니다.

"치피, 당신은 천사예요."

"하늘이 보낸 천사지."

"어머, 얘들이. 비행기 태워도 뭐 나올 거 없어."

산악지대를 통과하는 데 닷새가 걸렸다. 산에서 내려왔을 때는 어지간한 치피도 지쳐 있었다. 박사와 나의 상태는 설명할 필요도 없으니 생략하겠다.

우리는 텐트를 치고 사흘을 쉬었다. 움직이지도 않고 식량만 까먹고 있자니 속이 타들어갔지만 어쩔 도리가 없었다. 사냥감이라도 있으면 좋겠는데 남극 내륙에 무슨 생물이 살겠는가. 사냥총은 왜 가지고 온 건지 알 수가 없었다. 떠나오기 전에 총이 꼭 필요하다고 주장한 사람은 박사였다. 나는 그에게 무슨 정신으로 그딴 소리를 해서 쓸데없이 짐만 늘렸느냐고, 총은 버리겠다고 성을 냈다. 박사는 해안까지 나아가면 바다표범이나 펭귄을 사냥할 수 있는데 그게 무슨 소리냐고 침까지 튀겨가며 고함을 쳤다. 우리가 다투자 치피도 시끄럽다며 으르렁거렸다.

식량은 떨어져가고 분위기도 싸늘했지만 우리는 사흘 만에 다시 출발했다. 이번에도 치피가 우리를 살렸다.

“안 되겠다. 나도 자존심이 있어서 이런 짓까지는 하지 않으려고 했는데 이러다 다 죽겠어. 빨리 남극점인지 뭔지 통과하고 해안으로 가야 돼. 너희들, 스키는 벗고 배낭 위에 올라타.”

우리는 배낭들을 밧줄로 묶어서 연결하고 그 위에 올라탔다. 치피는 밧줄 끝의 매듭을 목에 걸고 우리를 끌어주었다. 곰썰매였다. 아문센이 봤다면 부러움과 시샘을 못 이기고 눈물을 찔끔 흘렸으리라. 그만큼 끝내주는 썰매였으니까.

치피는 나는 듯이 달렸다. 우리 둘을 끌고 가면서도 힘겨운 기색이 없었다. 개썰매가 얼마나 빠른지는 모르지만 그보다 빨랐을 거라고 확신한다. 산맥은 순식간에 멀어져갔다. 막막하기만 하던 설원이 이제는 운동장 같았다.

나는 치피가 고마우면서도 한편으로는 걱정스러웠다. 내가 곰에 대해 아는 거라고는 굉장히 무서운 맹수라는 것과 의외로 똑똑하고 인내심이 강하다는 것 정도였다. 인간들이 먹는 건조식량을 배부르게도 아니고 간에 기별이나 갈까 말까 하게 먹으면서 얼마나 달릴 수 있는지는 알지 못했다. 치피는 동족들 중에서도 인내심이 특별히 뛰어난 곰인 게 분명했지만 그녀에게도 한계는 있을 터였다.

그러고서 한동안은 별일이 없었다. 산도 나타나지 않아서 우리는 매일 수십 킬로미터를 전진할 수 있었다. 나는 수시로 GPS와 나침반을 꺼내 위치를 확인했다. 남극점이 점차 다가오고 있었다.

남극점에는 스콧아문센 기지가 있고 기지를 지키는 대원들이 있었지만 그런 건 별문제가 아니라고 생각했다. 남극점에 도달할 수만 있다면 뭐가 문제겠는가.

도달할 수만 있다면 말이다.

3월 10일. 우리는 사스투르기 지대에 다다랐다. 사스투르기란 바람이 깎은 눈 조각이다. 눈덩이가 울퉁불퉁하거나 뾰족하게 깎여서 단단하게 뭉쳐 있는 조각이다. 설원에 흔하기 때문에 우리는 새삼스럽게 놀라지는 않았다. 문제는 주변 일대가 사스투르기로 덮여 있었다는 것이었다.

여기서는 아무리 치피라도 썰매를 끌 수 없었다. 우리는 걸어서 그 지대를 통과했다. 사스투르기를 피해서 이리저리 돌면서 걸어야 했기 때문에 시간이 많이 걸렸다. 한 5킬로미터를 걸은 끝에 겨우 평탄한 지형을 다시 만날 수 있었다.

3월 11일. 우려했던 사태가 벌어졌다. 치피가 탈진한 것이었다. 그 무렵에는 그녀에게 식량을 예전보다 몇 배나 많이 몰아주고 있었지만 역시 부족했던 모양이다. 그녀의 두툼한 몸피가 어느새 홀쭉해져 있었다. 배와 허리를 보면 비축한 지방이 확 줄었다는 걸 알 수 있었다.

박사와 나도 상태가 말이 아니었다. 치피 덕분에 쉽게 전진했다지만 먹는 걸 반으로 줄이고 혹한을 견뎌왔기 때문에 우리도 바싹 여위어 있었다. 체중계가 없어 재보진 못했지만 둘 다 10킬로그램 이상 빠진 게 분명했다. 그날 우리는 쉬기로 했다.

나는 아침식사를 마친 다음 총을 꺼냈다. 혹시 하늘에 새라도 지나가면 쏘아볼 참이었다. 이래 봬도 훈련소 시절에는 특등사수였다. 사냥은 해본 적이 없지만 도전은 해봐야 했다. 하지만 새는 지나가지 않았다. 하늘에는 도무지 지평선 너머로 떨어질 줄을 모르는 태양밖에 없었다.

점심 때 남은 식량을 계산해보았다. 고작 3주일 치밖에 없었다. 그것도 치피가 먹는 양을 반으로 줄일 때나 가능한 얘기였다. 치피가 절식하는 건 아예 고려할 가치도 없는 일이었다. 우리도 더 이상은 먹는 걸 참을 수가 없었다. 열량이, 아주 많은 열량이 필요했다. 최저기온이 영하 45도였다. 이대로는 굶어 죽기 전에 체온을 유지하지 못해서 얼어 죽을 게 자명했다.

동상도 문제였다. 체온을 유지하기 어렵기 때문인지 동상이 점점 심해졌다. 나는 왼손 상태가 특히 심했다. 검지와 중지의 끝마디에 감각이 없었다. 박사는 발가락 상태가 심각했다. 오른발 새끼발가락은 얼음덩어리였고 다른 발가락들도 끝부분에 감각이 없었다. 배터리를 아끼지 않고 스토브를 수시로 켰는데도 그 모양이었다. 옛 탐험가들이 겪은 동상에 비하면 대단한 것도 아니겠지만 우리는 고통스러웠다.

치피가 내게 물었다.

"남극점에 인간들의 기지가 있다고 했지?"

"예. 스콧아문센 기지라고 하죠."

"남은 거리는?"

"대충 3백 킬로미터입니다."

치피는 잠시 생각에 잠겼다.

"이 상태로 그 거리를 주파하는 건 불가능해. 이렇게 하자. 너희가 사흘 먹을 수 있는 식량만 남겨두고 나머지는 내가 먹을게. 그 다음에 나 혼자서 남극점에 가서 먹을 걸 가지고 여기로 돌아오겠어. 거리가 멀긴 하지만 나 혼자라면 다녀올 수 있어."

"사람들이 먹을 걸 내줄까요?"

"내줄 리가 없지. 벌써 잊었니? 다른 사람들은 내가 말하는 걸 듣지도 못해. 날 볼 수도 없고."

"근데 어떻게 먹을 걸 구해온다는……. 치피. 치피."

나는 그녀가 무슨 생각인지 깨닫고는 고개를 흔들었다. 박사가 탄식조로 말했다.

"그건 도둑질입니다."

"그래서 뭐? 우리가 죽게 생겼는데 그렇게라도 해야지. 먹을 걸 가지고 돌아온 다음에 나는 너희를 남극점까지 데려다줄게. 너희는 거기서 사람들이 구조하러 올 때까지 기다려."

"탐험을 포기하란 말입니까?"

"이 지경이 되었는데도 아직도 탐험 타령이니? 너희가 기적적으로 남극점까지 간다고 치자. 그 뒤에는 어떡할 거야? 거기서 식량을 얻고는 다시 남극을 횡단할 거야? 지금 몸 상태로? 그게 가능할 것 같니?"

"가능하지 않죠. 그러니까 해야 됩니다."

"실패할 거야."

"그래서요? 이길 수 있다면 싸울 필요도 없지만 이길 수 없다면 싸워야 하는 겁니다. 성공할 수 있다면 도전할 필요도 없지만 성공할 수 없다면 도전해야 한단 말입니다."

"헛소리를 하는구나."

치피의 인상이 사나워졌다. 나는 그녀가 우리의 친근한 동료 치피가 아니라 평범한 곰처럼 보이는 바람에 전율했다. 그녀는 어느새 벌떡 일어나 있었다. 산더미 같은 몸집으로 우리를 위압하며 내려다보았다.

"너희는 왜 남극에 왔지?"

더 이상 새침 떠는 아가씨의 목소리가 아니었다. 잊고 있었던 야생을 깨친 맹수가 으르렁대는 소리였다. 우리의 동료, 우리의 천사는 사라지고 없었다. 우리 앞에 서 있는 건 대자연이 낳은 가장 흉포한 맹수였고 우리가 감히 도전할 수 없는 대자연 그 자체였다.

나는 떨었다. 어떻게 떨지 않을 수 있겠는가. 박사도 떨었다. 떨면서 말했다.

"우리는 마땅히 있어야 할 곳에 태어나지 못했습니다. 마땅히 있어야 할 곳은 항상 너무 멀었고 방향도 확실하지 않았습니다. 그런 게 있는지 없는지도 알 수 없었습니다."

"그렇다면 너희는 태어난 그곳을 떠나지 말았어야 했다. 거기서 모든 것이 끝나는 그 순간을 기다려야 했다."

"그럴 수는 없었습니다. 정녕 그럴 수는 없었습니다. 지금 여기가 자기가 있을 곳이 아니라는 걸 깨달았기 때문입니다. 지금 여기를 의식한 사람은 그렇게 살 수는 없는 것입니다. 우리는 헤매야 했습니다. 어쩌면 여기도 우리가 있을 곳은 아닌지 모릅니다. 하지만 우리는 헤매야 했습니다."

"너희는 실패했다. 남극은 너희를 용납하지 않는다. 그만 돌아가라."

"아직 실패하지 않았습니다."

"너는 실패할 것이기에 도전한다고 했다. 그것은 시작하기도 전에 이미 실패를 받아들였다는 뜻이 아닌가."

"실패와 포기는 다릅니다. 우리는 실패하러 온 거지 포기하러 온 게 아닙니다."

나는 유혹을 느꼈다. 대자연의 질타는 너무나 준엄했다. 세상이 우리에게 던지는 의문은 잔혹했다. 이제 그만 포기할까. 어차피 실패할 텐데 왜 도전한단 말인가. 실패할 것이기에 도전한다는 말은 헛소리였다. 헛소리로 일관하기로 했지만 그동안 겪은 고난이 너무 끔찍했다. 앞으로 겪을 고난은 상상하고 싶지도 않았다. 나는 탐험을 포기할까 했다. 헛소리를 포기할까 했다.

그 순간 나는 실로 어처구니없는 것을 떠올렸다. 강 교수의 집에서 머리털 나고 처음 피워본 담배였다. 허파가 뒤집히는 듯한 고통이었다. 온몸을 뒤흔들던 격렬한 기침이었다.

그걸 떠올린 순간 내 몸이 멋대로 움직였다. 나는 그때까지도 옆에 두고 있던 총을 집어 곰에게 겨누었다.

"쏘겠습니다."

곰은 나를 노려보았다. 오줌을 지릴 뻔했다는 걸 고백해야겠다. 온몸이 덜덜 떨려서 조준하기가 무척 힘들었다는 것도. 나는 용케 총을 놓치지 않고 총구를 곰의 머리에 겨누었다.

"쏴봐라. 나는 맞을 것이다. 하지만 쓰러지지는 않을 것이다. 너희 인간들은 결코 나를 쓰러뜨릴 수 없다."

"당신은 천사가 아니라 악마였군요."

"나는 너희 인간들에게 언제나 천사이자 악마이다. 이것이고 저것이다. 이쪽이고 저쪽이다. 나는 언제나 양극단이다."

나는 손가락으로 방아쇠를 감았다. 이제 조금만 힘을 주면 총알이 발사될 것이었다.

"쏘겠습니다."

"네가 죽는다."

"그래도 쏘겠습니다. 나는 당신을 쏘겠습니다. 쏘고서 죽겠습니다."

진심이었다. 그 순간 나는 죽을 각오를 했다. 세상에 목숨보다 더 중요한 게 있을까? 물론 그런 건 없다. 나는 속으로 중얼거렸다. 목숨이 가장 중요하기 때문에 때로는 목숨을 버려야 한다. 헛소리였다. 나는 그 헛소리가 마음에 들었다. 너무나 마음에 들어서 목숨을 버리기로 했다.

방아쇠를 당기기 직전이었다. 그들이 나타났다.

43

섀클턴 경과 두 대원은 살아남았다. 그렇다면 섬에 남은 다른 대원들은 어떻게 되었을까.

경은 우선 킹하콘 만에 남은 대원들부터 구하기로 했다. 워슬리 대원이 삼손이라는 이름의 배를 타고 떠났다. 노르웨이 선원들이 동행했다. 섀클턴 경은 엘리펀트 섬으로 떠날 준비를 해야 했기에 기지에 남았다. 킹하콘 만의 대원들은 무사히 구조되었다.

이제 문제는 엘리펀트 섬으로 가는 것이었다. 경은 배를 물색했다. 5월 23일, 경과 두 대원은 서던스카이 호를 타고 엘리펀트 섬으로 떠났다. 처음에는 별문제가 없었는데 엘리펀트 섬을 불과 60킬로미터 앞두고 거대한 부빙들과 맞닥뜨렸다. 우회할 수도 없었고 뚫고 간다는 건 말도 안 되었다. 할 수 없이 뱃머리를 돌려야 했다.

경은 스트롬니스로 돌아가자마자 두 번째 도전에 나섰다. 이번에는 배를 물색하는 것부터 쉽지 않았다. 경과 대원들이 부빙을 극복하지 못하고 돌아왔기 때문에 사람들은 난색을 표했다. 남극해를 기어이 뚫고 가겠다면 겨울이 끝나고 여름이 오기까지 기다려야 했다. 다른 사람들은 기다릴 수 있을지 몰라도 엘리펀트 섬의 대원들은 기다릴 수 없었다. 경도 기다릴 수 없었다.

영국 정부가 경을 지원해주었다. 직접 배를 내주었다면 좋았겠지만 그때 온 세상은 제1차 세계대전으로 난리였다. 영국도 여유가 없어서 배를 내줄 수가 없었다. 대신 영국은 남극에서 가까운 우루과이, 아르헨티나, 칠레에 도움을 청했다.

6월 10일, 우루과이가 작은 배 한 척과 선원들을 제공해주었다. 경은 즉시 출발했지만 남극해를 뒤덮은 얼음덩이에 배가 파손되어 엘리펀트 섬 부근에서 또다시 회항해야만 했다.

경은 다시 배를 구하러 사방팔방으로 뛰어다녔다. 엠마 호라는 배를 구할 수 있었다. 이번에야말로, 하면서 출발했지만 그들은 또다시 실패했다. 기상 악화로 도저히 더는 나아갈 수가 없었다. 엘리펀트 섬을 150킬로미터 앞두고서 경은 눈물을 삼켜야 했다.

"섀클턴 경은 아마도 그 당시 세계에서 가장 강인한 남자였을 걸세. 그런 그도 거듭된 실패에 크나큰 고통을 겪었지. 섬에 남은 대원들이 걱정되어서 하루도 편히 잘 수 없었네. 워슬리 대원의 회고에 따르면 경은 이때 눈에 띄게 주름이 늘고 머리도 세었다는군."

거듭된 실패에 상처 입은 사람은 경만이 아니었다. 주위 사람들은 더 이상 경을 도우려고 하지 않았다. 도와봐야 소용없다고 여겼다. 엘리펀트 섬의 대원들은 이미 죽었을 거라고 생각했다. 지극히 상식적이고 합리적인 판단이었다. 그러나 경은 상식적이지도 합리적이지도 않았다. 적어도 고난에 처했을 때는 상식과 합리를 거부할 수 있는 사람이었다. 그는 칠레 정부에 간절히 매달렸다. 칠레는 그 열성에 두 손 들고 증기예인선 엘코 호를 내주었다.

8월 25일. 경과 대원들은 엘코 호를 타고 엘리펀트 섬으로 떠났다. 섬을 떠나온 지 벌써 4개월이 지났다. 단 한 명의 대원이라도 살아 있다면 기적이었다.

8월 30일. 닷새간의 항해 끝에 그들은 마침내 엘리펀트 섬에 도착했다. 섀클턴 탐험대가 훗날 기적의 날이라고 명명한 날이었다.

44

처음에는 짙은 구름이 낀 줄 알았다. 갑자기 주변이 어둑어둑해졌기 때문이었다. 곰이 먼저 하늘을 올려다보았고, 나는 잠시 머뭇거리다 고개를 들었다.

펭귄들이 하늘을 날고 있었다. 한두 마리가 아니었다. 수백 수천 마리가 태양까지 가리고 날아가는 중이었다.

이제 와서 펭귄이 하늘을 난다고 화를 내는 사람은 없을 거라고 믿는다. 그런 사람은 벌써 오래전에 책을 던져버렸을 테니까. 나도 날아다니는 펭귄을 봤다고 놀라거나 당황하지는 않았다. 그 순간 나는 손에 쥔 물건이 뭔지 새삼스럽게 깨달았다.

총을 쳐들었다. 펭귄들에게는 미안하지만 나한테는 그놈들이 날아다니는 고깃덩어리로만 보였다. 펭귄들이 그렇게 높이 날지도 않았다. 워낙 많기도 했다. 사냥을 해본 적이 없는 나도 몇 마리는 잡을 수 있을 것 같았다.

"뭔가? 무슨 일인가?"

박사가 물었지만 대답할 틈이 없었다. 펭귄들이 멀리 가버리기 전에 잡아야 했다. 나는 펭귄 한 마리를 조준하고 방아쇠를 당겼다. 탕! 총소리에 내가 다 화들짝 놀랐다. 거대하고 고요한 설원에서 울려 퍼지는 총소리는 끔찍하게 폭력적이었다. 인간이 자연에 저지를 수 있는 가장 잔인하고 불경한 짓인 듯도 했다. 나는 뒤늦게 죄책감을 느꼈지만 그때 벌써 펭귄 한 마리가 추락하는 중이었다.

죄책감은 죄책감이고 고기는 고기였다. 나는 펭귄을 향해 달려갔다. 박사와 곰도 따라왔다.

땅에 떨어진 펭귄은 자그맣고 털이 보송보송했다. 아직 어린 새끼였다. 하필이면 새끼를 잡았단 말인가. 또 죄책감이 들었지만 치피가 죄책감이고 뭐고 다 날려버렸다.

"고기다!"

그녀는 어느새 우리의 동료 치피로 돌아가 있었다. 하지만 천사는 아니었다. 천사가 새끼 펭귄을 향해 발톱을 내밀지는 않을 테니까.

새끼 펭귄이 몸을 버둥거렸다. 살아 있나? 그러고 보니 땅바닥에 핏자국이 보이지 않았다. 새하얀 눈이 깔려 있어서 피를 흘렸다면 보지 못하고 지나쳤을 리가 없었다. 펭귄이 뜻밖에도 살아 있자 치피도 놀랐는지 뒤로 한 발짝 물러섰다.

이윽고 새끼 펭귄이 일어섰다. 작은 몸 어디에도 총상은 없었다. 내 사격 솜씨는 내가 믿은 만큼 훌륭하지는 않았던 모양이다. 그렇다면 이 녀석은 왜 추락한 걸까.

"너 괜찮니?"

내가 묻자 펭귄은 겁먹은 소리로 대답했다.

"괜찮을 거예요. 아저씨가 또 총을 쏘지만 않는다면 말이죠."

펭귄은 작은 날개를 접고 고개를 수그렸다. 인간으로 치면 옹송그리는 몸짓이었다. 겁을 잔뜩 먹은 듯했다. 박사가 물었다.

"누가 말을 하고 있는 거지?"

"펭귄입니다. 하늘을 나는 펭귄을 보고 제가 총을 쐈거든요. 맞지는 않았지만 놀란 모양이에요."

"하늘을 나는 펭귄이라고?"

"예, 그렇습니다. 우리 펭귄들은 하늘을 날아다닙니다."

내가 대답한 게 아니었다. 제3자의 목소리였다.

돌아보니 어느새 펭귄들이 땅에 내려와 있었다. 얼른 봐도 천 마리는 될 듯한 펭귄들이 설원에 우르르 몰려 있는 모습은 귀여우면서도 장엄했다. 귀엽다는 표현과 장엄하다는 표현이 어울릴 수 없다는 지적은 정중히 사양하겠다.

펭귄 무리에서 유난히 덩치가 큰 놈이 앞으로 나섰다.

"그 아이는 제 아들입니다."

"아빠!"

새끼 펭귄이 종종걸음으로 아빠 펭귄에게 달려갔다. 치피가 아쉽고 분하다는 듯이 으르렁거렸다. 으르렁거리기만 했을 뿐이다. 그녀가 마음만 먹었다면 새끼 펭귄이고 아빠 펭귄이고 순식간에 먹어치울 수 있었겠지만 그러지는 않았다. 어쩌면 대화로 해결할 수 있을지도 모른다고 생각한 듯했다. 나도 그런 생각이 들었다.

"새끼 펭귄이 아빠 펭귄의 품에 안겼네요. 엉엉 우는 소리 들리시죠?"

내가 설명해주자 박사는 웃음을 터트렸다. 치피를 처음 만났을 때 같은 신경질적인 웃음이 아니었다. 즐겁고 유쾌한 나머지 돌아버리겠다는 웃음이었다.

"BBC에서 날아다니는 펭귄을 발견했다는 방송을 내보낸 적이 있었지."

"그거 박사님이 지어낸 얘기 아니었어요?"

"아니야. 실제로 있었던 일이야. BBC는 원래 만우절 장난을 좋아해서 만우절이면 꼭 장난을 치고는 했지. 그때도 만우절 장난으로 그런 방송을 내보냈던 건데…… 푸하하하!"

박사가 하도 명랑하게 웃는 바람에 나도 웃음을 터트렸다. 이윽고는 치피도 따라 웃었다. 우리가 웃자 긴장이 풀렸는지 아빠 펭귄이 우리에게 다가왔다. 그는 남극의 신사답게 아주 신사적인 말투로 말했다.

"부탁이 있습니다. 총은 쏘지 말아주셨으면 합니다. 곰님께서도 사냥 욕구를 잠시만 참아주시면 고맙겠습니다. 척 보기에도 여러분은 배가 무척 고픈 것 같군요. 여러분 눈에는 우리가 세상에서 제일 맛있는 음식으로 보인다는 것도 이해는 합니다."

"정말 맛있을 것 같아."

치피는 입맛이 무척 당긴다는 표정이었다. 곰의 안면 근육으로도 그런 표정은 능숙하게 지을 수 있었다. 펭귄은 오들오들 떨었다. 땀을 흘릴 수 있었다면 온몸에서 폭포수 같은 땀이 쏟아졌으리라.

"이렇게 하는 건 어떻겠습니까? 우리를 그냥 보내주겠다고 약속하신다면 먹을 걸 드리겠습니다."

"네가 자청해서 우리의 식량이 되어주겠다는 거지? 어머, 얘 희생정신이 가상하네."

펭귄은 심하게 떨다가 하마터면 쓰러질 뻔했다.

"아뇨. 펭귄 밀크를 드리겠다는 겁니다."

"그게 뭐야?"

"저희 펭귄들은 새끼가 태어나면 먹이를 잔뜩 먹고 둥지로 돌아와서 새끼에게 먹은 걸 토해줍니다. 그걸 펭귄 밀크라고 하죠. 피존 밀크하고 비슷한 겁니다. 마침 우리는 전에 살던 군락지를 떠나오기 전에 배를 잔뜩 불렸습니다. 날아다니느라 배가 좀 꺼지긴 했지만 여러분께 꽤 많은 양의 펭귄 밀크를 드릴 수 있을 겁니다."

치피는 분개했다.

"어머머, 얘 좀 봐. 숙녀더러 남이 토한 걸 먹으라고 하네."

펭귄도 이판사판이었는지 물러서지 않았다.

"우리가 하늘로 날아오르면 여러분은 우리를 잡기 어렵습니다. 총을 쏴봐야 겨우 몇 마리 잡을 수 있겠죠. 그보다는 차라리 우리가 넉넉하게 제공해드리는 펭귄 밀크에 만족하시는 게 낫지 않을까요?"

이걸 어쩌면 좋을꼬. 나는 잠깐 시간을 달라고 한 다음 동료들과 의논했다. 박사는 의논하고 어쩌고 할 것도 없다고 했다. 펭귄의 주장이 매우 합리적이고 타당하다는 것이었다. 내 생각에도 펭권을 사냥하는 것보다는 상상만 해도 역겨운 우유를 먹는 게 나을 것 같았다. 솔직히 말해서 나는 사격 실력에 자신이 없었다. 치피는 북극권 생태계의 정점에 군림하던 포식자의 체통이 있다고 펄펄 뛰었지만 우리가 차분하게 설득하자 결국 납득했다.

"당신의 제안을 받아들이겠습니다. 준비를 하죠."

"현명한 판단을 내리신 데 경의를 표합니다."

나는 건조식량을 담았던 박스들을 꺼내왔다. 텅텅 빈 배낭도 두 개 가져왔다. 아빠 펭귄은 무리로 돌아가 뭐라고 말했다. 이윽고 동료들보다 유난히 배가 나온 펭귄 열 마리가 우리에게 다가왔다. 펭귄들은 내가 내민 박스에 대고 토악질을 했다. 펭귄이 아무리 귀여워도 토하는 모습은 귀엽지 않았다. 토사물의 냄새는 펭귄 밀크라는 사랑스럽기까지 한 명칭과 달리 역겨워서 구역질이 났다.

펭귄들이 다 토하자 다음 펭귄들이 나아왔다. 총 쉰 마리의 펭귄이 우리의 박스와 배낭을 가득 채워주었다. 나는 역겹기는 하지만 어쨌든 소중한 식량이 새지 않도록 여벌옷으로 박스와 배낭을 감쌌다.

일이 다 끝나자 아빠 펭귄이 다시 왔다.

"그럼 우리는 떠나겠습니다. 약속은 지켜주시겠죠?"

"물론입니다. 도와주셔서 정말 감사합니다. 덕분에 살았어요. 아, 그리고 아드님을 쏜 건 사과드리겠습니다."

"괜찮습니다. 다치지도 않았는걸요."

그때 번뜩 떠오른 게 있었다.

"펭귄 씨. 헤어지기 전에 하나만 더 부탁해도 될까요? 어려운 부탁은 아닙니다."

"말씀하세요."

"여기 박사님은 눈이 안 보여서 당신들을 보지 못합니다. 보지 못하는 대신 손으로 만져봤으면 하는데 괜찮을까요?"

"그 정도야 어려울 거 없죠. 마음껏 만지세요."

새클턴 박사가 그 순간 얼마나 행복한 표정을 지었는지 굳이 묘사할 필요가 있을까. 그는 거의 10분에 걸쳐서 펭귄의 전신을 꼼꼼하게 만져본 다음 펭귄을 꼭 끌어안고 키스를 퍼부었다. 그냥 놔두면 정말로 백만 번의 키스를 퍼부을 기세라서 내가 강제로 떼어놔야 했다. 북극곰 앞에서도 할 말은 하던 아빠 펭귄도 이 과격한 애정 공세에는 당황한 모양이었다.

"사랑은…… 좋은 것이죠. 참…… 좋은 것이죠."

그는 비틀거리며 돌아섰다.

"펭귄 씨. 마지막으로 한 가지만 물어볼게요. 우리 인간들은 당신들이 날지 못하는 줄 압니다. 그렇게 떼를 지어 날아다니면 눈에 띄지 않을까요?"

"괜찮습니다. 인간들은 보고도 보지 못하고 듣고도 듣지 못하니까요."

펭귄은 잠시 간격을 두고 말했다.

"우리를 보고 들을 수 있는 인간을 만난 건 오늘이 처음입니다."

그 말을 끝으로 아빠 펭귄은 무리로 돌아갔다. 나는 천 마리의 펭귄이 한꺼번에 날아오르는 광경을 묵묵히 지켜보았다. 이미 썼던 표현을 또 써서 미안하지만, 그것은 귀여우면서도 장엄한 광경이었다. 어쩌면 귀여움과 장엄함은 서로 잘 어울리는 어휘인지도 모르겠다.

45

엘리펀트 섬에 남아 있던 대원들은 어떤 고난을 겪었을까.

우선 영양실조에 시달렸다. 남은 식량은 턱없이 부족했다. 무엇보다도 비스킷이 모자랐다. 비스킷은 그들이 가진 먹을거리 중에 유일한 탄수화물이었다. 아껴 먹었지만 결국 비스킷도 바닥났다. 펭귄이나 물개를 사냥해서 고기를 먹을 수는 있었지만 인간은 육식동물이 아니다. 탄수화물을 섭취하지 못하면 살 수 없다. 대원들은 급속도로 지쳐갔다.

"그들은 조개와 해초를 먹으며 버텼지. 자네도 알겠지만 조개는 서양 사람들도 흔히 먹는 거지만 해초는 아니야. 미역도 먹는 아시아 사람처럼 생각하면 안 되네. 서양인들에게 해초는 바다의 잡풀에 지나지 않는다네. 너무 배가 고파서 그런 것까지 먹어야 했던 거지. 그래도 영양 불균형은 피할 수 없었지만."

동상도 그들을 힘들게 했다. 블랙보로 대원은 두 다리가 다 동상에 걸렸다. 시간이 지나자 오른다리는 호전되었지만 왼다리는 발가락이 썩어 들어가기 시작했다. 그냥 놔두면 다리 전체가 썩을 것이었다. 의사인 매클린과 매클로이가 절단 수술을 하기로 했다. 변변한 장비도 없이 극한의 상황에서 벌이는 수술이었다. 놀랍게도 수술은 성공했다. 블랙보로는 발가락을 잃었지만 명랑함을 잃지는 않았다고 한다.

무엇보다도 큰 고난은 구조대가 올 기약이 없다는 거였다. 처음에는 희망을 품고 기다렸지만 희망이란 게 원래 그렇듯이 시간이 지나자 품고 있기에는 너무 무겁고 고통스러운 것이 되었다. 대원들은 섀클턴 경이 돌아오지 못할 거라고 말했다. 대원들을 통솔하는 사람은 프랭크 와일드였는데 통솔력도 뛰어나고 인내심도 강한 사람이었지만 이대로 마냥 기다릴 수는 없다고 생각했다.

8월이 되었다. 엘리펀트 섬에 상륙한 지 4개월이 지난 것이었다. 혹한의 추위 속에서 먹을 것도 제대로 못 먹고 동상에 발가락을 잃어가며 버텨온 4개월이었다. 와일드는 떠나기로 했다. 그는 대원들에게 여기서 4백 킬로미터 떨어진 디셉션 섬으로 가자고 했다. 그 섬 근처에는 포경선들이 돌아다니기 때문에 구조될 희망이 있다고 했다. 당장 출발하자는 건 아니었고 포경선이 다닐 시기에 맞추어 10월 5일쯤 출발하자고 했다. 당장 출발했다면 그들이 어떻게 되었을지는 아무도 알 수 없는 노릇이다.

대원들은 아무도 이 계획을 반기지 않았다고 한다. 또다시 바다로 나가는 게 너무 두려워서였다. 어떻게 두렵지 않을 수 있겠는

가. 그들은 이미 바다에서 몇 번이나 죽을 뻔했다.

그대로 있으면 다 죽는다. 바다로 나가도 죽는다. 진퇴양난의 상황이었다. 그들이 갈팡질팡하는 사이에 8월 30일, 날이 밝았다.

대원들은 썰물 때 해변으로 나가 조개를 잡았다. 그리고 점심때가 되자 오두막으로 돌아가 식사를 했다. 마츤 대원이 허둥지둥 달려와서 배가 왔다고 외쳤다. 대원들은 먹던 것도 던져버리고 해변으로 뛰어갔다. 정말로 배가 보였다. 한 대원이 불을 피우고 연기로 신호를 보냈지만 사실은 그럴 필요도 없었다. 배는 벌써 섬에서 1.5킬로미터 거리까지 접근해 있었고 똑바로 다가오는 중이었다.

배에서 섀클턴 경이 보이자 대원들은 한목소리로 외쳤다. 모두 무사하다고. 정말이었다. 온갖 고난을 겪었건만 단 한 사람의 사망자도 없었다. 섀클턴 경이 데리고 떠났던 대원들도 물론 무사했다. 섀클턴 탐험대는 남극 횡단에는 실패했지만 죽지는 않았다. 실패하면 죽는 게 당연하고 아무도 그런 냉엄한 규칙에 이의를 제기하지 않는 세상에서 그들은 모두 살아남았다.

46

펭귄 밀크는 좋은 식량이었다. 사람도 아니고 동물의 토사물을 먹는다는 거부감을 극복할 수만 있다면 말이다.

여기는 남극이라 우리는 식사 때마다 벽돌처럼 단단하게 얼어붙은 펭귄 밀크를 도끼로 부순 다음 죽을 끓여 먹어야 했다. 인류 역사상 그 누구도 먹어본 적이 없는 죽이었다.

박사와 나는 처음에는 냄새 때문에 코를 막고 억지로 먹었다. 며칠 먹으니까 적응이 되었다. 펭귄 밀크는 정말 좋은 식량이었다. 무엇보다도 열량이 높았다. 열량을 재볼 수야 없었지만 어쨌거나 먹으면 배가 든든했다. 펭귄들이 한창 자라나는 새끼들, 그것도 남극에서 자라나는 새끼들에게 먹이는 거니 당연한 일이었다.

"영국에서 먹은 음식보다는 훨씬 먹을 만하군요."

"영국 요리를 모욕할 셈이라면…… 마음껏 하게나."

치피는 적응 과정을 거칠 필요가 없었다. 그녀는 처음부터 펭귄 밀크를 잘 먹었다. 포식자의 체통은 어디로 갔느냐고 내가 짓궂은 질문을 던지자 그녀는 코웃음을 쳤다.

"체통이 다 뭐니? 일단 살고 봐야지."

우리는 식량 걱정도 덜었으니 당분간 휴식을 취하기로 했다. 박사의 전용 화투가 드디어 활약할 때였다. 우리는 날마다 화투를 쳤다. 치피는 고스톱과 섯다의 규칙을 금세 이해했고 날이 갈수록 실력이 붙었다. 박사는 호적수를 만났다고 기뻐했다. 한 가지 아쉬운 건 단 둘이 치는 '맞고'밖에 칠 수 없었다는 것이다. 치피가 화투를 쥘 수가 없어서 한 사람이 그녀 대신 쳐줘야 했다. 우리는 돌아가며 일대일로 맞붙었다. 나도 그새 실력이 좀 늘어서 제법 치열한 승부가 벌어졌다. 나는 행복했다. 죽을 수밖에 없다고 생각했던 일도 잊고 행복을 만끽했다. 나는 앞이 전혀 보이지 않는 시각장애인과 화투를 쥘 수도 없는 곰을 상대로 화투를 쳤다. 어떻게 행복하지 않을 수 있겠는가.

3월 15일. 우리는 다시 출발했다.

이미 이야기가 충분히 늘어졌으니 중간 과정은 생략하겠다. 사실은 남극점에 도달할 때까지 별일도 없었다. 그렇게 순조로운 여정은 탐험 첫날 이후 처음이었다. 남극점에 도달하자 일이 벌어졌지만 사소한 것에 지나지 않았다.

3월 20일. 우리는 남극점에 도착했다.

기지도 있고 깃발도 많이 꽂혀 있어서 딱 봐도 남극점인 걸 알 수 있었다. 그래도 나는 굳이 GPS를 꺼내서 위치를 확인해보았다. 남위 90도. 모든 경도가 시작되는 지점. 섀클턴 경이 그렇게 밟고 싶어 했지만 밟지 못한 지점. 아문센이 노르웨이 깃발을 꽂은 곳.

이상하게 들리겠지만 그다지 감개무량하지는 않았다. 그 고생을 하고 왔는데도 그랬다. 나만 그런 게 아니라 박사도 덤덤했다. 우리는 여기가 남극점임을 알리는 표지판 앞에서 기념사진을 딱 한 장만 찍었다. 치피도 물론 함께였다. 그녀는 우리를 걱정했다.

"너희들 왜 서로 얼싸안고 춤을 추지 않는 거니? 혹시 어디 아파? 열이라도 있니?"

나도 우리가 감격하지 않는 이유를 알 수가 없었다. 나는 입을 다물었다. 역시 이럴 때는 똑똑한 사람이 말해야 했다.

"성공했으니까요. 성공했다면 감격할 필요도 없는 겁니다."

박사의 알쏭달쏭한 말에 치피는 푸흐흥, 하는 소리로 웃었다.

우리가 그러고 있는데 기지에서 건장한 남자 두 명이 나왔다. 미국식 영어로 말하는 걸 보니 미국인 같았다. 나는 영어를 못하니까 잠자코 있었고 박사가 말을 주고받았다. 뭐라고 하는지는 몰라도 남자들의 표정이 몹시 당혹스러워 보였다. 이윽고 박사가 내게 설명해주었다.

"우리가 누구냐고 묻기에 남극점 탐험대라고 했네."

"그 말을 믿던가요?"

"탐험대가 올 거였다면 자기들한테 미리 연락이 왔을 텐데 그런 연락은 없었다고 하더군. 그래서 뭔가 착오가 있었던 모양이라고 둘러댔네. 아, 그리고 우리 옆에 서 있는 북극곰이 보이냐고 물었지. 그 곰이 당신들을 기름이 뚝뚝 떨어지는 스테이크라도 되는 듯이 바라보고 있다고. 이 사람들은 곰 따윈 보이지 않고 당신이 미쳤다는 건 알겠다고 하는군."

오래 머물 수는 없었다. 우리 정체가 탄로 나면 당장 본국으로 송환될 테니까. 박사는 영국으로, 나는 한국으로.

우리는 식량을 조금 얻었다. 치피를 위해서 초콜릿 바도 부탁해서 받았다. 남극협약에 따르면 남극에 사적으로 방문한 사람은 인도적 지원 외에는 아무런 도움도 받을 수 없다. 자살이 그렇게도 하고 싶으면 아름답고 깨끗한 남극을 더럽히지 말고 다른 데 가서 하라는 소리다. 탐험대들도 보급은 각자 알아서 했다. 하지만 인도적 지원은 가능했고 이 미국인들은 원래 상냥한 사람들인지 정신병자들이 하늘에서 뚝 떨어진 것처럼 느닷없이 등장한 상황에서도 식량을 내주었다.

우리는 완전히 얼빠진 얼굴을 하고 있는 미국인들에게 손을 흔들어준 다음 출발했다. 이번에도 치피가 우리를 끌어주었다. 미국인들 눈에는 우리가 배낭 위에 앉아 있는데 저절로 움직인 거로 보였을 것이다. 그들이 이 상황을 윗선에 어떻게 보고했을지 지금도 무척 궁금하다. 아마 보고는 집어치우고 당장 정신과의사부터 찾지 않았을까.

20킬로미터쯤 더 전진하고 텐트를 쳤다. 펭귄 밀크 대신 기지에서 얻어온 식량으로 배를 채우고 고스톱을 쳤다. 박사와 치피가 먼저 대결했는데 치피가 고를 외치고 불과 10초도 안 되어서 박사가 고도리를 하는 바람에 분위기가 살벌해졌다. 치피는 너 '밑장 빼기' 한 거 아니냐고 진지하게 따졌다. 그런 소리는 어디서 들은 건지 알 수가 없었다. 다행히 초콜릿 바가 그녀의 기분을 풀어주었다.

밤이 되자 우리는 잠을 청했다. 침낭에 들어가 안대를 하고 누워 있는데 박사가 말했다.

"우리의 탐험도 끝나가는군."

"아직 절반 남았는데요."

"시작이 반이잖아. 앞으로는 특별히 어려운 일도 없을 것 같고. 남극대륙 동쪽에는 산맥이 없어. 내일부턴 쉽게 갈 수 있을 거야."

나는 잠시 생각해보고 말했다.

"우리의 탐험에 고난이 없을까요?"

박사도 잠시 생각에 잠겼다.

"하긴 그렇군. 고난이 없을 리가 없지."

"주무세요."

"그녀를 위한 한마디는 찾았는가."

나는 대답할 수 없었다. 내가 그런 말을 찾아냈던가? 아니, 찾으려고 한 적이나 있던가? 남극에 온 이후 온갖 고생과 황당무계한 사건들에 치이느라 뭘 찾을 겨를이 없었다. 억지로 찾으려고 할 것 없이 탐험이 끝날 때까지 기다리면 될 거라는 막연한 희망도 있었다.

"모든 것이 끝나면 찾을 수 있겠죠."

"그래, 그렇겠지."

"저도 한 가지 여쭤봐도 될까요? 박사님은 윌리엄과 헤어진 이후 그 사람이 어떻게 되었는지 들려주신 적이 없죠. 윌리엄을 다시 만난 적은 없으신가요?"

박사는 길게 한숨을 내쉬었다. 윌리엄 얘기는 하고 싶지 않다는 뜻인 것 같아서 나는 미안하다고 하려고 했다. 막 입술을 달싹이는데 박사가 내뱉었다.

"윌리엄은 죽었어. 대장암으로."

"언제요?"

"2009년에."

"박사님이 한국에 정착하신 해군요. 윌리엄이 죽자 영국을 떠나신 건가요?"

"결과적으로 그렇게 되었지만 그건 우연에 불과해. 나는 윌리엄이 죽기 전부터 한국에서 살기로 마음먹고 있었어."

"윌리엄에게 사랑한다고 말하셨나요?"

"아니, 그런 소리는 하지 않았어."

박사는 잠깐 간격을 두고 덧붙였다.

"하지만 윌리엄은 다 알고 있었지. 마지막으로 병원에서 만났을 때 나는 그걸 알았어. 나는 물론 아무 말도 하지 않았고, 윌리엄 역시 자기가 알고 있다는 소리 따위는 하지 않았지만 우리는 둘 다 알고 있었어. 모든 것을."

깊은 회한이 느껴지는 목소리였다.

"윌리엄이 세상을 떠난 후 한국에 정착하신 건가요?"

"응. 하지만 그런 건 다 우연이야."

"모리슨의 아들이 윌리엄인 것도 우연인가요?"

"우연이지. 사소하고 하찮은."

"모든 운명은 우연으로 시작합니다. 우연이 인간을 결심하게 만들고, 결심이 운명을 만드는 것입니다."

박사는 실소했다.

"자네도 작가라고 혓바닥을 놀릴 줄 아는군. 어디서 들어본 것 같은 소리지만."

"죄송합니다. 저는 삼류 작가라 흔한 소리, 뻔한 소리밖에 못 해요."

"그리고 헛소리를 잘하지."

"제가 내세울 수 있는 유일한 특기죠. 더 하실 말씀 없으면 이만

잘까요?"

"낮에 섀클턴 경을 보았네."

나는 안대를 벗고 박사를 돌아보았다. 박사는 어차피 눈이 보이지 않기 때문에 안대는 사용하지 않았다. 그는 아무것도 볼 수 없는 눈으로 허공을 응시하고 있었다. 뭔가가 보이는 것처럼.

"우리가 사진을 찍을 때 우리 옆에 섀클턴 경도 있었네. 환하게 웃고 있었지."

나는 사진을 이미 확인했다는 말은 하지 않았다. 사진에 찍힌 건 우리 둘과 치피뿐이었다는 것도.

"섀클턴 경은 만족한 것 같았어. 이제라도 남극점에 도달했으니까. 나는 경의 웃는 얼굴을 보고 그런 생각을 했네. 어쩌면 경이 우리를 이끈 것이 아니라 우리가 경을 이끈 건지도 모른다는. 쓸데없이 얘기가 길어졌군. 미안하네. 이만 자도록 하지."

박사는 눈을 감았다. 나도 안대를 착용하고 잠을 청했다. 왠지 쉽게 잠들 수가 없었다.

3월 21일. 우리는 수월하게 80킬로미터를 주파했다. 수다쟁이 박사가 웬일로 조용했지만 나는 그러려니 했다. 나는 그토록 무심했다.

3월 22일 새벽. 박사의 신음소리에 놀라서 잠이 깨었다. 치피도 일어나 있었다. 그녀는 썩는 냄새가 난다고 했다. 황급히 박사의 양말을 벗겨보니 오른발의 발가락 세 개가 끝부분부터 까맣게 썩어 들어가고 있었다. 앞으로도 고난이 있을 거라고 예견했건만 나는 뒤통수를 맞은 기분이었다. 동상은 우리를 꾸준히 괴롭혀온 고난이었다. 조금도 새로울 게 없었다. 바로 그렇기 때문에 더 신경을 써야 했는데 그러지 않았다. 절망은 그렇게 언제나 진부했다. 진부하고 지긋지긋한 절망인데도 나는 대비를 하지 못했다.

그냥 놔두면 다리가 다 썩을 건 불 보듯 뻔한 일이었다. 그렇다고 수술을 할 수도 없었다. 의학 지식도 없었고 있다고 해도 장비가 없었다. 우리가 가져온 건 구급상자였지 수술 도구가 아니었다. 도끼로 발가락을 자를까? 그럴 수도 있겠지만 지혈은 어떻게 할 것인가. 추우니까 지혈은 어떻게든 된다고 쳐도 그다음은? 상처가 썩지 않는다고 누가 장담할 수 있을까. 게다가 박사의 왼발도 동상에 걸려 있었다.

우리는 의논 끝에 연고를 바르고 지켜보기로 했다. 박사가 열이 올라서 해열제를 먹였다. 그날은 움직이지 않고 하루 종일 쉬었다.

3월 23일. 나도 동상이 악화되었다. 왼손의 검지와 중지 전체에 감각이 없었다. 썩지는 않은 게 그나마 다행이었다. 박사는 오른발의 남은 발가락 두 개까지 썩기 시작했다. 열이 펄펄 끓었다. 해열제를 다섯 알이나 먹어도 열이 내리지 않았다. 박사는 그 와중에도 냉철한 판단을 내렸다.

"출발하세. 여기서 시간을 끌어봐야 아무 의미도 없어. 빨리 탐험을 마치고 병원에 가야 돼."

박사가 몸을 가누지 못했기 때문에 내가 그를 끌어안았다. 치피는 우리를 끌고 가면서 수시로 뒤를 돌아보았다. 우리가 혹시 쓰러지지 않았나 걱정되어서였다. 나는 버틸 수 있었다. 박사도 버티는 데 내가 어떻게 버티지 않을 수 있겠는가.

3월 24일. 박사는 아침부터 열이 심했다. 영어로 뭐라고 중얼중얼하더니 의식을 잃었다. 더는 두고 볼 수가 없었다. 나는 치피에게 발가락을 잘라야겠다고 말했다. 치피는 박사가 의식이 없는 사이에 얼른 해치우자고 했다. 나는 도끼를 꺼낸 다음 박사를 텐트 밖으로 옮겼다. 박사의 오른발 발가락은 몽땅 썩어 있었고 진물이 흘렀다. 고약한 냄새가 났다. 펭귄 밀크보다 고약했다. 살아 있는 사람의 몸에서 이런 냄새가 난다는 사실을 용납할 수가 없었다. 박사를 살리기 위해서라기보다는 그의 존엄성을 위해 발가락을 잘라야 했다.

나는 후회했다. 왜 진작 자르지 않았던가. 왜 결정적인 순간에 주저했는가. 섀클턴 경처럼 결단을 내렸어야 했다. 나는 섀클턴 경처럼 위대한 사람이 아니지만 그래도 내려야만 했었다. 나는 겁쟁이였다. 용기를 내야 할 때 주저앉은 겁쟁이였다. 섀클턴 경을 따라갈 자격이 없었다.

나는 박사의 무릎을 구부려서 발바닥이 땅에 닿도록 했다. 치피가 박사가 꿈틀거리지 못하도록 앞발로 눌러주었다. 나는 도끼를 쳐들었다. 사람 몸에 도끼질을 해보는 건 처음이었다. 과연 자를 수 있을까? 바보 같은 질문이었다. 나는 잘라야 했다. 이제라도 용기를 내야 했다. 내 눈에는 보이지 않는 섀클턴 경을 따라가야만 했다.

이를 사리물고 도끼를 내리쳤다. 용케도 정확한 부위를 절단할 수 있었다. 첫 도끼질에 발가락 세 개가 날아갔다. 박사가 움찔했다. 치피가 누르고 있지 않았다면 벌떡 일어났으리라. 다행히 반사적으로 반응했을 뿐 의식을 되찾은 건 아니었다. 따지고 보면 다행도 아니지만.

나는 심호흡을 한 다음 또 한 번 도끼질을 했다. 남은 발가락 두 개가 날아갔다. 상처에서 솟아오른 피가 눈을 빨갛게 적셨다. 나는 새하얀 설원에 붉은 동그라미가 번져가는 걸 보고 진저리를 쳤다. 치피가 말했다.

"썩은 부분이 남았어."

수건으로 피를 닦고 상처를 살펴보았다. 치피의 말대로 내가 미처 잘라내지 못한 발가락 밑동이 몇 개 남아 있었다. 다 썩은 부위였다. 그것도 가지 치듯 정리해야만 했다. 도끼를 내려칠 수는 없었다. 밑동은 1센티미터도 안 되었다. 내가 기계도 아닌데 도끼를 휘둘러서 그 짧은 부분을 정확히 잘라낼 수는 없었다. 자칫 잘못했다가는 발을 통째로 잘라버릴 수도 있었다.

텐트에서 칼을 가져왔다. 또 심호흡을 하다가 눈물을 흘릴 뻔했다. 입술을 꾹 깨물어 간신히 참았다. 질질 짜고 있을 여유가 없었다. 빨리 끝내야 했다.

왼손으로 박사의 발을 단단히 부여잡고 오른손에 칼을 쥐었다. 칼로 발가락을 하나하나 잘라냈다. 박사는 앙상하게 말라 있었지만 뼈는 여전히 단단했다. 칼이 잘 들지 않아서 칼날을 발가락에 꽂은 채 발로 콱 밟았다. 발가락이 뚝 잘라졌다. 박사가 비명을 질렀다. 온 세상에 내가 여기 있다고, 아직도 끝나지 않았다고 외치는 듯한 소리였다.

간신히 수술 아닌 수술을 마치고 박사를 다시 텐트 안으로 옮겼다. 박사가 다 죽어가는 소리로 말했다.

"발가락을 자른 건가?"

"예, 썩은 부위는 다 잘랐습니다. 의논도 하지 않고 일을 저질러서 죄송합니다."

"무슨 소리인가. 자네가 나를 살린 거야."

그 말을 끝으로 박사는 다시 의식을 잃었다. 나는 박사의 발에 소독약을 퍼붓다시피 한 다음 거즈로 감싸고 붕대를 친친 감았다. 그리고 상처가 썩지 않게 해달라고 섀클턴 경에게 기도했다.

기도를 마치고 텐트 밖으로 나왔다. 치피가 잘라낸 발가락을 한데 모아놓고 기다리고 있었다. 발가락이라고 했지만 정확히 말하면 발가락과 살덩이였다. 처음에 도끼로 잘라낸 것들은 척 보기에도 발가락이 분명했지만 칼로 자른 부분은 썩은 고기 조각으로밖에 보이지 않았다. 그런 게 사람의 몸뚱이였다는 사실이 믿어지지가 않았다.

"이건 어떻게 하지?"

"묻는 게 좋겠죠. 아니…… 불태우죠."

불을 피우고 발가락과 살덩이를 불길 속에 던졌다. 썩은 살이 타는 냄새를 맡고 나는 비로소 눈물을 흘렸다. 치피는 아무 말도 하지 않고 내 곁을 지켜주었다.

3월 25일. 새벽에 눈을 뜨고 박사의 체온을 재보았다. 38.5도였다. 여전히 높았지만 펄펄 끓는 고열은 아니었다. 나는 박사의 뺨을 두드렸다. 박사는 한참 후에야 눈을 떴다. 약을 먹을 수 있겠느냐고 물었더니 그는 어렴풋이 미소 지었다.

"그럴 때는 먹지 않으면 죽는다고 협박을 해야지."

박사는 약을 먹고 다시 눈을 감았다. 이번에는 기절하는 게 아니라 잠드는 거였다. 나도 다시 잠을 청했다. 아침에 눈을 뜨고는 깜짝 놀랐다. 박사가 일어나서 붕대를 감은 오른발을 어루만지는 중이었다. 내가 괜찮으냐고 묻자 그는 새벽에 보여주었던 것보다 훨씬 또렷하게 웃음을 머금었다.

"열이 내렸어. 이제 살 것 같군. 배가 무척 고픈데 밥이나 먹을까?"

펭귄 밀크로 죽을 끓여서 그에게 먹여주었다. 의도한 일은 아니지만 아빠 펭귄의 제안을 받아들인 게 결과적으로 무척 다행이었다. 박사는 유동식을 먹어야 했고, 펭귄 밀크는 훌륭한 유동식이었다. 그때 펭귄 밀크 대신 고기를 택했다면 두고두고 후회했으리라.

"이제 배가 부르군. 자네와 치피도 식사를 하고 출발하지."

"지금 박사님 상태로는 무리입니다."

"나도 살고 싶어. 살고 싶으니까 가자는 거야."

맞는 말이었다. 중환자를 이런 극지에 방치할 수는 없었다. 우리는 서둘러 식사를 마치고 출발했다. 치피는 그 어느 때보다도 힘차게 달렸다. 그날 우리는 백 킬로미터 이상을 주파했다.

3월 26일. 박사는 스스로 일어설 수 있을 만큼 회복되었다. 내 눈으로 보고도 믿기 힘든 일이었다. 무엇이 그를 일어서게 한 걸까. 원래 건강한 사람이었지만 탐험을 시작하고서는 급격히 쇠약해졌다. 이제 발가락도 잃었는데 어떻게 일어선 걸까. 불가사의한 의지가 그를 강제로 일으켜 세운 것일까.

3월 27일. 또다시 사스투르기 지대가 우리 앞을 가로막았다. 박사는 걷겠다고 고집을 부렸다. 스키를 신을 텐데 뭐가 문제냐고 했다. 나는 절대로 안 된다고 했다. 계속 고집을 부리면 때려눕히겠다고도 했다. 치피도 이빨을 드러냈다. 박사는 고집을 꺾었다.

"내 등에 박사를 태워. 그리고 밧줄로 묶어."

나는 치피가 시키는 대로 했다. 그녀는 짐도 끌겠다고 했지만 그건 너무 미안한 일이었다. 나는 치피의 안쓰럽다는 듯한 시선도 무시하고 짐을 묶은 밧줄을 허리에 감다가 갑자기 그만두었다. 잠깐 숨을 고른 다음 치피에게 짐을 맡겼다. 미안한 일이지만 어쩔 수 없었다. 무리하다가 나까지 쓰러지면 그때 가서는 아무리 미안해해도 소용이 없었다. 이제 작은 바보짓은 하지 말아야 했다. 큰 바보짓을 해야 했다. 에이미 여사는 바보를 위한 신을 믿는다고 했다. 나는 그런 신은 믿지 않았지만 내가 바보라는 사실은 믿었다.

박사는 치피에게 업혀가면서 미안하다고 했다. 치피는 그만 소리는 집어치우고 재미있는 말이나 해보라고 했다. 박사는 기다렸다는 듯이 지껄였다.

“당신 체취가 아주 고약하군요. 탐험이 끝나면 프랑스산 최고급 향수를 선물해드리죠. 드럼통에 향수를 가득 채워드리겠습니다. 향수로 목욕 좀 하세요.”

“너 확 물어버린다?”

나는 배를 잡고 웃었다. 박사와 치피도 웃었다.

3월 28일. 우리는 쭉쭉 나아갔다. 밤에 지도를 펼치고 계산해보니 보름이면 남극대륙의 동해안에 당도할 수 있을 것 같았다. 치피의 체력을 감안해서 넉넉하게 계산해도 3주면 충분했다. 3주. 날수로는 21일. 너무 짧고, 너무 긴 시간이었다.

3월 29일. 박사가 다시 쓰러졌다. 열이 또 올랐다. 오른발의 상처가 기어이 썩어가고 있었다. 발을 잘라야 했다. 발목까지 통째로 절단해야만 했다. 내가 자르자고 하자 박사는 고개를 저었다.

“그럼 걸을 수 없게 돼.”

“지금 그게 중요한가요?”

“나는 눈이 안 보여도 걸을 수는 있었어. 지팡이로 땅을 더듬거리며 걸어야 했지만 그래도 걸을 수는 있었네. 그게 중요하지 않다는 건가?”

“잘라야 합니다.”

나는 박사의 발가락을 자른 이후 내 몸에서 떼놓은 적이 없던 도끼를 손에 들었다. 박사가 반항하면 치피에게 도움을 청할 작정이었다. 박사는 내 눈을 들여다보았다. 나는 정말로 그와 시선이 마주친 기분이었다.

"예전에 용기를 내지 못했다는 사실 때문에 이성을 잃었군. 냉정하게 생각해보게. 발목까지 자르면 상처가 너무 커. 엄청난 출혈과 쇼크가 있을 거야. 내가 견딜 수 있을까? 잊었나 본데 난 일흔 살에 가까운 노인일세. 그동안의 탐험으로 체력을 거의 다 소진한 노인이지. 발목을 자르는 일은 내 목을 자르는 일과 같아."

나는 갈등했다. 지금 이 순간 용기를 낼 것인가 말 것인가. 살다 보면 용기를 내야 할 때도 있었고 내지 말아야 할 때도 있었다. 이럴 때도 있고 저럴 때도 있었다. 박사의 말이 옳았다. 나는 용기를 내지 못했다는 사실에 사로잡혀 있었다. 도끼를 내려놓자 박사는 한숨을 내쉬었다.

"심심한테 고스톱이나 칠까? 진 사람 팔뚝 맞기."

우리는 고스톱을 쳤다. 박사와 치피가 맞붙어서 박사가 이겼다. 박사는 치피의 팔을 때리고서도 이건 공평하지 않다고 투덜거렸다. 다음에는 나와 치피가 붙어서 치피가 이겼다.

"어머, 얘. 뭘 그렇게 사색이 되고 그러니? 살살 때릴게."

치피가 살살 때려준 덕분에 나는 골절상을 면할 수 있었다. 멍은 들었지만. 박사는 껄껄 웃었다. 우리가 마지막으로 즐겁게 보낸 시간이었다.

3월 30일. 박사는 열이 40도까지 올라갔다. 나는 해열제를 도끼 자루로 빻은 다음 물에 녹여서 그에게 먹였다. 한 번에 해열제 반 통을 먹였고 다섯 시간 후에 나머지도 다 먹였다. 그 덕인지 밤이 되자 체온이 39도로 내려갔다. 박사는 날아오를 것처럼 개운하다고 했지만 목소리는 모기 소리였다. 눈도 퀭했다. 원래 주름이 많은 노인이었지만 이제는 얼굴이 다 쭈글쭈글했다.

3월 31일. 우리는 나아갔다. 무작정 나아가는 것 말고는 할 수 있는 일이 없었다.

4월 1일. 아침부터 눈이 내리고 바람도 세게 불었다. 오후가 되자 눈발이 굵어졌다. 거센 눈보라였다. 우리는 눈보라를 뚫고 나아갔다. 박사는 열이 펄펄 끓고 있었다. 해열제도 더는 소용이 없었다.

치피는 세 시간을 내쳐 달린 다음에도 멈추지 않았다. 이제 그만 쉬어야 한다고 해도 결코 멈추지 않았다. 그녀를 멈춰 세운 건 박사였다.

"치피. 멈추세요."

혼절한 채 내 품에 안겨 있던 박사가 어느새 정신을 차렸다. 치피는 반가웠는지 아니면 절망했는지 질주를 멈추고 우리에게 다가왔다. 박사는 그녀를 올려다보았다. 나는 그가 정말로 치피를 보았다고 지금도 확신한다. 치피도 그럴 것이다. 분명히 눈을 마주쳤을 것이다. 그렇지 않았다면 치피가 그렇게 비통한 몸짓으로 고개를 돌리지는 않았을 테니까.

"나 좀 도와주게."

박사는 일어서려고 했다. 나는 그를 부축하면서도 일어서지는 못할 거라고 생각했다. 그가 내 상식을 초월한 인간이라는 사실을 잠시 망각한 것이다. 박사는 기어이 일어섰다. 한평생 그와 함께했던 지팡이를 짚고서.

"이걸 잡고 나를 인도해주게."

박사가 주머니에서 끈을 꺼냈다. 에이미 여사가 만들어준 그 일곱 빛깔 끈이었다.

"걸으시면 안 됩니다. 아니, 당신은 걸을 수 없습니다."

"여기까지 함께 왔으면서 무슨 소리인가. 내가 일어날 수 있도록 도와줬으면서 도대체 무슨 소리를 하는 겐가."

나는 치피를 쳐다보았지만 그녀는 아무 말도 하지 않았다. 머뭇거릴 여유도 없었다. 마지막 불꽃이 타고 있었다. 이제 곧 어둠이 내릴 것이다. 마침내 이 모든 게 끝날 것이다.

나는 오른손에 끈을 쥐었다. 박사는 왼손에 쥐었다. 내가 한 걸음 걸어갔다. 박사도 한 걸음 내디뎠다. 나는 마지막으로 말해보았다.

"포기하세요."

"잊었는가. 나는 실패하러 온 거지 포기하러 온 게 아니네."

"왜 포기하지 않는 겁니까."

"이 모든 게 그저 아무것도 아니기에. 이 모든 게 언젠가 끝날 것이기에."

나는 다시 걸었다. 박사도 따라왔다.

감상적인 행위였을까? 아마 그럴 것이다. 무의미한 행위였을까? 아마 그럴 것이다.

그래서 뭐가 어쨌단 말이냐. 도대체 뭐가 어쨌다는 것이냐.

박사는 열 걸음을 걷고 쓰러졌다. 나는 그를 품에 안았다. 박사는 내가 평생 본 적이 없는 밝은 웃음을 머금고 있었다. 신의 손전

등이 아직도 그를 비추고 있었지만 더 이상 그는 죄인이 아니었다. 그는 숨을 필요가 없었다.

"섀클턴 경이 내 옆에서 같이 걸었어. 보게. 경이 떠나가는군."

나는 그가 눈짓으로 가리킨 방향을 바라보았다. 눈보라 때문에 아무것도 보이지 않았다. 날이 화창했다면 볼 수 있었을지는 알 수 없다. 박사는 눈을 감았다.

"윌리엄의 말이 옳았어. 나는 실패함으로써 성공했어. 이제 만족하네."

나는 그의 어깨를 흔들었다. 무의미한 짓이라는 걸 알면서도 그랬다. 박사는 잠시 후에야 다시 눈을 떴다.

"자, 이제 떠나게. 끈은 자네가 가지고 가게. 마지막 선물이야."

"이대로 떠날 수는 없습니다."

"바보 같은 소리를 하는군."

"여기서 같이 죽겠다는 소리가 아닙니다. 임종을 지켜보겠다는 겁니다. 그리고…… 당신을 데려가겠어요. 남극 끝까지."

"그것도 바보 같은 소리야. 섀클턴 경이 떠나간 이유를 아직도 모르겠나? 그는 후임자를 찾은 거야. 실패하러 떠나는 사람을 인도해줄 실패자를 찾은 거야. 그는 위대한 실패자이기 때문에 실패자를 고를 자격이 있었네. 그는 날 선택했어."

박사가 손을 들었다. 그 손은 잠시 헤매지도 않고 내 뺨에 바로 닿았다.

"나는 이 남극을 떠돌 거야. 영원히 그러지는 않을 테니까 걱정말게. 영원한 건 아무것도 없지. 나는 여기서 후임자들을 찾을 것이네. 언젠가 쓸 만한 실패자를 찾으면 그때야말로 모든 걸 끝내고 이 세상을 떠날 거야. 자네는 세상으로 돌아가게. 세상이 자네를 기다리고 있어."

나는 웃었다. 거짓말이 아니다. 나는 정말로 웃었다.

"저는 박사님과 달리 못나빠진 놈이니까요."

"그래, 그거야. 그럼 어서 떠나게."

"어머님께 남길 말씀은 없나요?"

"자네가 우리의 이야기를 들려드리게. 그걸로 충분할 것이네."

"윌리엄에게 전할 말씀은 없나요?"

"이렇게 전해주게. 끝나지 않는다면 시작할 필요도 없지만, 언젠가 모든 것이 끝난다면 시작해야 한다고. 그놈의 주둥이 함부로 나불대지 말라고도 전해주게. 그리고 이걸 갖다 주게나."

박사는 마지막 남은 힘으로 눈덩이를 그러쥐어 내게 건넸다. 나는 눈덩이를 쥐고 일어섰다. 치피가 마지막으로 박사와 인사를 나누었다. 짧은 인사가 끝나고 나는 배낭들 위에 올라탔다. 치피는 온몸으로 포효하면서 달려갔다. 나는 뒤를 돌아보았다. 눈보라가 시야를 가로막아 아무것도 볼 수 없었다. 나는 이제 탐험이 끝났다는 것을 깨달았다. 나와 치피만이 남극을 횡단하는 건 아무 의미도 없었다. 끝까지 모두 살아서 가야 했다. 섀클턴 탐험대가 그랬던 것처럼 한 사람도 죽어서는 안 되었다.

우리의 탐험은 실패로 끝났다.

47

새클턴 탐험대의 뒷이야기를 하자.

새클턴 경과 대원들은 영웅이 되었다. 언론은 이들의 기적적인 생환을 대대적으로 보도했고, 왕도 생환을 축하한다는 전문을 보내왔다. 당시 유럽은 전쟁 중이었다. 전쟁의 불길이 유럽을 통째로 불사르고 있었지만 사람들은 새클턴 탐험대의 소식에 열광했다. 어쩌면 아무 희망도 없는 전쟁 중이었기 때문인지도 몰랐다.

새클턴 경과 함께 사우스조지아 섬을 횡단한 크린은 고향으로 돌아가 식당을 차렸다. 그는 생전에 '나는 로버트 스콧을 존경하지만 새클턴은 사랑한다'고 말했다. 1938년, 그는 맹장 파열로 사망했다.

역시 새클턴 경과 섬을 횡단하고 많은 기록을 남긴 워슬리는 전쟁에 뛰어들었다. 전쟁이 끝난 후에는 남극에 다시 가기도 했고 태평양을 탐사하기도 했다. 그는 1943년 폐암으로 눈을 감았다.

새클턴 경은 1922년 사우스조지아 섬에서 영면했다. 바로 그 사우스조지아 섬이다. 그때 그는 또다시 남극 탐험에 나선 참이었다. 탐험을 시작하기 직전에 그는 눈을 감았다.

그와 마지막으로 대화를 나눈 사람은 매클린 대원이었다. 그는 갑자기 무슨 생각이 든 것인지 경에게 이제 그만 편하게 살라고 얘기했다. 경은 그럴 수 없다고 대답했다. 그 대화가 끝나고 불과 한 시간도 안 되어서 경은 심장발작을 일으켰다. 관상동맥죽종이었다. 의사들은 한평생 끊이질 않았던 과로가 원인이라고 했다. 영면한 시각은 오전 두시 오십분. 향년 47세.

대원들은 경의 시신을 영국으로 이송하려고 했다. 경의 부인 에밀리가 그들에게 편지를 보냈다. 남편은 자유로운 사람이고, 그에게는 영국의 공동묘지가 너무 좁다고. 결국 사우스조지아 섬이 자기를 정복한 사람을 품어주었다. 누가 정복하고 정복당한 것인지 따져서 무엇할까.

48

우리의 뒷이야기를 해보자.

4월 16일. 나와 치피는 눈 덮인 언덕에 올라가 저 아래를 내려다보았다. 바다가 보였다. 남극대륙의 동해안이었다. 남극을 서에서 동으로 횡단하는 데 성공했지만 우리는 기뻐하지 않았다. 기뻐할 시간이 아니었다. 헤어져야 할 시간이었다.

나는 우선 장갑부터 벗었다. 그때는 왼손 손가락들이 심하게 썩어가고 있었다. 억지로 손을 움직여 치피를 안았다. 치피도 나를 꼭 품어주었다.

"치피. 나는 처음에는 당신을 천사라고 생각했어요. 나중에는 악마라고 생각했죠."

"그래, 나는 너희 인간들에게 천사이고 악마야. 이쪽이고 저쪽이야. 양극단이야."

"하지만 이제 그런 건 아무래도 상관없어요. 당신은 치피예요. 천사도 악마도 아니고 치피예요. 초콜릿 바를 좋아하고 고스톱을 잘 치는 치피."

"고마워. 그 이름을 간직할게. 나는 이제 또 북극으로 갈 거야. 거기서 다시 남극으로 돌아올 거야. 영원히 극과 극을 오갈 거야. 사람을 피해 다니면서. 하지만 나를 볼 수 있고 내 목소리를 들을 수 있는 사람을 만난다면 그때는 내가 치피라고 소개하겠어. 그게 사실은 고양이 이름이라는 것도 알려주고."

"알고 있었어요?"

"어머, 얘. 곰이 모르는 게 뭐가 있니? 곰은 다 알아."

그렇다. 치피는 다 알았다. 그렇기에 나는 눈물을 흘릴 필요가 없었다. 나는 웃으며 그녀에게 손을 흔들어주었다. 치피는 앞발을 흔들어주고 등을 돌렸다. 새하얀 털을 가진 북극곰은 남극의 설원에 금방 녹아들었다.

나는 언덕을 다 내려간 다음 지쳐서 주저앉았다. 근처에 있는 연구 기지에서 나온 사람들이 나를 발견했다. 영국인들이었다. 나는 영국 요리가 펭귄의 토사물보다 맛이 없다고 지껄인 다음 그들의 얼빠진 얼굴을 보고는 낄낄대다가 의식을 잃었다.

정신을 차렸을 때는 킹조지 섬의 병원이었다. 의사는 내가 사흘 만에 깨어난 거라고 말해주었다. 손가락의 괴저가 심각해서 절단할 수밖에 없었다는 이야기도 들려주었다. 나는 왼손의 검지와 중지를 잃었다. 세 손가락만 남은 손을 보고서 나는 글 쓸 때 불편하겠다고 생각했다.

영국과 한국의 외교부, 그리고 남극조약기구가 나를 조사했다. 나는 남극에서 겪은 모든 일을 들려주었다. 정말로 모든 일을. 곰썰매를 탔다는 것과 펭귄 밀크를 먹었다는 것까지도. 그들은 내가 혹독한 체험을 해서 돌아버린 모양이라고 생각했다.

남극조약기구는 나를 어떻게 처리할지 고민했다. 전례가 없는 일이기 때문이었다. 내가 헛소리를 지껄이는 것도 문제였다. 그들은 조사관을 한 명 파견했다. 조사관은 덴마크 출신인데 이름은 미안하게도 잊어버렸다. 그 양반은 내가 입원한 동안 세 번이나 병원에 찾아왔다. 통역은 한국 외교부 직원이 맡아주었다.

처음 두 번은 별 반응이 없었다. 조사관은 내가 하는 얘기를 묵묵히 듣기만 했다. 이따금 수첩에 뭘 적기도 했지만 내가 하는 말을 받아 적는 것 같지는 않았다. 아마 '얘기 들어보니까 미친놈이 확실함'이라고 적지 않았을까.

내가 퇴원하기 하루 전, 조사관이 세 번째이자 마지막으로 나를 찾아왔다. 그는 퇴원을 미리 축하한다고 했고, 나는 고맙다고 했다. 그다음에는 잠시 침묵이 흘렀다. 나는 침대에 앉아 있었고, 그는 내게 등을 돌린 채 창밖을 내다보았다. 나는 어쩐지 침묵이 무겁고 불편했다. 침묵이라는 게 원래 그런 것이지만 그날은 특히 더 했다. 뭔가 좋지 않은 예감이 들었다.

남극조약기구가 나를 어떻게 처리할 것인지를 걱정하지는 않았다. 그들이 뭘 어떻게 하든 아무래도 좋았다. 그들에게 그럴 권리가 있는지는 모르겠지만, 아무튼 감옥에 보낸다고 해도 기꺼이 가줄 생각이었다.

이놈의 침묵이 왜 이렇게 나를 짓누르는 걸까. 조사관의 뒷모습을 바라보며 속으로 그렇게 중얼거렸을 때였다. 조사관이 툭 내뱉었다.

"이제라도 번복할 생각은 없습니까?"

"무슨 말씀이시죠?"

조사관이 뒤돌아섰다. 그와 눈이 마주치자 나는 지긋지긋하게 시달렸던 그 남극의 추위를 다시 한 번 느꼈다. 그만큼 차가운 눈빛이었다.

"당신이 남극 탐험을 떠난 계기, 남극에서 겪었던 일들, 전부 말이 안 됩니다. 상식적으로 있을 수 없는 일입니다. 모든 것이 처음부터 끝까지 말도 안 되는 헛소리입니다."

나는 어깨를 으쓱했다. 그래서 뭐 어쩌라고?

"이렇게 생각할 수는 없을까요? 당신이 어떤 계기로 남극 땅에 발을 들인 건 사실입니다. 하지만 그 이후 겪은 일은 모두 환상이고 거짓입니다. 존재할 수 없고, 존재해서도 안 되는 일들입니다. 당신은 남극에서 너무나 끔찍한 고생을 한 바람에 정신착란을 일으킨 겁니다. 당신을 정신병자로 매도한 셈이지만 너무 노여워하지는 마시기 바랍니다. 사심 없이, 순수하게 말씀드리는데 차라리 당신이 정신병자라는 사실을 인정하고 치료를 받는 게 나을 것입니다. 이 세상은 자기가 병자라는 사실을 인정하고 치료를 받아들이는 사람은 기꺼이 수용해줍니다. 그러나 병자라는 사실을 인정하지도 않고 치료도 받지 않는 사람은 배척합니다."

그제야 침묵의 무게가 이해가 되었다.

나는 모든 탐험이 끝났다고 생각했었다. 적어도 남극에서의 탐험은 끝났다고 여겼다. 실제로 탐험은 끝났지만 고난은 남아 있었다. 여기는 남극대륙은 아니지만 남극권이었다. 나는 아직도 남극을 떠나지 못한 것이었다. 섀클턴 박사가 이 세상을 떠나기 전에 최후의 시련을 치러야 했던 것처럼 나도 남극을 떠나기 전에 치러야 할 게 남아 있었다.

조사관은 내게 한 발짝 다가왔다. 그의 푸른 눈동자가 얼음으로 만든 것 같은 냉기를 뿜어내며 내 눈을 지그시 들여다보았다.

"당신의 기억은 왜곡되었습니다. 거짓으로 가득 차 있습니다. 이 세상이 그 가치를 검토해주기는커녕 아예 존재 자체를 용납하지 않는 그런 거짓으로 가득합니다. 다행히 아직 늦지는 않았습니다. 당신은 아직 다시 시작할 수 있습니다."

조사관은 발걸음을 옮겨 내 주변을 한 바퀴 빙 돌았다.

"이 모든 게 꿈이고 환상이라는 생각은 들지 않습니까? 어쩌면 당신은 외과병동이 아니라 정신병원에 입원한 건지도 모릅니다. 이 병실도 정신병원의 병실인지도 모릅니다. 나는 남극조약기구에서 파견한 조사관이 아니라 정신과의사일 수도 있겠죠. 그리고 당신이 남극에서 겪었다고 주장하는 모든 일은 당신의 질병으로 인한 환상이고 거짓일 테고요. 한번 인정해보지 않겠습니까? 이 모든 게 잘못되었다고. 존재해서는 안 된다고. 그렇게만 한다면 당신은 꿈에서 깨어날지도 모릅니다. 눈을 한 번 감았다가 떠보면 당신은 정신병원에 누워 있을지도 모릅니다. 아니면."

조사관이 다시 걸음을 멈추었다. 그는 내 곁의 허공을 가리켰다.

"당신과 늘 함께했다는 그 사람, 어니스트 헨리 섀클턴을 만나기 이전으로 돌아갈 수 있을지도 모릅니다. 그를 언제 어디서 만났다고 하셨죠? 작년에 지하철에서였다고요? 아니, 그보다 훨씬 전인 중학생 때 처음 만났다고요? 아, 그래요. 중학생 때부터 그의 환청을 들었다고 했죠. 그렇다면 당신이 눈을 한 번 감았다 뜨기만 하면 당신은 지하철에 앉아 있을 때로 돌아갈 수 있을지도 모릅니다. 아니면 훨씬 더 거슬러 올라가서 처음 환청을 들었던 중학생 시절로 돌아갈 수도 있겠죠. 그때부터 다시 시작하는 겁니다. 당신은 인생에서 말이 안 되는 것, 헛소리를 배제하고 말이 되는 일, 옳은 말만 받아들이며 살 수도 있을 겁니다. 그렇게 생각하지 않습니까? 당신의 인생을 바꿀 마지막 기회, 아니 구원받을 수 있는 마지막 기회가 바로 지금이라고 생각하지 않습니까?"

나는 아무 말도 하지 않았다. 조사관은 다시 내 눈을 들여다보았다. 좀 전과는 달리 눈빛이 온화했다. 따스한 손으로 어루만지는 것만 같았다. 그는 내게 손을 내밀었다.

"한번 해보세요. 눈을 감았다가 떠보는 겁니다."

확신이 들었다. 견고하고, 강력하고, 남극의 눈보라로도 덮어버릴 수 없는 그런 확신이.

나는 돌아갈 수 있었다. 조사관의 말은 사실이었다. 내가 그러기로 마음만 먹는다면 나는 분명히 옛날의 그 순간으로 돌아가서 모든 것을 다시 시작할 수 있었다. 치피가 나타나고 말하는 펭귄들이 우리에게 먹을거리를 나누어준 일처럼, 그것은 황당무계하지만 분명한 사실이었다.

나는 눈을 감았다.

그리고 즉시 다시 떴다.

조사관은 애매한 표정을 짓고 있었다. 웃는 건지 우는 건지 알 수 없었다. 반면 내 표정은 거울을 볼 것도 없이 확실했다. 나는 웃고 있었다.

"나는 지금 여기 있습니다. 다른 곳에 있지 않아요."

내 말에 조사관은 두 손을 들었다. 항복이라는 건지 감탄했다는 건지 아니면 욕이라도 하고 싶다는 건지 알 수가 없었다. 이윽고 그는 손을 내리고 자세를 바로 했다. 그가 한 걸음 뒤로 물러서자 이상한 힘으로 나를 압박하던 푸른 눈동자에서 빛이 사라졌다.

"남극조약기구의 결정을 통보하겠습니다. 당신을 남극에서 영원히 추방합니다. 당신은 이제 두 번 다시 남극에 와서는 안 됩니다."

"상관없습니다. 나는 이제 남극으로 돌아오지 않을 겁니다. 내 탐험은 아직도 끝나지 않았지만 남극 탐험은 마쳤습니다. 나는 다른 곳을 탐험할 겁니다."

"알겠습니다. 그럼 내 용무는 다 마쳤습니다. 남극조약기구도 더 이상은 당신에게 용건이 없습니다. 당신은 당신 마음대로 살면 됩니다. 그럼 이만 실례하겠습니다."

조사관이 문을 열고 나가기 직전 나는 깨달았다. 통역이 없었다. 외교부에서 늘 보내주던 직원이 오늘은 오지 않은 것이었다.

"우리가 통역도 없이 얘기했군요."

"그래서요?"

조사관은 나를 돌아보며 살짝 웃었다. 장난기가 가득한 웃음이었다. 나도 웃음으로 화답해주었다. 이윽고 조사관은 나가 버렸고 그후 두 번 다시 만날 수 없었다. 내 시련도 그렇게 끝이 났다.

새클턴 박사는 실종 처리 되었다. 내가 임종을 지켜본 것도 아니고 시신이 발견된 것도 아니니 사망했다고 단언할 수는 없다는 것이었다. 영국 정부가 구조대를 보내기로 했지만 형식적인 절차에 지나지 않았다. 구조대는 남극점 근방을 뒤져보고는 아무것도 찾지 못했다고 정부에 보고했다.

나는 출입국관리법을 위반한 죄로 벌금을 내야 했다. 케이트가 마지막까지 우리의 뒤치다꺼리를 해주었다. 박사가 남긴 재산으로 벌금을 치르고 내가 영국에 갈 수 있도록 수속을 밟아주었다.

6월 2일. 나는 영국에 도착했다. 공항에 마중 나온 케이트는 예전과 달라진 데가 없었다. 반년 만에 재회했다고 반가워하지도 않았고 박사가 돌아오지 못했다고 슬퍼하지도 않았다. 박사의 최후를 전해주자 그녀는 말없이 고개만 끄덕였다.

그녀가 모는 차를 타고 섀클턴 가문의 저택으로 향했다. 에이미 여사가 나를 기다리고 있었다. 그녀도 변한 데가 없었다. 남편을 오래전에 잃었고 이제는 아들도 잃었지만 그녀는 아무것도 잃지 않은 사람 같았다. 처음 만났을 때처럼 우리는 정원에서 홍차를 마셨다. 나는 킹조지 섬에 가서 유람선을 탄 부분부터 시작해서 치피와 함께 남극 동해안에 도달한 일까지, 우리 여정을 수놓은 모든 이야기를 들려주었다. 할 얘기가 워낙 많았고 그녀는 고령이라 하루 만에 끝낼 수가 없었다.

다음 날 이야기는 남극점에 도달한 부분에 다다랐다. 나는 남극점 표지판 앞에서 찍은 사진을 꺼내다가 한순간 숨이 막혔다.

"왜 그러죠?"

"여사님. 이 사람이 보이시나요?"

여사는 내가 내민 사진을 오랫동안 들여다보았다.

"어니가 이렇게 말랐군요. 당신도 말랐고. 얼마나 심한 고생을 한 건지. 치피는 귀여운 곰이네요. 조금도 무서워 보이지 않아요."

그녀는 섀클턴 박사 뒤에 서 있는 남자를 가리켰다.

"요기 베라가 그렇게 말했죠. 끝날 때까지 끝난 게 아니라고. 이 남자야말로 그 말대로 살 수 있을 사람으로 보이는군요. 이 사람이라면 모든 게 끝날 때까지는 끝내지 않을 거예요."

"예, 그런 사람이죠."

나는 그녀에게 사진을 주었다. 그녀는 소중히 간직하겠다고 했다.

하루 더 저택에 머물며 남은 이야기까지 모두 들려주었다. 이야기가 끝났을 때 에이미 여사는 내 손을 꼭 잡고 있었다. 그녀는 눈에 눈물이 살짝 맺히기는 했지만 결코 울지는 않으며 말했다.

"그 이야기를 책으로 내도록 해요. 약속해줄 거죠?"

"물론입니다. 한국에 돌아가자마자 쓰기 시작할 거예요. 하지만 책을 낼 수 있을지는 모르겠군요. 제 작가 생명은 오래전에 끝났거든요."

"남극까지 다녀왔으면서 그런 소리를. 괜히 해보는 말이죠?"

"눈치채셨군요. 대한민국의 모든 출판사들이 제 원고를 거부한다고 해도 끝까지 도전할 겁니다."

"시간이 오래 걸리겠군요. 괜찮아요. 나는 기다릴 수 있으니까. 재단 이사장직에서도 물러났으니 그동안 바빠서 미뤄온 한글 공부를 다시 시작해야겠군요. 90세가 넘은 할머니라고 공부를 못할 거라고 생각하지는 않겠죠? 책이 나오면 보내줘요. 기대하고 있을게요."

"저도 여사님의 감상평을 기대하고 있겠습니다."

"에이미라고 불러요. 우리는 친구예요."

"그래요, 에이미. 우리는 친구니까 아주 먼 훗날에 내 장례식에도 꼭 참석해주기 바랍니다. 비행기 티켓이 비싸다고 불참하면 저 삐칠 거예요."

에이미는 소녀처럼 깔깔 웃었다. 나는 그녀가 최소한 10년은 더 살 수 있다고 확신했다.

한국으로 돌아가기 전에 새클턴재단의 도서관에 들렀다. 선글라스를 낀 채 지팡이를 짚은 사람들이 여기서는 흔했다. 나는 단번에 알아차릴 수 있었다. 여기는 그들의 천국이었다. 남과 다르지 않으니까. 맹인안내견들도 여러 마리 볼 수 있었다. 책상 앞에 앉아 두 손으로 책을 더듬고 있는 주인들 옆에서 개들은 하나같이 께느른한 표정으로 누워 있었다. 어쩐지 마음이 차분해지는 광경이었다.

사서에게 윌리엄 모리슨이라는 사람이 왔느냐고 물었다. 사서는 휴게실에 있을 거라며 저쪽이 휴게실이라고 가르쳐주었다.

윌리엄은 휴게실에서 음료수를 마시고 있었다. 첫 대면인데도 나는 그를 한눈에 알아볼 수 있었다. 세월이 흘러 이미 서른 살의 청년이 되었을 사람이 열한 살 소년의 모습으로 앉아 있었으니까.

윌리엄은 직접 보니 키가 작고 깡마른 소년이었다. 커다란 선글라스를 낀 모습이 애처롭다기보다는 우스꽝스러웠다. 나는 섀클턴 박사와 함께 남극 탐험을 한 동료이고, 박사의 전언을 가져왔는데 옆에 앉아도 되겠느냐고 묻자 그는 잠깐 멍하니 있다가 고개를 끄덕였다. 그때는 이미 박사가 남극에서 실종된 사건이 언론에 보도되어 영국 전역에서 화제가 되어 있었다. 내가 박사의 동료라는 사실도 유명했다.

나는 윌리엄 옆에 앉아서 우선 그의 선글라스부터 벗겼다.

"내가 영어가 짧아서 할 말을 적어서 왔단다. 케이트가 도와주었지. 박사님이 너에게 이렇게 전해달라고 하셨다. 끝나지 않는다면 시작할 필요가 없지만, 언젠가 모든 것이 끝난다면 시작해야 한다고. 그리고 그놈 주둥이 함부로 나불대지 말라고."

윌리엄이 입을 딱 벌렸다. 따귀라도 맞은 표정이었지만 나는 개의치 않고 계속 읽었다.

"나도 할 말이 있었는데 그만두기로 했다. 말보다는 행동이지. 내가 선글라스를 벗긴 것도 그래서였다."

나는 손가락을 튕겨 윌리엄의 눈썹 사이를 때렸다. 딱! 윌리엄은 어안이 벙벙한 표정이었지만 이내 침착해졌다. 그는 선글라스를 돌려달라고 했다. 돌려줄까? 나는 잠시 고민하다가 그의 얼굴에 선글라스를 씌워주었다. 이제 어떻게 할지는 그가 알아서 할 일이었다.

"박사님이 네게 남기신 물건이 있어."

주머니에서 눈덩이를 꺼내 윌리엄의 손에 쥐여주었다. 윌리엄은 차가운 감촉에 흠칫했지만 이윽고 눈덩이를 두 손으로 소중하게 감쌌다.

"지금은 초여름인데 이걸 어디서 가져온 거죠?"

"남극에서."

"남극이라고요?"

"그래. 세상의 저 끝에서."

윌리엄은 저 끝이라는 말을 음미해보다가 갑자기 두 손에 힘을 가득 주었다. 눈덩이가 단단하게 뭉쳐졌다. 그가 표면을 손끝으로 몇 번 문지르자 간신히 얼굴을 비출 수 있는 작은 거울이 완성되었다.

윌리엄은 거울을 물끄러미 바라보다가 선글라스를 벗었다. 거울이 그의 얼굴을 비추고 있었다. 서른 살 먹은 청년의 얼굴을. 청년 윌리엄은 이목구비가 단정하고 이지적인 얼굴을 갖고 있었다. 어쩌면 박사의 첫사랑인 윌리엄을 닮았을지도 모르겠다고 나는 생각했다. 윌리엄은 그 얼굴을, 혹은 거울을, 이도저도 아니면 영원히 걷어낼 수 없는 어둠을, 무엇이 되었든 간에 하여튼 그 무언가를 뚫어지게 들여다보았다. 감히 단언할 수 있다. 그는 '보고' 있었다.

잠시 침묵이 흐른 뒤 윌리엄이 천천히 일어섰다. 손에는 여전히 거울을 쥐고 있었다.

"돌려드려야 하나요?"

"그럴 필요는 없습니다. 그건 박사님이 당신에게 선물하신 거예요."

이제 더는 볼일이 없다. 그만 등을 돌리는데 윌리엄이 물었다.

"박사님은 행복하셨나요?"

나는 어깨를 으쓱했다. 마치 그가 볼 수 있다는 것처럼.

"그게 중요한가요?"

윌리엄은 가만히 생각에 잠겼다. 나는 그를 방해하지 않으려고 발소리를 조심하며 휴게실을 나섰다. 마지막으로 돌아본 윌리엄은 키가 훤칠하고 잘생긴 청년이었다. 열한 살 소년 시절의 모습은 거의 남아 있지 않았다. 선글라스를 쓰고 있었지만 표정은 읽을 수 있었다. 조금 어리둥절하고, 조금 멍하고, 조금 울고 싶고, 그리고 아주 많이 웃고 싶은 표정이었다. 낯선 곳에 버려지고서 이제 다시는 돌아갈 수 없다는 것을 깨닫기까지 너무나 많은 것을 잃어야 했던, 그리고 돌아갈 곳 따위는 처음부터 없었다는 것까지 마침내 깨닫고 그나마 남았던 것들을 미련 없이 털어버린 사람의 표정이었다. 나는 다시 한 번 그가 박사의 첫사랑을 닮았을 것이라고 생각했다.

도서관을 나온 나를 케이트가 공항에 데려다주었다. 헤어지기 전에 비서 일은 끝났으니 앞으로 어떻게 할 거냐고 물었다. 케이트는 별걸 다 묻는다는 표정으로 대답했다.

"나는 유능한 여자입니다. 일자리는 얼마든지 구할 수 있죠. 마침 새클턴재단에서 나를 부르더군요. 어처구니없는 박봉을 제시하며 시각장애인 아이들을 위해 일해달라고 하더군요. 기가 막힌 일 아닙니까? 조상님이 새클턴 가문에 도대체 무슨 죄를 지은 걸까요."

그녀는 잠시 간격을 두고 덧붙였다.

"아이들을 위해 일할 거예요. 영원히 일할 수는 없겠지만 내게 허락된 시간 동안에는 쉬지 않을 작정이에요. 난 그런 일을 해본 적이 없지만 괜찮겠죠. 평생 가본 적이 없는 오지를 탐험한다는 각오로 도전할 거예요."

그러면서 케이트는 살포시 웃었다. 그녀가 내게 보여준 처음이자 마지막 미소였다.

한국에 돌아갔을 때는 초여름이었다. 탐험을 떠나기 전에 집을 정리했기 때문에 살 곳이 없었다. 염치불고하고 부모님 집에 들어갔다. 부모님은 말도 없이 남극으로 떠났다가 손가락 두 개를 잃고 돌아온 아들놈의 등짝을 손바닥으로 후려갈겼다. 손바닥으로 맞았다고 아프지 않을 거라고 생각하면 오산이다. 두 분은 환갑을 넘은 연세에도 힘이 장사였다. 어찌나 세게 때리는지 숨이 턱 막혔다. 나는 두 분이 이렇게 힘이 좋으니 장수하실 게 틀림없다고 생각했다.

탐험을 떠나기 전 부모님 집에 맡겨두었던 짐을 풀었다. 제일 먼저 꺼낸 건 물론 노트북이었다. 나는 노트북을 켜고 탐험기를 쓰기 시작했다. 나에게는 진실한 탐험기였지만 누군가에게는 거짓부렁으로 가득 찬 소설이었다. 아무려면 어떤가. 나는 제목을 '우리의 남극 탐험기'라고 정했다. 이것은 너나 나가 아닌 우리의 이야기니까.

다음 날 강 교수에게 전화해 만나자고 했다. 오후에 내가 사는 동네 근처의 카페에서 만났다. 나는 그를 위해 흡연석에 앉았다. 역시나 강 교수는 앉자마자 담배부터 꺼냈다.

"너 스타 됐다. 정식 절차도 밟지 않고 남극 탐험을 떠났다가 기적적으로 생환한 사람이라고 인터넷에서도 아주 난리야. 어쩌면 방송 출연 제의가 들어올지도 모르겠네. 이참에 방송에 진출하지 그래?"

"제게 할 일이 있다는 걸 아시면서."

"글을 쓸 거야? 탐험한 이야기를 쓸 거야?"

"벌써 쓰기 시작했어요."

"정말 쓸 거야? 네 작가 생명은 끝장났는데도?"

"아직 끝나지 않았습니다."

"그런가."

강 교수는 담배연기를 길게 내뿜었다.

"사실은 탐험 이야기를 듣고 싶었는데 참아야겠군. 난 이야기를 듣는 것보다 글을 읽는 걸 더 좋아해서. 원고가 완성되면 보여줘. 냉정하고 정확한 평가를 내려주지."

"교수님의 평가 따위는 필요 없지만 원고는 보여드리죠."

"이제 혜진이 소식을 들려줄 차례지?"

"전화번호를 가르쳐주세요. 제가 직접 만나서 얘기하겠습니다."

교수는 놀란 얼굴로 나를 보다가 특유의 바람 새는 소리로 웃었다. 비시시. 나는 전화번호를 전화기에 저장했고 우리는 헤어졌다. 강 교수는 차를 몰고 가기 전에 마지막으로 말했다.

"나도 쓰고 있어. 믿을 수 있겠어? 내가 아직도 쓰고 있다는 사실을."

"믿습니다."

그다음 주 토요일에 혜진을 만났다. 내가 그녀가 사는 동네로 갔다. 카페에서 만나기로 했는데 길을 몰라 한참 헤매었다. 겨우 카페를 찾아 들어가 보니 그녀는 흡연석에서 나를 기다리고 있었다. 제 삼촌처럼 입에 담배를 물고서. 10여 년 만에 만났다고 해서 떨리지는 않았다. 그녀도 나를 어제 만난 사람 대하듯 말했다.

"안녕."

"그래, 안녕."

혜진은 강 교수 같은 동안은 아니었다. 하긴 유전자가 다르니까. 그녀는 늙어 보였다. 나랑 동갑이고 아직 30대인데 늙어 보인다니 미안하지만 사실이었다. 다행인 것은 나를 바라보는 눈동자에 아직 힘이 남아 있다는 것이었다. 아주 약간의 힘이.

"그런 말이 있어. 세상의 누군가 한 사람은 반드시 해야 하는 말, 누군가 한 사람은 반드시 들어줘야 하는 말. 나는 남극에서 그 말을 찾아냈어. 이제 그 말을 너에게 들려주고 싶어."

나는 일부러 뜸을 들였다. 혜진은 긴장했는지 담배를 급하게 빨았다. 담배 한 개비를 다 태우고 새 담배를 꺼내는 순간 내가 말했다.

"경고. 흡연은 폐암을 비롯한 각종 질병의 원인이 됩니다. 그래도 피우시겠습니까?"

혜진은 단 1초도 주저하지 않았다. 그녀는 즉시 웃음을 터트렸다. 내 얼굴에 침까지 튀겨가며. 처음에는 어깨를 들썩거리며 웃더니 나중에는 탁자를 탕탕 두드렸다. 종내에는 온몸을 떨면서 미친 것처럼 웃었다. 너무 정신없이 웃느라 울기까지 했다. 그녀는 웃으면서 울고, 울면서 웃었다.

그 모습을 보고 나는 새삼 깨달았다. 우리의 사랑은 오래전에 끝났다는 것을. 나는 그녀를 결코 사랑하지 않았고 그녀도 나를 사랑하지 않았다. 첫사랑은 희미한 추억에 불과했다. 이제 와서 내가 왜 우리의 첫사랑을 날려버린 것인지는 중요하지 않았다. 나는 혜진과 헤어진 이유를 도무지 알 수가 없었고, 세상이 만들어준 이유도 끝내 납득하지 못했지만 이제는 아무래도 좋았다. 나는 그녀가 골초라서 헤어지자고 한 것일 수도 있었다. 신분의 차이 때문에 그런 것일 수도 있었다.

어떤 것도 이유가 될 수 있었고, 어떤 것도 이유가 될 수 없었다.

어쨌든 우리의 사랑은 끝났다. 다 끝났기에 나는 비로소 말할 수 있었다.

"미안해. 네가 반드시 들어야 하는 말, 누군가는 반드시 들려줘야 하는 말을 단 한마디라도 찾고 싶었는데 찾지 못했어. 어쩌면 그런 말은 남이 아니라 너 스스로 찾아야 했던 건지도 모르겠어."

혜진은 울면서 말했다.

"바보. 그런 말은 남이 찾아줘야 하는 거야. 다른 말은 자기가 찾아서 자기 스스로 들려줘도 되지만 그 말만은 남이 찾아서 남이 들려줘야 하는 거야."

"어쩜 그런지도. 그렇다면 나를 위한 말은 네가 찾아주지 않을래? 너를 위한 말은 내가 찾아줄 테니까. 어쩌면 영원히 찾을 수 없을지도 모르지만, 그래도 한번 시작해보지 않을래?"

혜진은 웃으면서 말했다.

"탐험을 하자는 거지?"

"그래, 탐험이야."

나는 일곱 빛깔 무지개 끈을 혜진에게 내밀었다.

"그럼 담배는 그만 피우고 이제 탐험을 시작해볼까?"

그녀는 망설임 없이 담배를 버리고 끈을 잡았다. 박사가 그랬던 것처럼 왼손으로. 나는 오른손으로 쥐었다. 오른손은 멀쩡했기에 끈을 쥐는 데 아무 불편도 없었다. 불편했어도 쥐었겠지만.

우리는 자욱한 담배연기를 피해 카페를 나섰다.

49

우리의 이야기는 다 끝났지만 사족을 붙여야겠다. 감상적인 사족이지만 꼭 붙여야겠다.

혹시 남극에 갈 계획이 있다면 그를 기억해주기 바란다. 관광을 가든지 탐험을 떠나든지 상관없다. 하여튼 기억해달라. 남극에는 오늘도 실패자를 찾아 헤매는 그가 있다. 어쩌면 그가 당신 앞에 나타날지도 모른다. 그때를 위해 화투를 준비해두시길. 운이 좋으면 북극곰도 만날 수 있을 것이다. 곰도 화투를 좋아한다. 단 음식도 무척 좋아하니까 꼭 챙기기 바란다. 날아다니는 펭귄들을 발견해도 놀라지 마시길. 총질도 하지 말고. 그들은 남극의 신사다. 말이 통한다.

그럼 이제 모든 이야기를 마치겠다. 끝났다. 마침내 이 모든 것이 끝났다. 하지만 당신의 이야기는 아직 끝나지 않았으리라.

작가의 말

일기에 적어놨기 때문에 분명히 기억합니다. 2015년 11월 11일의 일이었습니다. 낮잠을 자다가 꿈을 꾸었습니다. 웬 백인 아저씨가 등장해서 횡설수설하는 내용이었죠. 어디선가 본 듯한 아저씨였는데 이름이 생각나지를 않았습니다. 꿈속에서도 이름을 기억해내려고 애썼고, 그러다 '어니스트 섀클턴'이라는 이름을 떠올리는 동시에 잠에서 깨어났습니다.

벌떡 일어나 인터넷 검색을 해보니 섀클턴은 영국의 위대한 탐험가였습니다. 어디서 그 이름을 들었는지는 지금도 모르겠습니다. 아마 어디선가 듣거나 자료사진 같은 걸 보았겠지만 또렷하게 기억나는 건 없습니다. 아무튼 섀클턴이라는 사람을 분명히 인식하게 된 순간 어쩐지 그를 소재로 이야기를 하나 만들어보고 싶었습니다.

이 소설은 그렇게 백일몽에서부터 시작된 소설입니다. 초고를 완성하는 데 4개월 정도 걸렸던 것 같네요. 손이 느린 저로서는 굉장히 빨리 쓴 글입니다. 처음부터 끝까지 엉터리이고 헛소리인 게 딱 제 취향이라서 빨리 쓸 수 있었던 것 같습니다. 어쩌면 백일몽에서 시작했기 때문에 처음부터 끝까지 그런 스타일로 일관할 수 있었던 게 아닌가 싶기도 하네요.

이걸 책으로 만들어주겠다는 엄청난 결심을 해주신 도서출판 나무옆의자 측에 깊이 감사드립니다. 이 책을 만드느라 희생당한 죄 없는 나무들에게는 제가 죽어서 영혼이 되면 일일이 만나서 사과할 테니 독자분들이 저 대신 '나무야 미안해'를 외쳐주실 필요는 없습니다. 뭐, 이 세상에 영혼이라는 게 있다면 말이지만요. 없으면 저도 어쩔 수 없고요.

여기까지 읽어주신 모든 분들에게 감사드립니다. 그리고 누구보다도 어머니께 깊이 감사드립니다.

2017년 6월

김근우

우리의 남극 탐험기

초판 1쇄 발행 2017년 7월 10일
초판 3쇄 발행 2019년 10월 15일

지은이 김근우
펴낸이 이수철
본부장 신승철
주 간 하지순
교 정 박기효
디자인 오세라
마케팅 안치환
관 리 전수연

펴낸곳 나무옆의자
출판등록 제396-2013-000037호
주소 (03970) 서울시 마포구 성미산로1길 67 다산빌딩 3층
전화 02) 790-6630 팩스 02) 718-5752

페이스북 www.facebook.com/namubench9
인쇄 제본 현문자현

ISBN 979-11-6157-008-2 03810

* 나무옆의자는 출판인쇄그룹 현문의 자회사입니다.

* 이 도서의 국립중앙도서관 출판예정도서목록(CIP)은 서지정보유통지원시스템
홈페이지(http://seoji.nl.go.kr)와 국가자료공동목록시스템(http://www.nl.go.kr/kolisnet)에서
이용하실 수 있습니다. (CIP제어번호 : CIP2017015033)